O ÚLTIMO PRESENTE DE PAULINA HOFFMANN

CARMEN ROMERO DORR

O ÚLTIMO PRESENTE DE PAULINA HOFFMANN

Tradução
Gilson César Cardoso de Sousa

JANGADA

Título do original: *El Último Regalo de Paulina Hoffmann.*
Copyright © 2018 Carmen Romero.
Publicado mediante acordo com SAlmaia Lit, Literary Agency.
Copyright da edição brasileira © 2019 Editora Pensamento-Cultrix Ltda.
1ª edição 2019.

Todos os direitos reservados. Nenhuma parte desta obra pode ser reproduzida ou usada de qualquer forma ou por qualquer meio, eletrônico ou mecânico, inclusive fotocópias, gravações ou sistema de armazenamento em banco de dados, sem permissão por escrito, exceto nos casos de trechos curtos citados em resenhas críticas ou artigos de revistas.

A Editora Jangada não se responsabiliza por eventuais mudanças ocorridas nos endereços convencionais ou eletrônicos citados neste livro.

Esta é uma obra de ficção. Todos os personagens, organizações e acontecimentos retratados neste romance são produtos da imaginação do autor e usados de modo fictício.

Editor: Adilson Silva Ramachandra
Gerente editorial: Roseli de S. Ferraz
Preparação de originais: Alessandra Miranda de Sá
Produção editorial: Indiara Faria Kayo
Editoração eletrônica: S2 Books
Revisão: Vivian Miwa Matsushita

Dados Internacionais de Catalogação na Publicação (CIP)
(Câmara Brasileira do Livro, SP, Brasil)

Romero Dorr, Carmen
   O último presente de Paulina Hoffmann / Carmen Romero Dorr; tradução Gilson César Cardoso de Sousa. -- São Paulo : Jangada, 2019.

   Título original: El último regalo de Paulina Hoffmann
   ISBN 978-85-5539-141-5

   1. Ficção espanhola I. Título.

19-28220   CDD-863

Índices para catálogo sistemático:
1. Ficção : Literatura espanhola 863

Maria Paula C. Riyuzo - Bibliotecária - CRB-8/7639

Jangada é um selo editorial da Pensamento-Cultrix Ltda.

Direitos de tradução para o Brasil adquiridos com exclusividade pela EDITORA PENSAMENTO-CULTRIX LTDA., que se reserva a propriedade literária desta tradução.
Rua Dr. Mário Vicente, 368 — 04270-000 — São Paulo, SP
Fone: (11) 2066-9000
http://www.editorajangada.com.br
E-mail: atendimento@editorajangada.com.br
Foi feito o depósito legal.

Para minha avó, que já se foi,
e para meu pai, que sempre esteve aqui.

Se as perdas não nos fortalecessem,
Bem como tudo de que sentimos falta
E tudo que desejamos,
Mas não podemos ter,
Nunca seríamos bastante fortes,
Não é?
O que mais nos fortalece?

– John Irving,
O Hotel New Hampshire

O Apartamento

―⁕―

Berlim, agosto de 2016

1

São apenas quatro chaves presas a uma anilha e com uma letra P impressa em azul, mas Alícia não pôde deixar de pensar nelas durante as últimas semanas, desde que as viu pela primeira vez na sala do tabelião.

Acaba de descer do táxi que a trouxe do aeroporto. O edifício cor de baunilha, o verde das árvores, a agitação do bairro. Tudo é novo para ela, tudo parece encerrar um significado que ainda lhe escapa.

– Por que tanto segredo, vovó? – murmura.

Kastanienallee, número 14, primeiro andar B.

Respira fundo, abre a porta de madeira e desaparece na penumbra do vestíbulo.

2

O apartamento é um espaço inexplorado, um território virgem. Estar aqui, agora, é como acercar-se de uma janela que Paulina deixou aberta para ela e escutar o começo de uma de suas velhas histórias. Levou alguns segundos para se lembrar de onde estava quando acordou. São quase dez da manhã, dormiu muito e sonhou bastante. Com a avó, é claro. Ouvia sua voz e sentia o gosto do chocolate quente na boca.

Na véspera, havia tomado em Madri um daqueles voos baratos que arrebanham os passageiros como gado e passara mais ou menos três horas concentrando-se no romance de John Irving, que levava na bagagem de mão. Mas era muito difícil pensar em outra coisa que não fosse essa cidade, esse apartamento, esse mistério. De minuto a minuto, colocava a mão na bolsa para se certificar de que o chaveiro estava ali.

É um apartamento grande, de espaços generosos. A pintura clara das paredes e a luz da manhã, que inunda o ambiente, acentuam essa impressão. Os raios de luz se filtram através das folhas do grande castanheiro que há diante da sacada, desenhando bonitas formas no chão. Os ramos se agitam e as formas se movem sobre a madeira, como num baile ou num jogo.

Na tarde anterior, deteve-se a observar a fachada antes de entrar. É um típico edifício dos anos 1930, reconstruído após a guerra, como tantos outros no bairro de Prenzlauer Berg. Tem um agradável pátio interno, onde os vizinhos guardam suas bicicletas, o meio de transporte predileto nessa zona sem trânsito nem subidas. Bem ao lado, há um café chamado Blume, "flor" em alemão, com mesas e cadeiras coloridas no terraço e uma série de plantas no interior. Pela rua, transitam pais e mães empurrando carrinhos de bebê, casais de mãos dadas, mulheres que não largam seus celulares.

Dentro do apartamento, quase não há móveis. A larga cama do quarto principal e um punhado de peças do início do século XX, escolhidas a dedo: um aparador elegante, uma mesa, um par de cadeiras de espaldar torneado. Estilo Jugendstil, de primeira qualidade. "Bem ao gosto da vovó", pensa Alícia.

Tira algumas fotos e envia-as para o pai, que na véspera havia reclamado da má qualidade das que ela tirara ao chegar, já quase de noite. Encontra na cozinha uma bandeja de casco de tartaruga, que também parece antiga, e acomoda-se na sala de estar. Um bom café e duas torradas com ovos mexidos, é disso que precisa. Mal se senta e recebe um WhatsApp de Marcos com uma foto de Jaime, jantando no jardim de seus sogros em El Escorial. O menino sorri, sentado em sua cadeirinha diante de um prato com algo que parece frango desfiado. Veste um pijama azul e ainda está com os cabelos molhados depois do banho. Alícia sente um vazio, um mal-estar na boca do estômago: é a agonia da culpa, essa velha conhecida.

Ontem estava esgotada, com tempo apenas de instalar-se e procurar o mais rápido possível um supermercado para comprar as coisas mais urgentes. Hoje, porém, se levantou com uma sensação estranha. Nunca tinha estado aqui e sequer sabe que tipo de vínculo unia sua avó a este lugar, mas sente a força enorme de sua presença. Como se agora mesmo ela estivesse a seu lado, esperando que termine o café da manhã, como nos seus tempos de menina.

3

Faz mais de um mês que ela se foi. Uma bela manhã, amanheceu morta, pura e simplesmente, na cama onde havia dormido sozinha tantos anos, desde que ficara viúva, ainda jovem. O médico afirmou que tinha sido um ataque cardíaco durante a noite. Sem dor, sem angústia. Até então, desfrutava de ótima saúde e independência total, embora logo fosse completar 84 anos. No fundo, é uma sorte partir assim, vivendo tão bem até o final – foi o que repetiram, como um mantra, todos os amigos e familiares presentes no velório e no enterro. Mas uma voz no coração de Alícia insistia: "Que merda de consolo é esse, quando alguém tão importante desaparece da nossa vida de um dia para o outro?"

A avó tinha sido sua confidente, sua amiga, sua protetora, seu exemplo, sua cúmplice. Quase uma mãe para uma menina que perdera muito cedo a sua. Havia cuidado dela tardes sem conta, lhe ensinado a enfrentar suas primeiras frustrações, a levar tudo numa boa. A amar os livros. A não se deixar vencer, a tentar ser feliz. Acolhera-a mil vezes quando, já adolescente e mesmo adulta, discutia com seu pai ou algum namorado. Sua casa tinha sido, para Alícia, o refúgio derradeiro, sempre de portas abertas.

Quando engravidou de Jaime, chamou sua avó antes mesmo que seu pai. Quando ganhou seu primeiro processo importante no escritório de advocacia, correu a avisar Paulina Hoffmann: o elogio mais importante é o de quem sabe quanto você se esforçou. E quando, há pouco mais de um ano, tudo voou pelos ares, ela foi a única pessoa (fora Marcos, é claro, mas com ele não tinha escolha) com quem se atreveu a ser sincera. Todos precisamos de alguém que nos ame sem limites, que nos dedique um amor absoluto, incondicional. Pois bem, essa era sua avó. Alícia cresceu sabendo que, acontecesse o que acontecesse, Paulina sempre estaria ali.

Mas já não está.

Sempre lhe contava tudo, sem hesitações, sem pudores. E é justamente por isso que agora se sente tão confusa. Descobriu que a sinceridade não era, em absoluto, recíproca. Talvez não houvesse tanta cumplicidade entre elas como imaginara. Na verdade, está aborrecida com a avó. Muito aborrecida. Mas já não pode ligar para ela nem aparecer em sua casa para discutir com ela.

Dias depois do enterro, a família se reuniu no escritório do tabelião para a leitura do testamento. Paulina havia sido uma mulher rica durante os últimos cinquenta anos e, como boa alemã, deixara tudo organizado nos mínimos detalhes. Seus filhos Elisa e Diego queriam resolver tudo o mais rápido possível. A divisão dos bens estava bastante clara e pretendiam encerrar logo o caso para depois concentrar-se em sua tristeza.

Mas a avó havia reservado para eles uma última surpresa.

– Um apartamento em Berlim? – O pai de Alícia foi o primeiro a romper o silêncio.

– Sim, na Kastanienallee, número 14. Sua mãe assinou a escritura de compra e venda há cinco anos – explicou o tabelião.

– É em Prenzlauer Berg. Eu sei – acrescentou Elisa. – Expus numa galeria de Berlim duas vezes. Mas não estou entendendo nada.

– Quando vovó foi a Berlim? Para que compraria um apartamento lá? E por que não nos contou? – quis saber Alícia.

– Não faço ideia, filha, vovó ia e vinha o tempo todo. Você sabe que ela tinha uma energia incrível para sua idade. Poderia ter ido a Berlim a qualquer momento – disse Diego.

– Teria comprado o imóvel como investimento? – indagou Elisa. – Uma residência em Berlim era bom negócio durante os piores anos da crise.

– Duvido muito. Não acredito que nossa mãe começasse a fazer investimentos imobiliários no estrangeiro aos 79 anos de idade – respondeu seu irmão. – Talvez fossem apenas saudades. Afinal, é a cidade onde ela nasceu.

– Mas é estranho não ter contado nada... – interveio Alícia.

– Sempre tão independente... – comentou Elisa. – Temos que ver agora o que faremos com um apartamento na Alemanha.

– Isso, sua neta é quem decidirá. A falecida senhora Hoffmann deixou o imóvel para ela – disse o tabelião.

Todos se voltaram imediatamente para Alícia, esperando talvez uma explicação.

Mas Alícia não podia dizer nada porque nada sabia, por mais que buscasse, em suas lembranças, alguma pista. A avó teria mencionado, mesmo de passagem, uma viagem recente a Berlim? Ela jurava que não. Embora fosse certo que não gostava muito de dar explicações sobre o que fazia ou deixava de fazer. Por exemplo, várias vezes tinha ido a Málaga sem avisar ninguém. Se em Madri fazia frio ou ela simplesmente se sentia entediada, pegava o trem na estação Atocha e logo se acomodava em sua preciosa casa no bairro de El Limonar, em uma colina com vista para o Mediterrâneo. Isso era bem típico dela.

Mas, apesar de esse tipo de coisa fazer parte do seu caráter, era estranho que houvesse ocultado algo tão importante. Uma coisa é improvisar uma viagem à praia e outra, muito diferente, é comprar um apartamento em outro país sem dizer nada sequer aos filhos. Por que o segredo? E por que deixara o imóvel para ela? Foi nesse momento que decidiu ir a Berlim em agosto, quando Jaime passaria duas semanas com o pai.

O tabelião tirou um envelope do arquivo e entregou-o a Alícia.

Dentro, a documentação do apartamento e um molho de quatro chaves, presas a um aro e marcadas com uma letra P azul.

E várias perguntas sem resposta.

O Jogo

Madri, 1991

1

Estão ambas sozinhas na sala com uma enorme biblioteca de estantes de madeira. O ambiente, iluminado apenas por um par de lâmpadas baixas, é silencioso e tépido. As grossas paredes do edifício da rua Velázquez não deixam passar o frio nem o barulho. Na penumbra íntima do recinto, elas poderiam ser as duas únicas pessoas do mundo. O mundo exterior está muito longe.

É uma tarde de inverno como tantas outras. Lá embaixo, na rua, a chuva se funde com o ruído do tráfego e a pressa de milhares de pessoas que voltam do trabalho. Nenhuma delas é o pai de Alícia, que hoje estará em seu consultório durante a tarde toda, assim como a menina ficará na casa da avó até a hora do jantar. Essas horas, essas tardes, se transformaram para as duas em algo delicado e perfeito. Algo que ninguém mais deve tocar.

Os mesmos cabelos castanhos, os mesmos olhos azuis, a mesma pele muito branca. Os traços de Paulina Hoffmann, nascida em Berlim em 1932, pularam uma geração e reapareceram em sua única neta.

Juntas reveem, mais uma vez, as fotografias de um velho álbum encadernado em couro marrom, com os cantos já gastos. Brincando com um espelho de estanho colocado sobre a mesa, a neta compara sua própria imagem à da menina em branco e preto que sorri naqueles retratos de outro tempo, quase de outro mundo. Os restos da refeição continuam na bandeja. Quem terá tempo de percorrer o longo corredor que leva à cozinha, agora que estão mergulhadas no mundo (mágico para a pequena, cada vez mais necessário para a maior) das recordações?

A menina pega uma foto de família, tirada diante do imponente edifício da Staatsoper, na avenida Unter den Linden. Uma família de ares distintos – ela com sapatos de salto alto e um chapéu inclinado, que lhe dá certo ar de mistério, posa com seus três filhos pequenos na frente do grande templo prussiano da ópera. Todos os membros da família estão muito bem-arrumados, como é habitual nos retratos antigos, que serviam para imortalizar somente as grandes ocasiões. Os pequenos, com um penteado de risca, a menina com um grande laço na cabeça. No verso, pode-se se ler a tinta já desbotada de uma anotação: "Família Hoffmann. Berlim, 1936".

Paulina Hoffmann não se recorda do dia nem do motivo da foto: tinha então apenas 4 anos e faz tempo que já não existe no mundo alguém a quem possa perguntar. Mas, naquele momento, pareciam felizes. Ela conserva apenas uma dezena de imagens de seus pais e irmãos, sem as quais já teria se esquecido há décadas de como eram seus rostos. Mas aí estão. O pai, alto, moreno, de barba; as cabeças douradas da mãe e dos irmãos, com os olhos arregalados para a foto. Passou-se tanto tempo, passaram-se tantas coisas! No entanto, depois de anos e anos lutando para esquecer, ela agora precisa mergulhar nesse passado, tão longínquo que parece a vida de outra pessoa, para entender quem realmente é. De onde vem. Por que terá feito as coisas que fez.

A avó é uma mulher magra, de pele muito clara, com calças *jeans* e uma blusa de jérsei de colarinho alto; ainda está longe de ser uma anciã. Costumam confundi-la com uma turista, embora passe quase o tempo todo em Madri. Nunca perdeu por completo, em parte porque não quis, um leve sotaque alemão que, apesar da dureza do idioma, soa musical em sua voz doce.

Alícia se concentra para distinguir, na foto, os traços da avó. Além do cabelo, que ela pode divisar em branco e preto, é difícil identificar naquela figura infantil o rosto da mulher que agora está sentada a seu lado. Sim, Alícia pode ver a semelhança consigo mesma, embora, desde a inocência de seus 9 anos, se considere muito mais alta que a pequena Paulina, que, de mãos dadas com seus dois irmãos mais velhos, olha alegremente para câmera, sem saber que sua curta vida logo se desfará em mil pedaços.

A segunda fotografia mostra dois adolescentes, o menor ainda uma criança, com um uniforme aparentemente marrom. Na manga esquerda, vê-se a braçadeira com uma águia, uma suástica e duas palavras em alemão. Só se distinguem as iniciais, um D e um V; o resto está borrado. Sob o quepe, percebe-se que ambos são muito louros, a perfeita encarnação do ideal ariano. A imagem tem data de novembro de 1944.

– Quem são? – pergunta a menina, embora saiba de cor a resposta.

– Otto e Heinz, meus irmãos – responde mais uma vez a avó, que ultimamente vem sentindo a necessidade de voltar às primeiras lembranças, às suas raízes profundas, e descobriu que a única maneira de tornar suportável esse exercício tão doloroso é transformá-lo numa espécie de jogo compartilhado com a neta. Transformar o horror em uma história apropriada para os ouvidos da pequena. – Eles eram soldados muito corajosos – mente. – E olha como eram bonitos!

– Que uniformes bonitos! – comenta Alícia, buscando mais uma vez Paulina através do espelho.

Mas não são bonitos coisa alguma. Na verdade, sequer são uniformes militares e sim trajes da Juventude Hitlerista, com a braçadeira do Deutscher Volkssturm grosseiramente costurada ao tecido: o equipamento patético das milícias populares lançadas à frente de combate no final da guerra. Meninos em idade escolar, velhotes com dores nos ossos. Carne de canhão para o último e desesperado esforço de evitar a derrota alemã. De fato, alguns desses soldadinhos, embriagados da doutrina nazista praticamente desde o berço, acabaram por se revelar autênticos fanáticos, letais no campo de batalha; mas esse não parece ser o caso dos garotos da foto: a postura procura ser séria, mas não conseguem disfarçar o medo no fundo de seus olhos claros. Seguram os fuzis de um modo forçado, como se tivessem receio de dispará-los por acidente.

Entretanto, a neta ainda não sabe nada disso e também não entendeu que aqueles adolescentes (aqueles meninos) na verdade estavam apavorados. E como não estariam? Mal tinham começado a viver e já deviam estar prontos para matar.

Quando Alícia crescer e começar a fazer perguntas, acabará o jogo do álbum de fotos. Paulina deixará de comentar as imagens guardadas entre as capas de couro marrom e ela simplesmente esquecerá aos poucos aquelas histórias antigas.

2

Paulina Hoffmann espera sempre no mesmo canto do pátio até que as aulas terminem. Quando jovem, não pôde matricular seus filhos no Colégio Alemão, mas sua neta agora o frequenta, de modo que assumiu alegremente um papel de destaque na educação da menina. Desde que seu filho Diego enviuvou, quando Alícia tinha 4 anos de idade, a avó passou a ser um apoio fundamental: comparece às reuniões e festas, ajuda com os deveres de casa e, por que não admiti-lo, tira o pó das lembranças irreais e imaculadas de seus primeiros anos, antes que tudo fosse destruído.

Há pouco, confeccionaram juntas uma lanterna de mão colorida para o Lanternelaufen, o desfile outonal em que cada aluno empunha uma lampadazinha feita em casa, com uma vela dentro. O papel de seda que usaram para decorá-la resplandecia com a luz da chama a cada passo da pequena Alícia.

Para a avó, fazer essas coisas agora significa resgatar um pouco da infância que lhe foi arrebatada, assim como esperar diante do grande edifício da rua Concha Espina, aonde teria gostado tanto de trazer seus filhos, é ao mesmo tempo um triunfo e uma recordação de algo definitivamente perdido.

A menina chega, séria: é claro que está preocupada com alguma coisa. Paulina abotoa seu casaco e ajeita cuidadosamente o cachecol em volta de seu pescoço. É um dos dias mais frios do ano. De mãos dadas, dirigem-se para a saída.

Ambas ficam em silêncio no caminho para casa, onde passarão mais uma tarde até que o pai de Alícia feche o consultório. A mulher de cabelos grisalhos conhece muito bem essa menina tão parecida consigo mesma e sabe que é melhor não lhe perguntar o motivo de sua preocupação até ela própria resolver contar.

Preparam duas grandes canecas de chocolate quente e vão para a sala de luz baixa. A avó recorre há muitos anos ao truque de ingerir alguma coisa doce para aliviar a preocupação ou a tristeza. O velho recurso de enganar o cérebro com um pouco de serotonina. É um consolo enganoso, mas fácil e de efeito imediato.

– Katja vai sair da escola – diz por fim Alícia. – Não a verei mais. E você sabe que ela é minha melhor amiga.

Katja é uma menina doce e tímida, como Alícia. Na verdade, não é sua melhor amiga: é sua única amiga.

– Sua família vai voltar para a Alemanha?

– Sim, ela me disse hoje que vão para Frankfurt depois do Natal. Sentirei muita saudade dela. Com quem brincarei no recreio? Não quero ir à escola se Katja não estiver lá. Por que isso tem que acontecer comigo? Por que qualquer outro colega de classe não volta para a Alemanha?

Outra menina teria começado a chorar nesse momento, mas Alícia não é assim. Quando crescer, será o tipo de mulher que não se abate com facilidade. Todos a imaginarão mais forte do que realmente é.

Muitos colegas da escola são filhos de alemães que trabalham temporariamente em Madri e que, passados dois ou três anos, regressarão a Berlim, Munique ou, como nesse caso, Frankfurt. E Alícia não é uma menina que faça novas amizades com facilidade. Na verdade, isso é muito mais difícil para ela do que para a maioria das crianças. Tanto assim que seu pai, preocupado, conversou várias vezes com o psicólogo da escola. Alícia não tinha problemas com os outros alunos, mas nem por isso se enturmava com eles. Vivia imersa em seu mundo, brincava sozinha no recreio. Por isso, foi uma coisa fantástica que Katja entrasse em sua classe há dois anos. E, por isso, é um golpe doloroso que agora ela tenha de partir, sobretudo não sendo a primeira vez que a Alícia perde alguém muito querido.

Passaram-se mais de cinco anos desde a morte da mãe de Alícia, mas Paulina continua temendo que a garota, aparentemente feliz, revele sua fragilidade a qualquer momento. Ficar sem a mãe quando quase não se tem idade para se lembrar dela pode deixar uma ferida bastante profunda num coração tão pequeno. Sua nora, Paloma, era uma moça autêntica, carinhosa; e Diego teve muita sorte em casar-se com ela. A morte de Paloma foi absurda, em um típico acidente de carro, privando o marido e a filha de muitas coisas, e roubando-lhes milhares de bons momentos. Com a inclemência de uma guilhotina, decepou certeiramente pela metade algo que jamais poderia ser substituído.

Às vésperas de completar 10 anos, a menina agora só pergunta por aquela mulher afetuosa e divertida, que lhe fazia cócegas ao tirá-la da banheira e lhe contava histórias à noite. E Paulina não sabe se essa normalidade aparente, esse silêncio, são um bom ou mau sinal.

Quando a avó pensa em todo o amor que Alícia talvez tenha esquecido, sente uma enorme tristeza. Os primeiros anos, que significam muito para os pais, quase não são lembrados pelos filhos. Não existe outro momento, em nossa vida, no qual recebamos tanto carinho quanto nessa época, mas logo ele se dissolve nas brumas da memória.

Todavia, é possível que nem tudo se perca. Afinal, ela própria não se lembra do cheiro ou da voz de sua mãe, mas mesmo assim continua percebendo um calor que não se parece com nenhum outro toda vez que contempla uma de suas fotografias.

A missão de Paulina é fazer com que Alícia nunca se sinta mais solitária que as outras crianças, nunca lamente a falta de alguma coisa. Infelizmente, agora Katja também se vai.

Outra avó não daria importância ao problema, diria que Alícia logo encontrará uma nova amiga. Mas Paulina não é assim. Sabe que, para a neta, o que aconteceu foi uma pequena catástrofe.

– Quando eu era um pouco mais jovem do que você é agora – diz à neta –, minha melhor amiga também saiu da escola. Nunca mais a vi. Entendo muito bem como está se sentindo. Mas era outra época e essas coisas pareciam muito mais complicadas. Se Katja e você são amigas de verdade, se se entendem tão bem como você acha no momento, não devem deixar que isso as separe. Pode mandar-lhe cartas, cartões-postais e fotos, ou mesmo visitá-la se em um próximo verão for de férias à Alemanha. Aproveite a oportunidade de continuar em contato com ela. Eu não pude fazer isso, *Schatz** – conclui a avó.

– Como sua amiga se chamava? Tem alguma foto dela? – pergunta a neta.

– Chamava-se Ana. Mas não, não tenho nenhuma foto. Só me lembro de que ela tinha longas tranças negras, muito brilhantes, e de que me emprestou certa vez sua boneca favorita. Eu gostaria, mais que tudo no mundo, de ter notícias dela, depois que nos separamos – diz, recorrendo mais uma vez ao truque de converter o passado em uma história adequada aos ouvidos infantis de Alícia.

Ambas ficam pensativas. Hoje não vão jogar o jogo do álbum de fotografias.

Então, a mente de Paulina Hoffmann lhe prega uma peça. Algo escondido no mais profundo de suas recordações a faz pensar num modo infalível de distrair a neta.

– Vamos! – exclama. – Acabo de me lembrar de que nos esquecemos de uma coisa importante?

– O quê, vovó? – indaga a menina, que, é claro, morde a isca.

– Preste atenção: que dia é hoje?

---

* "Tesouro": em alemão.

— Hoje é 15 de dezembro.

— E o que você e eu fazemos todos os anos nesta época e ainda não fizemos?

— Biscoitos de Natal!

E saem as duas disparadas pelo corredor em direção à cozinha. A avó prepara esses biscoitos com a receita que aprendeu com a mãe. Há sabores que passam de uma geração a outra, intimamente unidos a momentos do passado, a pessoas que já não estão aqui. E o mais característico desses biscoitos, o que os torna diferentes de todos os outros, é a raspa de limão acrescentada à massa no final do preparo.

Mas nessa tarde, quando Paulina corta com a faca a casca rugosa e amarela, o odor cítrico penetrante a golpeia selvagemente, transportando-a por um momento à Berlim de 1938. Como se o tempo não houvesse existido, como se ela continuasse tendo 6 anos, volta à sala de jantar da casa onde cresceu e vê diante de si a mesa de madeira coberta com uma toalha rendada. A louça com desenhos azuis. O açucareiro sem uma das alças. O olhar da mãe. Sente de novo aquela forte dor no estômago.

Tem que improvisar uma desculpa e esconder-se em seu quarto para se acalmar, deixando a menina sozinha na cozinha durante alguns minutos.

A memória conhece os caminhos que esquecemos. Mal-intencionada e astuciosa, sabe como nos levar de volta, quando menos esperamos, aos lugares que tanto esforço nos custou deixar para trás.

3

Paulina quer ajudar, lutar contra a desgraça intoleravelmente injusta que destruiu para sempre uma família tão jovem e feliz. Sabe muito bem o que é enviuvar quando tudo está apenas começando, o que é ter lançado com outra pessoa os alicerces de uma vida em comum e achar-se, de súbito, diante de uma obra pela metade, que deve ser terminada por quem ficou e que ignora como fazer isso.

Sua outra filha, Elisa, está sempre viajando de um lado para o outro, expondo em uma galeria de Milão ou participando de um seminário de arte em alguma universidade europeia – portanto, Paulina é a única que está disponível para ajudar. Além disso, cuidar da neta não é nenhum sacrifício. Ela se diverte muito com essa menina esperta, cheia de talentos, dotada de uma curiosidade infinita. Explicar o mundo a Alícia é um privilégio extraordinário: contemplar esses olhos muito abertos, essa mente que lembra uma esponja de informações, essa inteligência em evolução que até parece lançar fagulhas.

Uma tarde, vão juntas a um leilão de arte. Paulina está interessada em um dos quadros do lote e, no caminho, explica à neta como funciona o sistema de lances. Chegam ao local, abarrotado de móveis escuros, paisagens com molduras douradas, joias e relógios expostos em vitrines. No andar térreo, onde estão dispostas cadeiras em filas, os primeiros compradores já esperam. Junto à parede, veem-se as peças que serão leiloadas.

– É este? – pergunta a menina, de mãos dadas com a avó.

– Sim. Gosta?

A menina se aproxima bem do quadro e examina-o com ar atento.

– Não sei.

– Acho que gostará quando você for mais velha.

– Por que quer comprá-lo se é tão parecido com os outros que você tem?

– Este é especial.

– Mas... – objeta a menina, que está de vestido vermelho e cabelo trançado, enquanto lê a etiqueta com o lance inicial. – É muito caro! Pedem um milhão e meio de pesetas!

– É caro, sem dúvida. Nunca pensei que chegaria a valer tanto.

– E ainda assim vai comprá-lo? Custa o mesmo que um carro, papai me disse.

A avó ri.

– Seu pai é meu filho e eu o adoro. Mas, às vezes, mostra-se excessivamente pragmático.

– Que significa "pragmático"?

– Psiu, fique quietinha. Vai começar.

O quadro é a peça mais valiosa do lote e Paulina Hoffmann acha que o deixarão para o final. Faz mais de quarenta anos que não o vê e, no entanto, logo sente como se todo o tempo transcorrido fosse apenas um interlúdio, como se voltasse àquela tarde de 1950 na galeria Biosca.

Contempla o céu azul-escuro, o marrom da terra seca e dura. Segue a linha horizontal quase perfeita que divide as duas grandes manchas de cor, admira o talento do artista para criar a verdade da paisagem. Ficou anos atenta às chamadas da casa de leilões, na esperança de que, cedo ou tarde, poriam à venda essa tela.

A menina se remexe na cadeira, entediada.

– Falta pouco, fique tranquila. Você sabe que, se se comportar, depois vamos comer umas panquecas – sussurra a avó.

– A próxima peça é uma tela com data de 1950. Título: *Terra*. O lance inicial é 1.590.000 pesetas – anuncia o vendedor.

Paulina Hoffmann ergue a mão e, depois de uma curta disputa com um senhor da última fila, fica com o quadro. Acerta os detalhes da entrega e, após as prometidas panquecas com creme, voltam para casa. Falta pouco mais de meia hora para que Diego venha pegar a filha quando, de repente, Paulina fica agitada, corre ao telefone e disca o mais rápido que os seus dedos permitem o número do consultório de ginecologia do filho.

– Que bom que você ainda está aí, Diego!

Não queria transmitir a angústia que sente, mas sua voz a traiu.

– Que foi, mamãe? Algum problema com Alícia?

– Não, não, de forma alguma – tenta dissimular. – Ela está apenas um pouco cansada e talvez seja melhor que durma aqui.

– Mamãe...

– Sim?

– É o quadro, não é? Você o comprou e agora está confusa. Não quer ficar sozinha, certo?

Paulina Hoffmann lastima a perspicácia do filho e sua necessidade, tão irritante às vezes, de dizer tudo claramente. Ela sempre foi mais partidária do silêncio. Não o contradiz.

– Bem, na verdade vou me demorar um pouco aqui, revendo os prontuários de dois pacientes – retoma ele, apiedando-se da mãe. – Apareço amanhã de manhã para levá-la à escola.

Desligam o telefone e Paulina se sente inundada por uma grande onda de amor pelo filho, que é tão diferente dela.

Duas horas depois, com a menina já dormindo, tenta sem êxito concentrar-se na leitura de um romance policial. Apesar de gostar muito das histórias de detetives, não consegue se concentrar. Nem mesmo um bom livro poderá arrancá-la, esta noite, do imenso buraco negro em que, às vezes, suas lembranças se transformam.

Entra no quarto da neta e desperta-a suavemente.

– Quer dormir comigo?

– Sim, claro – responde uma vozinha sonolenta.

Com as duas juntas na cama, Paulina abraça o corpo cálido e ainda pequeno, sentindo o roçar dos cabelos macios no rosto, toda vez que Alícia se move. Tem de conter o desejo de apertá-la com força, para que não saia nunca de seu lado. Por nada no mundo gostaria de perturbar esse sono doce e inocente, ignorante ainda de toda a escuridão e tristeza que uma única vida pode encerrar.

– Jamais me deixe sozinha, *Schatz* – murmura.

Precisa muitíssimo dela.

4

Nessa mesma madrugada, a avó acorda gritando. Acende a luz do abajur, veste um roupão azul-marinho – nada de camisolas de senhora idosa, não é seu estilo – e sai do quarto para não despertar a menina, que dorme docemente a seu lado. Respira fundo e abre a janela da sala. Lá embaixo, a calma noturna do bairro de Salamanca. A rua está deserta à luz dos faróis, com exceção de um casal que desce de um táxi e entra de mãos dadas no luxuoso Hotel Wellington.

Acende um cigarro. Expele devagar a primeira tragada, admirando a estranha beleza dos anéis de fumaça, que se desfazem no ar frio da noite. Nunca foi viciada em cigarros, mas sempre guarda um maço na gaveta da mesinha de cabeceira, para esses momentos. Duas lágrimas descem por suas faces, enquanto sente a carícia venenosa deslizando em seus pulmões.

Teve de novo um de seus antigos sonhos, que continuam lhe provocando a mesma taquicardia, o mesmo sobressalto. Desde menina, tem o dom ou a desgraça de recordar em detalhes o que ocorre em sua cabeça durante o sono. Agora passará dois ou três dias tentando arrancar da mente essas imagens. Como sempre. Durante o dia, consegue manter a distância seus fantasmas, que, no entanto, são astutos e voltam para visitá-la à noite, quando ela baixa a guarda e não pode afugentá-los.

Tudo acontece numa grande casa perto do mar. O céu está pontilhado de estrelas e o silêncio é absoluto. Os outros dormem. Ela está sozinha no jardim, vestida com uma camisola leve de verão que a deixa sentir a carícia do ar quente sobre a pele. Circula por ali um doce aroma de jasmim. Logo escuta um ruído que vem da piscina. Desce descalça a escada, sentindo nos pés a umidade fresca dos degraus de pedra. Quando já está perto, nota que há algo na água. Põe-se a correr e, chegando à beira da piscina, avista duas figuras vestidas de uniforme marrom, de mãos dadas e flutuando de barriga para baixo. São Otto e Heinz, seus irmãos! Salta na água para tentar ajudá-los, mas imediatamente descobre que os cadáveres desapareceram. Em seu lugar está agora o corpo de um homem adulto, muito mais alto e corpulento que os dois adolescentes.

Sempre desperta antes de virá-lo e ver seu rosto, mas, sem dúvida, sabe muito bem quem é: há anos vem aparecendo em seus piores pesadelos, em suas noites mais angustiantes.

A vida inteira tenta se libertar dele, sem consegui-lo.

A Herança

Berlim, agosto de 2016

1

Alícia havia decidido perguntar aos vizinhos e aos comerciantes de Prenzlauer Berg se por acaso se lembravam de sua avó; procurar o tabelião que preparou o contrato de compra e venda; vasculhar meticulosamente os armários. Tentar, enfim, descobrir por que Paulina Hoffmann comprou o apartamento da Kastanienallee. Porém, estando agora em Berlim, o que seu corpo pede é, além disso, perambular pela cidade e tentar pôr um pouco de ordem em seus pensamentos. No fundo, reconhece, foi bom encontrar um sentido para esses quinze dias sem Jaime.

Decide ligar para Marcos e perguntar por seu filho. Sem dúvida, ele preferiria que ela se limitasse ao WhatsApp, mas seu desprezo por Alícia o induz a mensagens monossilábicas e ela precisa saber com mais detalhes o que seu filho anda fazendo. Não lhe basta constatar que está vivo, alimentado e de pijama. Desde o princípio, deixaram claro que o divórcio não afetaria seus papéis de pai e mãe; portanto, esse acordo lhe dá o direito de telefonar quando necessário. E tem que telefonar para ele, porque falar com seus sogros está fora de cogitação. Alícia suspeita que não é, exatamente, a pessoa mais querida da família de seu ex-marido.

– Alô? – atende ele em um tom seco.

– Oi, Marcos. Sou eu.

– Sim.

– Estou ligando para saber como está o Jaime.

– Está muito bem.

– Isso eu já sei. Mas me conte algo mais. Não posso ficar sem saber o que ele anda fazendo.

— Ontem lhe mandei uma foto.

— Não me torture, Marcos. Faça um resumo, por favor.

Ele permanece um instante em silêncio e continua:

— Certo. Ontem chegamos no meio da tarde, havia um grande congestionamento, mas ele se comportou bem no carro. Brincou um pouco na piscina e depois tomamos sorvete no centro. Não há mais nada a dizer, pois ele foi dormir. Hoje fizemos compras com minha mãe e agora ele ficará aqui porque vou sair. Está comendo bem etc. etc.

— Ele se divertiu? — atreve-se a perguntar Alícia.

— Muito. Mas aqui termina meu resumo. Até logo, Alícia. Amanhã, se quiser alguma coisa, o melhor é recorrer ao WhatsApp.

E Marcos desliga.

"Droga", diz a si mesma, "esses dias vão ser complicados." Uma parte dela gostaria de sair correndo até o aeroporto de Berlim-Schönefeld e pegar o primeiro voo de volta. Sente uma autêntica necessidade física de ver Jaime, tocá-lo, falar com ele. Mas o filho ficará duas semanas com o pai e ela precisa aguentar, por muito que isso lhe custe. É a primeira vez que ficam tanto tempo separados.

Não vive um momento fácil: sabe que suas mentiras prejudicaram o ex-marido, de quem a única culpa, afinal de contas, foi casar-se com ela, ludibriado, e teme estar falhando como mãe. Seu filho de 3 anos está a 2.300 quilômetros de distância, seu casamento fracassou e, não bastasse isso, acaba de ficar um pouco mais órfã após a morte de Paulina.

Se ficar um minuto a mais no apartamento quase vazio, enlouquecerá. E não faz nem vinte e quatro horas desde que desceu do avião.

— Ainda me restam catorze dias — sussurra, como uma advertência vaga dirigida a si mesma.

Precisa tomar um bom banho e sair para a rua.

O dia está magnífico, com temperatura perfeita, 21 graus segundo o pequeno termômetro da janela da cozinha. É um aparelho antigo, de madeira e bronze, com os números e a palavra "Thermometer" em letras góticas. Talvez esteja ali desde a construção do apartamento.

Alícia recorda que sua avó costumava contar uma anedota de seus tempos de escola, quando os nazistas, em 1941, proibiram a escrita gótica por achar que tinha origem hebraica. Muitas crianças não sabiam escrever de outro modo e tiveram que aprender de novo. Os livros e cadernos escolares também precisaram ser substituídos. A confusão foi geral. Alícia, com 8 ou 9 anos, achava engraçado imaginar tudo aquilo, mas agora se dá conta de que, na realidade, não tinha graça nenhuma.

Põe uma calça *jeans*, um velho par de tênis New Balance e uma camiseta cinza de mangas curtas. Coloca dentro de uma bolsa grande de couro preto, a mesma que usou na viagem, uma jaqueta fina, óculos de sol, a carteira e o celular. Sabe que está com os nervos à flor da pele, mas saber não é evitar. Talvez seu pai estivesse certo e não tenha sido uma boa ideia vir sozinha.

Sai às pressas do apartamento.

2

Caminha pouco mais de meia hora. Chega à Alexanderplatz e logo está na parte mais monumental da cidade. Passa diante da massa neobarroca da catedral, com suas cúpulas azul-esverdeadas, e atravessa a Ilha dos Museus pelo exuberante gramado do Lustgarden. Observa os grupos de adolescentes e turistas sentados à beira da grande fonte natural, desfrutando esse sol que aqui é um raro luxo.

Entra em uma confeitaria, senta-se numa das mesinhas junto ao balcão e pede um pedaço de torta Floresta Negra. Sua avó gostava muito da que preparavam no café Emassy de la Castellana e costumava comprá-la no dia de seu aniversário. Há pouco, aproveitara o momento para consultar o e-mail do escritório de advocacia ou responder a alguma mensagem, embora estivesse de férias; mas, desde que havia deixado o trabalho, toda essa parte de sua vida, que antes parecia tão urgente, desapareceu sem mais nem menos, como uma prova de sua própria estupidez.

Continua o passeio e percebe que chegou à Unter den Linden. Certas ruas são mais que uma linha no traçado urbano de uma cidade. Como na Champs Élysées de Paris ou na Gran Vía de Madri, neste amplo bulevar se respira o caráter e a história de Berlim. Seu nome significa literalmente "sob as tílias". É fácil imaginar esse local durante os sofisticados anos 1920, quando costumava-se dizer em tom de brincadeira que a maior preocupação dos berlinenses era achar tempo para tantos prazeres: a efervescência dos cafés, o som dos risos e da música, o ambiente desprezível e hedonista dos cabarés... E é impossível não se lembrar das épocas mais sombrias que vieram pouco depois, quando a rua, cheia de enormes bandeiras vermelhas com suásticas e colunas coroadas de águias, se transformou numa enorme vitrine da simbologia nazista.

Alícia esteve em Berlim há quinze anos, com sua amiga Maria e outras garotas da faculdade e fica surpresa de ainda ser capaz de orientar-se pelos bairros mais centrais. Aquela foi uma viagem divertida. Houve duas noites loucas nesses clubes de música eletrônica que, ao menos na época, não tinham iguais em nenhum outro lugar do mundo. Lembra-se de ter dançado até de madrugada na câmara blindada de um banco abandonado havia décadas e situado na antiga Zona Zero, perto da muro. Como tudo está diferente! Quanta distância separa aquela ingênua busca de diversão e a confusão que agora habita sua cabeça!

Caminha alguns minutos mais pela grande avenida e, por fim, se detém no local exato onde foi tirada a fotografia da família Hoffmann, em 1936. Sua ideia, desde que saíra de casa, era chegar justamente aqui. De algum modo, esse é o começo natural de suas estranhas férias, desses dias solitários que são apenas uma maneira como outra qualquer de superar sua dor.

Diante dela, o majestoso edifício que aparece na foto antiga, uma das casas de ópera mais emblemáticas do mundo, o lugar onde Mendelsohn e Strauss receberam entusiásticos aplausos. O grande auditório onde, décadas mais tarde, os acordes de Wagner serviram de trilha sonora ao aparato nazista, que tudo fez para manter o teatro ativo durante quase toda a guerra, como um símbolo de poder.

A última apresentação foi em agosto de 1944. Que sentiria, que pensaria o público dessa despedida, vestindo-se de gala seis dias depois que as tropas aliadas haviam libertado Paris? Medo, culpa, talvez arrependimento? Ou estavam tão loucos, tão desligados da realidade e das consequências de seus crimes que, simplesmente, viam aquilo apenas como um final de temporada?

O diretor Herbert von Karajan escolheu Mozart para a ocasião. Alícia se recorda desse fato, lido em algum livro, e imagina as notas das *Bodas de Fígaro*, a obra representada, soando em agonia no cenário barroco, sobrevoando os assentos de veludo vermelho como a música ensandecida de um pesadelo.

O Monstro

Berlim, 1938-1939

1

Os doutores Hoffmann e Löwe estudaram juntos na universidade e, desde então, dividem o consultório da Schliemannstrasse. São médicos de bairro, que todo mundo cumprimenta na rua: os homens, com uma sutil inclinação do chapéu, as mulheres que tiveram filhos doentes, com um grande sorriso de gratidão. Atendem crianças com caxumba, jovens grávidas e velhos doloridos. Com seu jaleco branco e seu estetoscópio, são testemunhas da vida autêntica, os primeiros a inteirar-se quando morre alguém ou nasce um bebê.

Suas filhas têm a mesma idade, 6 anos. São inseparáveis. Gostam de ir ao consultório, embora raramente possam fazer isso porque sempre há doentes esperando na antessala, entre tosses e gemidos, sentados nas cadeiras forradas com uma imitação de veludo. Mas, quando vão, é fantástico. A enfermeira sempre lhes dá balas de mel. Podem subir na maca, que lhes parece altíssima, e brincar – por que não? – de médicas. Têm permissão até para mexer nos instrumentos metálicos guardados na fascinante maleta de couro das visitas a domicílio.

Paulina e Ana se conhecem desde que eram bebês. Já naquela época eram colocadas sobre um cobertor vermelho e verde, com seus primeiros brinquedos – um rudimentar chocalho de lata, um ursinho de pelúcia –, quando as duas famílias se reuniam para tomar café aos domingos. Juntas começaram a engatinhar, juntas deram os primeiros passos. Balbuciaram e aprenderam a falar quase ao mesmo tempo. São como duas arvorezinhas plantadas ao mesmo tempo. Herr Hurwitz, o padeiro, sempre as chama de *Zwillinge*.*

Moram na mesma rua e, nas noites de inverno, se aproximam da janela até que possam ver uma à outra na sacada fronteira. Então se cumprimentam com um aceno de mão para se despedir até o dia seguinte, quando se encontrarão na calçada para irem juntas à escola.

São tão amigas que, uma noite, trocaram seus brinquedos favoritos, esses ternos fetiches capazes de afugentar todos os medos e que se costuma abraçar na cama antes de conciliar o sono.

Ana dormiu com o urso de pelúcia de Paulina.

Paulina vestiu carinhosamente a boneca preferida de Ana.

Na manhã seguinte, prometeram não se separar jamais. Iriam casar-se com dois irmãos e viveriam juntas. Procurariam se ajudar sempre. Pode-se imaginar uma cumplicidade maior entre duas meninas pequenas?

Seus primeiros anos transcorrem assim, numa feliz sucessão de dias iguais e caseiros, mas logo as coisas começarão a mudar. A espessa couraça protetora que até agora cercou suas vidas vai trincando pouco a pouco e o mundo perverso dos adultos começa a insinuar-se pelas rachaduras.

---

* "Gêmeas", em alemão.

2

As meninas sempre frequentaram a mesma sala de aula e compartilharam a mesma carteira, até que uma manhã Fräulein Weber colocou Ana na última fila, com duas outras meninas de cabelos escuros e olhar cada vez mais tímido.

Pouco depois, o doutor Hoffmann substituiu a placa metálica da porta do consultório, em que apareciam os nomes dos dois médicos, por outra em que constava apenas o seu. Não podem continuar trabalhando juntos, explicam aos filhos durante o jantar; quando forem maiores, compreenderão o motivo.

Mas Paulina não quer esperar tanto. Quer sentar-se com Ana na classe e subir de novo com ela na maca coberta por um lençol branco. Tampouco entende por que sua mãe, de repente, não parece gostar mais que brinquem juntas. Implora que lhe deem permissão para convidar de novo a amiguinha e pensa que os adultos são muito injustos; mas, depois de algum tempo, percebe que dessa vez não vai conseguir nada, por mais que proteste. A verdade é que seus pais e sua professora parecem tão tristes quanto ela.

Um dia, o diretor entra na sala de aula empunhando um balde de água com desinfetante e ordena às três meninas da última fila que esfreguem suas carteiras para "desintoxicá-las". Devem repetir várias vezes o processo – "*Ganz sauber lassen, kleine juden!*",* vocifera ele –, segurando as escovas com suas mãos pequenas e nervosas, até que o homem fique satisfeito. Paulina espera que Fräulein Weber, sempre bondosa,

---
* "Deixem bem limpo, suas judiazinhas!", em alemão.

diga algo para interromper aquilo, mas Fräulein Weber não faz nada. Presencia a humilhação com porte rígido e em silêncio, de pé na frente do quadro-negro.

E hoje, Ana não veio à escola.

A professora disse que ela não virá mais. Disse também muitas outras coisas, mas é possível que uma menina de 6 anos como Paulina não tenha compreendido.

Quando sua mãe vai buscá-la na escola, a menina está séria: é evidente que alguma coisa a preocupa. A mãe abotoa seu casaco e ajeita seu cachecol. É um dos dias mais frios do ano e suas palavras desenham nuvens de vapor no ar.

– Voltarei a ver Ana? – pergunta Paulina ao chegar em casa.

A mãe a fita em silêncio, com um pedido desesperado gravado no olhar: "Por favor, não pergunte!"

A couraça se racha um pouco mais.

Paulina é inteligente. Muito inteligente. Aprendeu uma coisa: é melhor fingir que não compreende – fingir até para si mesma –, como fez quando Fräulein Weber lhe contou que a amiguinha não voltaria à escola. É melhor tanto para ela quanto para os demais, pois eles muitas vezes são incapazes de lhe explicar certos acontecimentos que ocorrem à sua volta. Isso ela nota no modo como evitam fitá-la nos olhos, na maneira como contraem a mandíbula.

– Fiz biscoitos de Natal – diz a mãe, e traz da cozinha uma grande bandeja cheia de doces com aroma de limão.

Nessa tarde, Paulina come muitos biscoitos. Muitíssimos. A luz triste da tarde ilumina a mesa coberta com uma toalha de renda e a louça com adornos azuis. A mãe a observa em silêncio, vendo como engole, ansiosa, quase todo o conteúdo da bandeja. E nem sequer a recrimina por não deixar nada para os irmãos.

Nessa noite, Paulina vomita várias vezes e chora na cama, procurando não fazer barulho. No dia seguinte, está doente e também não pode ir à escola.

3

Paulina desenha, sem muito entusiasmo na mesa da sala de jantar, enquanto a mãe anda pela casa, fazendo camas e arrumando as coisas. As vidraças da sacada estão úmidas com a chuvinha fria que cai durante toda a manhã. De minuto em minuto, a menina se aproxima e esfrega com a ponta dos dedos o vidro coberto de vapor, olhando para o outro lado da rua a fim de ver se Ana também não estaria à janela.

Há duas horas, Otto e Heinz foram para a escola, atrasados como sempre, com suas mochilas pesadas e casacos grossos. Custam a se desgrudar dos lençóis, como Paulina, mas hoje ela sente dores de estômago e ficou em casa. O pai saiu bem cedo para o consultório: desde que o doutor Löwe partiu, o trabalho se acumulou. De modo que mãe e filha estão sozinhas.

– Preciso fazer compras para o almoço, Paulina. Não demorarei mais que dez minutos. Você não se importa de ficar sozinha? Falarei com a vizinha, para o caso de você precisar de alguma coisa.

– Claro que não, *Mutti*.*

Quando escuta o barulho da porta se fechando, Paulina corre outra vez para a janela e toma uma decisão.

Calça as botas e sai para o corredor do prédio. Ninguém. Fecha cuidadosamente a porta e corre para a rua. Cruza a outra calçada e entra no prédio de sua amiga. Sobe as escadas com a rapidez que suas pernas permitem e bate com os nós dos dedos à porta dos Löwe.

– Já vai! – grita uma voz infantil do outro lado.

---

* "Mamãe", em alemão.

— Não, Ana, já lhe disse que é melhor você não abrir a porta.

Passos rápidos se aproximam.

O doutor Löwe deveria estar agora atendendo seus pacientes, auscultando-os com ar sério e preenchendo receitas de remédios, mas permanece confinado em casa, cheio de dúvidas e medo. É ele quem abre a porta e dá de cara com Paulina, muito séria.

— Que está fazendo aqui?

— Vim ver Ana.

— Você não pode entrar, Paulina. Seus pais não lhe disseram?

A figura miúda de sua amiga aparece no fundo do corredor. Aproxima-se rápida, com as meias deslizando alegremente sobre o tapete, e por um momento é como se as coisas, como se a vida e como se o mundo houvessem voltado a ser como antes.

O pai de Ana fecha depressa a porta e as meninas se fundem num abraço que encerra toda a intensidade de seus 6 anos, toda a inocência para a qual o que existe agora vai existir para sempre.

— Senti saudade – diz uma.

— Tenho muita coisa para lhe contar – diz a outra.

E saem correndo para o quarto de Ana.

O pai as vê indo de mãos dadas e não pode evitar um soluço, mas em seguida se recompõe e entra no quarto da filha, onde as encontra espalhando freneticamente, sobre a cama, os brinquedos favoritos de Ana, como se elas soubessem – e, no fundo, sabem – que estão tendo a última oportunidade de ficar um pouco juntas, de voltar ao cristalino e puro prazer de sua amizade. O doutor Löwe deixa que aproveitem esses momentos finais sem contar-lhes que vai avisar a mãe de Paulina.

Pouco depois, as meninas escutam a voz da senhora Hoffmann no corredor. Entreolham-se.

— Nunca nos separarão – garante heroicamente Ana.

— Claro que não, vamos convencê-los – confirma Paulina.

Os adultos estão abatidos, envergonhados, enquanto se despedem no corredor antes de abrir a porta. Não convém que os vizinhos os surpreendam conversando.

– Sinto muitíssimo, meninas – lhes diz o pai de Ana.

– Nós é que sentimos – responde a mãe de Paulina, fitando-o.

Mãe e filha cruzam a rua em silêncio e sobem para seu apartamento. Sentam-se num sofá e Paulina, embora já esteja grandinha, deixa-se embalar sem dizer uma palavra.

4

Esse inverno põe fim a muitas coisas. A couraça está tão trincada que mal protege Paulina. Uma noite, enquanto dorme bem agasalhada sob os cobertores, é arrancada de seu sono pelos ruídos que vêm da rua.

Gritos, correria, choro.

Sai assustada do quarto, em busca dos pais. Seus irmãos também acordaram e estão de pé no corredor, esfregando os olhos sonolentos. Otto tem 10 anos; o pequeno Heinz acaba de completar 8. As três crianças, com seus pijamas de flanela, dirigem-se para a sala de jantar, que está com as luzes acesas.

– Nunca pensei que chegaríamos a isso – ouvem a mãe dizer, antes de entrar. Ela veste uma leve camisola de lã, que encanta Paulina, e seu olhar parece perdido a distância. Apoia-se no aparador, onde deixa cair todo o peso do corpo. Os copos e as taças tilintam por um instante.

– Que está acontecendo, *Mutti*? – pergunta Otto.

– Por que tanto barulho? – acrescenta Paulina, enterrando o rosto no delicado tecido da camisola.

Uma espessa fumaça negra sobe dos telhados. Abrem rapidamente a janela da sacada para ver melhor e o frio intenso da madrugada entra com violência pelo apartamento bem aquecido. No fim da rua, avistam um grupo de homens uniformizados, vociferando palavras de ordem.

– Parece um incêndio – diz o pai. – Eu diria que é na região da Kollwitzplatz.

Com a luz do dia seguinte, a família desce para a rua. Os adultos trocam impressões em voz baixa e com ar sombrio, para que os filhos não escutem. Paulina e Heinz brigam como dois pirralhos. Trouxeram um pião para brincar na praça e ambos querem ficar com ele. Todos os irmãos se comportam como crianças pequenas e assustadas.

Ao chegar à Kollwitzplatz, logo descobrem que não poderão brincar com o pião. O barulho é impressionante. Inúmeras vitrines estão quebradas e algumas lojas foram destruídas. Ao longo do caminho, viram o padeiro, Herr Hurwitz, recolhendo em silêncio cacos de vidro da calçada.

O aspecto da grande sinagoga é assustador: a fachada marrom está totalmente enegrecida e os altos vitrais, tão bonitos até a véspera, caíram em mil pedaços calcinados.

– Dizem que apagaram esse incêndio só porque poderia alcançar o edifício de apartamentos vizinho. Em outros pontos da cidade, deixaram o fogo arder até o fim. Quase todas as sinagogas da cidade se transformaram em cinzas – diz o pai.

Paulina olha assustada ao redor. Alguns vizinhos do bairro – a dona do açougue, o velho com o qual cruza diariamente a caminho da escola – passeiam em meio ao caos com ar de satisfação, cumprimentando-se com o braço erguido. Como podem estar contentes diante de tamanha catástrofe? Paulina não consegue entender isso, mas sabe que será inútil pedir explicações a seus pais. Ultimamente, as respostas vão ficando cada vez mais raras.

Pega a mão da mãe e diz:

– Por favor, quero voltar para casa.

5

Um monstro enorme vai cobrindo com sua sombra tudo o que Paulina conhece. Não pode ver seu rosto nem seu corpo: apenas a grande mancha escura que projeta sobre seu mundo. A sombra cresce, invadindo cada vez mais espaço: começa pela sala de sua casa, onde costumava brincar com Ana sobre um tapete, quando era bebê; continua pelo pátio da escola, onde já quase não se ouvem risos e canções, e se estende para as ruas do bairro de Prenzlauer Berg. Logo invadirá Berlim inteira, a Alemanha inteira, o mundo todo. Talvez chegue até a Espanha, onde mora sua tia Sophie.

A sombra gigantesca do monstro encobre a luz do sol e deixa tudo mais escuro, mais apagado. A diferença, a princípio, é sutil, mas em seguida luz e sombra se tornam radicalmente distintas. Sob a silhueta enorme e ameaçadora, nada é o que costumava ser.

Tem esse sonho algumas noites. E cada vez com mais frequência. Quando acorda, corre para o quarto de Otto e Heinz, que sempre protestam um pouco antes de erguer o cobertor e dar-lhe espaço na cama.

Há alguns meses, Ana desapareceu por completo de sua vida. Embora havia meses não fossem juntas à escola ou brincassem durante as tardes, até então ainda se viam de vez em quando no bairro ou através da janela. Até que um dia Paulina ouviu seus pais comentarem, num momento em que julgavam que ela não estava prestando atenção, a possibilidade de Ana ter ido para a Inglaterra. Talvez, com sorte, houvessem conseguido mandá-la para lá. Ou talvez pudesse ter saído do país graças à Operação Kindertransport, juntamente com outras dezenas, centenas, milhares de crianças. Paulina não consegue imaginar nada mais terrível que se separar à força de sua família, mas o tom de voz dos adultos deixava claro que escapar para longe, mesmo sozinha e desprotegida, era o melhor que poderia ter acontecido à sua amiga.

Essa conversa, ouvida furtivamente, alimenta um monte de fantasias na cabeça de Paulina durante dois anos. Em seu mundo onírico, alternam-se o sonho do monstro com outro, em que reencontra Ana e ambas percorrem juntas as lojas, os museus e as confeitarias de Londres. Uma cidade que, em sua imaginação, é quase mágica, plena de luzes multicoloridas que contrastam com a paisagem cada vez mais cinzenta de Berlim. Uma cidade onde a vida é uma sucessão de dias despreocupados e apaixonantes. Uma cidade onde não existe medo.

Recordará com frequência, durante a vida inteira, a última vez que viu Ana. Caminhando com a mãe pela Kastanienallee, reconheceu de longe a silhueta da amiga. Estava de mãos dadas com o doutor Löwe e apertava sua boneca contra o peito, num gesto protetor. Não pareciam as mesmas pessoas nem andavam do mesmo jeito que antes. A mãe de Paulina, feições contraídas por um pânico repentino, apressou o passo na direção contrária, fingindo que estavam atrasadas para ir a algum lugar.

Essa será a imagem de Ana que Paulina conservará na memória. Não se recordará da menina divertida de tranças brilhantes, mas da menina assustada que caminhava olhando para o chão, abraçada a seu brinquedo.

O Intruso

Berlim, agosto de 2016

1

Às vezes, é difícil saber se somos excessivamente complicados ou surpreendentemente simples. Alícia sente uma hesitação mais própria de uma adolescente que de uma mulher na casa dos 30 anos que já deveria estar segura de muitas coisas. Bastou uma bobagem para apagar, num instante, toda a inquietação que sentia na véspera, quando a presença de Paulina no apartamento fora tão intensa que ela ficou horas se virando na cama, sem conseguir dormir.

"Oi, Alícia! Sou Iván Muñoz. Acredito que saiba que estou morando em Berlim. Se quiser, poderemos nos encontrar hoje, pois tenho o dia todo livre. Beijos."

Essa foi a mensagem de texto que recebeu de manhã, de um número alemão. Não ignora, é claro, que o irmão de Maria está passando uma temporada na cidade como correspondente do jornal onde trabalha, mas nunca pensou em se encontrar com ele. Talvez a amiga, preocupada, tenha pedido ao irmão que a leve para dar uma volta e depois a informe, em detalhes, de passagem, sobre como ela está. Isso é bem típico de Maria, sempre tão dedicada, sempre tão boa. Alícia sente às vezes que sua amizade não é justa, que recebe de Maria muito mais do que lhe dá.

"Não tenho nada planejado e gostaria muito. Se quiser, podemos comer em algum lugar. Me passe o endereço e nos encontraremos lá", responde, antes de entrar no chuveiro.

É claro que Maria quer saber como ela está. É, com certeza, sua melhor amiga, se esquecermos por um instante quão ridícula soa essa expressão saindo dos lábios de uma pessoa adulta. Conheceram-se na

Faculdade de Direito, onde compartilharam anotações, demoradas conversas na cafeteria e garrafas ainda mais demoradas no gramado do *campus*. Foram anos bons, muito bons, com a ilusão e as ambições ainda intactas. Agora, aos 30 anos, o tempo começou a pôr cada uma em seu lugar e a diversão desceu alguns graus na escala das prioridades.

Alícia às vezes se pergunta se existem, de fato, tantas coisas mais importantes que a diversão. Terá se confundido, aceitando sem duvidar aquilo que se supõe relevante, mas não é? Pois, entre as poucas coisas que recorda sempre com um sorriso, estão as tardes de quinze anos atrás, no gramado da faculdade.

Chorou muitas vezes no ombro de Maria – "demasiadas, talvez", pensa agora com certo arrependimento – neste último ano, o pior de sua vida. O divórcio e a morte da avó lhe deram motivos de sobra para isso. Estava claro que acabaria indo conversar com Iván, deveria tê-lo imaginado; mas é que, ultimamente, dispõe de pouquíssimo espaço mental disponível para antecipar-se aos acontecimentos.

Alícia se fecha no banheiro e depila as pernas, as axilas e as virilhas – um detalhe que ele dificilmente poderá apreciar enquanto comem. Mas se sente mais segura quando está bem depilada e usa uma calcinha apresentável. Troca de roupa duas vezes até aprovar sua imagem no espelho. Não quer parecer que se arrumou para ele, é claro. No fim, veste a mesma camiseta do dia anterior, *jeans* e sandálias de salto baixo. Gostaria de pintar as unhas dos pés, mas não trouxe esmalte. A pele muito branca contrasta com o cinza-escuro da camiseta, a mais decotada da mala. "Hum", diz a si mesma, "não estou nada mal." Consulta o celular, comprova que ele marcou o encontro num restaurante do bairro para dali a vinte minutos e sai do apartamento. É domingo, a rua está tranquila e com um pouco de sol.

2

Durante os anos de faculdade, Iván sempre lhe agradara, em seu papel de irmão mais velho displicente que não dava muita atenção às amigas de Maria. Enquanto ela era apenas uma estudante que havia prometido ao pai chegar em casa antes das duas da madrugada, ele já escrevia para um jornal de prestígio e lhe parecia um tipo bem interessante. Por ocasião de um feriado de Semana Santa, quando os pais de Maria estavam na praia, ela organizou uma festa em sua casa, onde Iván ainda morava, decerto porque suas pretensões de repórter consagrado contrastavam com um salário magro de estagiário. Nessa noite, ele não sabia bem o que fazer e, depois de fingir por algum tempo que estava ocupado trabalhando num artigo superimportante, entrou na sala e pegou um copo.

As garotas ficaram alvoroçadas. Seus colegas de classe, que mal tinham barba aos 19 anos, não podiam competir com o experiente rapaz de mais de 20 anos, não exatamente bonito, mas atraente, gracioso e sarcástico, que em geral as ignorava por completo.

Alícia resolveu brincar com ele, contrariá-lo em todas as suas opiniões. Acreditava que, assim, exibia desinteresse; mas, agora pensa, devia estar penosamente óbvio que tentava destacar-se do grupo de admiradoras. Algumas horas, copos e baseados depois, a turma foi para uma balada, mas ela disse que estava cansada e iria dormir na casa de Maria. Era uma jogada arriscada, que Alícia, no entanto, tinha de tentar. E se saiu bem, ao menos no começo.

Quando ficaram a sós, não souberam o que fazer. Alícia receou que seus temores se realizassem e que acabaria trancada, vítima de seu atrevimento, no quarto de Maria, procurando inutilmente dormir enquanto os outros dançavam e continuavam festejando.

– Vamos tomar a saideira? – animou-se a perguntar.

– Se faz questão...

Depois de encher os copos, Iván se apoiou na bancada da cozinha, quase tocando Alícia.

– Por que você não foi com os outros? – perguntou.

– Já lhe disse, estou cansada.

– Muito cansada?

– Um pouco.

– Que pena!

– Por quê?

– Achei que poderíamos fazer alguma coisa.

– Que coisa?

Então, já estavam perigosamente perto um do outro, a mão dele roçando o braço nu de Alícia. Ela não se lembra de quem deu o primeiro passo, estavam os dois muito bêbados e já faz muito tempo; mas, ao fim de uns poucos minutos, Alícia estava reclinada sobre a bancada – ainda consegue sentir o frio do mármore em sua face – e ele agarrado a seus quadris. Foi fantástico, ou pelo menos é assim que ela se lembra depois de tantos anos, embora sua limitada bagagem sexual na época (havia perdido a virgindade pouco antes com um garoto de sua classe, tão inexperiente quanto ela) a impedisse de fazer muitas comparações.

Dormiram em quartos separados para que Maria não desconfiasse de nada e, no dia seguinte, ele agiu como se nada houvesse acontecido. Enquanto tomava o café da manhã descalça e de *jeans*, na mesma cozinha onde havia ficado nua poucas horas antes, pareceu-lhe excitante que aquilo fosse uma espécie de segredo entre os dois. Ele tampouco a procurou nos dias seguintes e, quando Alícia inventou um pretexto para voltar à casa de sua amiga – algumas anotações de aula, uma bobagem qualquer –, Iván continuou agindo com a mesma indiferença. Essa foi uma das primeiras desilusões de Alícia, um golpe baixo em sua sexualidade desabrochada havia tão pouco tempo.

Ficaram muitos anos sem se ver, em parte porque ela o evitou de propósito, até pouco depois do nascimento de Jaime, quando se encontraram de novo na festa de aniversário de Maria, que nunca soube o que havia acontecido entre os dois naquela noite. Alícia estava na fase de baixa autoestima que muitas mulheres atravessam quando, meses depois de dar à luz, notam que seu corpo não se parece mais com o de antes da gravidez e que, além disso, as olheiras e os primeiros pés de galinha denunciam suas noites insones. Cabia de novo em suas roupas tamanho 38, mas era claro que elas já não lhe assentavam bem. Fazia séculos que ninguém lhe passava uma cantada e ela se sentia como se houvesse envelhecido uma década num piscar de olhos.

Iván, ao contrário, estava magnífico. Ele, que a havia feito se sentir como uma menininha ingênua e chata, parecia agora – ou Alícia o julgou naquele momento – mais jovem que ela. Que filho da puta! Naquela noite, apenas trocaram uma saudação cordial, mas Alícia se sentiu humilhada.

Por isso, hoje, quer parecer bonita. Seu amor-próprio necessita de adrenalina. "E, dessa vez, é provável que seja ele quem não esteja tão maravilhoso. Tomara que tenha ficado mais feio, engordado e com um começo de calvície", pensa enquanto atravessa a rua com um sorriso fútil.

Alguém diria que uma mulher adulta deve ter outras coisas na cabeça. Pelo menos uma mulher adulta que acabou com seu casamento de uma das piores maneiras possíveis, está desempregada, sente falta do filho pequeno e acaba de descobrir que uma pessoa muito amada, recém-falecida, guardava um segredo aparentemente incompreensível.

Mas não. Agora só pensa no plano estúpido, frívolo e vergonhosamente infantil que está tramando.

Embora chegue de propósito dez minutos atrasada, não encontra Iván no restaurante. Parece bem típico dele fazê-la esperar, passar-se por interessante. Mas ele logo aparece, desculpando-se: precisou atender um telefonema urgente do jornal. Aprendeu um pouco de educação (pelo menos, pediu desculpas pelo atraso); porém, continua achando seu trabalho ridiculamente importante, pensa Alícia.

Talvez Iván tenha ganhado uns três ou quatro quilos, mas, à primeira vista, não mudou muito. Na verdade, não se passaram nem três anos desde seu último encontro.

3

O encontro é num restaurante asiático chamado Umami. Na calçada, estendem-se mesas compridas, grandes vasos de bambu e lanterninhas de papel. Em Berlim faz tanto frio no inverno que, enquanto o clima o permite, a cidade aproveita bem seus terraços. O ambiente é silencioso, embora haja muitos fregueses. Sempre que Alícia viaja ao exterior e se senta pela primeira vez em um restaurante, lembra-se de que outros europeus não costumam falar em voz alta, como nunca deixam de fazer os espanhóis. Até se escuta o trinado de um casal de pássaros.

Do outro lado da rua, vê-se uma torre circular de ladrilhos, um antigo depósito de água. É um edifício estranho, mas bonito, e uma placa na parede indica que foi usado como prisão provisória em 1933, antes da instalação dos campos de concentração. Não deixa de ser um tanto perturbador pensar que num lugar tão agradável, cercado pelo verde das árvores, tenham ocorrido coisas tão espantosas. Bem perto se ergue a sinagoga, incendiada durante a *Kristallnacht* (Noite dos Cristais). Aparentemente, foi a única de Berlim que não queimou por completo, pois os edifícios das imediações eram de famílias arianas e o fogo ameaçava estender-se. Ao recordar que sua avó morava aqui quando tudo isso aconteceu, não consegue reprimir um calafrio.

O garçom traz quatro ou cinco tigelas cheias de comida. Vitela com manga, frango frito, arroz, verduras cozidas, uma sopa de missô com coentro. E duas grandes taças de um coquetel com muito gelo, mas bem forte.

"Bom", pensa Alícia, "pelo menos parece que não vai ser um almoço rápido e superficial."

A princípio, mantêm uma conversa bastante previsível sobre suas famílias e respectivos trabalhos. Iván se queixa de cansaço porque o jornal diminuiu o orçamento para colaboradores e ele precisa escrever cada vez mais reportagens, fazer mais entrevistas. Alícia engendra uma série de mentiras sobre os motivos pelos quais deixou o escritório de advocacia onde trabalhava duro havia dez anos, justamente quando lhe ofereceram a oportunidade de tornar-se sócia.

Logo se animam. Riem juntos, lembram algumas anedotas do tempo de universidade. Mas ela não consegue relaxar. Iván toma um segundo coquetel e Alícia se contenta com um suco. Não quer baixar a guarda.

– Suponho que sua irmã tenha pedido para você se encontrar comigo e, depois, lhe contar o que aconteceu.

– Acertou.

– Diga a ela então que pareço tranquila, que sou capaz de alinhar três frases seguidas e que estou me alimentando de forma correta.

– E você acha que ela se contentará com tão pouco?

– Ela terá de se contentar, não terá?

– Minha irmã é encantadora, mas às vezes fica muito chata. Preocupar-se tanto assim com alguém é um pouco incômodo, não acha?

Alícia conhece bem essa sensação, mas sai em defesa da amiga. Sem perceber, está recuperando a dinâmica adolescente de contrariá-lo.

– Sempre admirei essa qualidade em Maria.

– Está bem, vamos mudar de assunto. Além disso, devo admitir que estava curioso para vê-la.

– Curioso?

– Sim. Você não?

– Não parei para pensar nisso.

– Mas, se pensou, é natural. E como você não ficaria curiosa? – pergunta Iván.

Ela sorri, embora com certa frieza.

– Vai ficar até quando em Berlim? – pergunta Iván.

– Por duas semanas.

Nesse momento, chega a conta e ele a passa para Alícia.

– Então, vou deixar que você pague a conta, pois sei que vai insistir, e na próxima semana eu pago.

Levantam-se da mesa e se despedem na esquina. Ao dar-lhe dois beijinhos, Iván apoia de leve a mão em sua cintura.

4

Alícia sobe depressa as escadas. Sente uma espécie de energia elétrica, quase excessiva, sair por cada um de seus poros. Está aborrecida consigo mesma por ter permitido que Iván lhe despertasse emoções parecidas às de quinze anos atrás. Neste mundo de conversas que se repetem, de dias que parecem uma cópia do anterior, ele conserva o talento especial, irritante mas ao mesmo tempo atraente, de surpreendê-la. O jeito provocativo no modo como olha para ela. No fundo, o que a irrita é sentir-se tão exposta, tão vulnerável, ter de reconhecer que Iván conserva, apesar do muito que Alícia mudou e aprendeu em todo esse tempo, certo poder sobre ela.

Sempre gostou de homens que usam roupas simples, como se não se preocupassem com a aparência. Iván estava bonitão, com uma camisa preta e calça *jeans* que, é preciso reconhecer, lhe caíam muito bem. Já tem alguns fios brancos, sobretudo nas costeletas e na barba, mas o cabelo continua crespo. O resto continua como antes: olhar inquisitivo, óculos de aro metálico e nariz um pouco aquilino. Alícia se pergunta como ele conseguiu encontrá-la.

Pega na bolsa o chaveiro com a letra P e abre a porta de madeira. Entra no vestíbulo e tira as sandálias de salto, que durante a caminhada de volta esfolaram seu calcanhar. A luz da tarde se reflete no assoalho, feito de grandes tábuas envernizadas. O silêncio, a tranquilidade e a luminosidade um pouco sonolenta compõem um ambiente propício a um longo cochilo. Talvez seja o momento de retomar o romance de John Irving e ler uns dois capítulos antes de se deixar vencer por essa doce letargia. Alícia tira o sutiã por baixo da camiseta e se dirige para o quarto, desfrutando a frieza da madeira na sola dos pés.

Então, de repente, vê. Em cima da mesa da sala. Bem no centro. Um velho álbum de fotografias encadernado em couro marrom, com as pontas um pouco gastas. E, ao lado, um espelhinho de estanho.

Alícia arregala os olhos e solta um grito. O álbum estava ali de manhã? Será possível que ela estivesse tão transtornada que não o vira? Não, absolutamente não. Sobre a mesa não havia nada. Poucas horas antes, tinha colocado ali a bandeja do café da manhã. Mas então alguém entrou? Quem? Por quê? A perplexidade começa a se transformar em pânico. A presença difusa da avó se multiplica, se agiganta, asfixia. Suas mãos transpiram, sente as batidas do coração como se fossem o galope de um cavalo furioso.

As perguntas seguintes que surgem em sua mente são ainda mais inquietantes. Olha ao redor, temendo ver uma sombra deslizando pelo corredor ou, pior, avançando em sua direção. Haverá mais alguém no apartamento? Estará ela em perigo? Sem pensar, instintivamente, Alícia pega o álbum e foge dali. No elevador, aperta compulsivamente o botão do térreo até que as portas se fechem. Uma coisa branca se arrasta no piso, mas Alícia está nervosa demais para lhe prestar atenção.

Corre até um parque a três quarteirões de seu prédio. Detém-se, abraçada ao álbum, e procura controlar a respiração. Está com uma forte taquicardia. Senta-se num banco, tentando ordenar os pensamentos. Que fazem as antigas fotos da avó em suas mãos, neste instante? Como chegaram até a mesa? É claro que alguém entrou no apartamento e, seja quem for, possui um jogo de chaves porque a porta não parecia ter sido forçada. Quem é o intruso? Que está acontecendo? Terá ela feito bem em fugir às pressas, sem verificar se havia alguém ali?

Fazia muito tempo que não se lembrava do álbum de capa de couro; não o via desde aquelas tardes de sua infância quando ela e a avó o olhavam juntas na sala da rua Velázquez. Achava que continuava no mesmo lugar, em algum canto da biblioteca. É estranho ter de novo, diante dos olhos, um objeto tão familiar e cheio de significado. Como se, em vez de vinte e cinco anos, houvessem decorrido apenas alguns minutos. Como se ela tivesse voltado a ser uma menina tímida, bebericando um copo de chocolate quente.

À sua frente, um grupo de crianças brinca nos balanços. São seis horas da tarde. Elas descem pelo tobogã, moldam a areia com suas pazinhas e rastelos, riem. Um garoto menor, de apenas 2 anos, chora porque outro maior lhe tomou um caminhãozinho. Apesar do medo e da confusão, Alícia se lembra de Jaime. Que estará fazendo seu filho neste instante?

É nessas horas que precisaria conversar com alguém. Pensa no pai, mas sabe que, se lhe contar, ele ficará histérico. Poderá até mesmo aparecer em Berlim no dia seguinte. Passou semanas tentando convencê-la a não viajar sozinha porque está abalada pelo divórcio e a morte da avó. Não, melhor não lhe dizer nada.

O que na verdade gostaria de fazer seria falar com Marcos, contar-lhe o que acaba de acontecer e deixar que ele a tranquilize. Marcos sempre teve os pés no chão, sempre conseguia acalmá-la e apelava para o senso comum quando necessário. Não é fácil acostumar-se a não contar tudo à pessoa que estava a seu lado, por mais irritante que ela fosse. Como seria bom ouvi-lo dizer agora que tudo tem uma explicação racional e, principalmente, saber o que Jaime anda fazendo esta tarde!

Talvez esteja nadando na piscina, com as boias infláveis bem apertadas aos seus braços, ou também esteja brincando com a areia do parque. Mas ela não sabe.

Ela não sabe absolutamente nada de seu filho há mais de vinte e quatro horas.

Levanta-se do banco e começa a andar. Ao chegar a um hotel quatro estrelas, entra e pergunta se têm um quarto livre. Sim, têm um e é caríssimo, mas Alícia entrega o documento de identidade para fazer o *check-in*. É um desses estabelecimentos impessoais, pertencente a uma grande cadeia, que podia estar em Berlim ou em qualquer outro lugar do mundo. Um esconderijo perfeito.

– A senhora precisa de ajuda com a bagagem?

– *Nein, danke.** Eu não trouxe nenhuma bagagem, apenas minha bolsa.

O recepcionista a observa desconfiado e lhe entrega a chave. Ela se dirige para o quarto que será seu refúgio por essa noite e deixa o álbum sobre a cama. Agora, mais do que qualquer coisa no mundo, precisa de um banho. De um forte jato de água quente que a ajude a relaxar os músculos, ainda tensos em razão do susto. Por sorte, o banheiro está equipado com todos os itens de higiene. Só isso compensa o preço abusivo do quarto. Não poderia voltar à Kastanienallee para pegar suas coisas; e descer à rua a fim de comprar pasta de dentes e xampu seria um desafio impossível. Como o valor das coisas pode ser relativo!

De banho tomado e envolta no roupão que encontrou atrás da porta do banheiro, liga para o serviço de quarto. Pede um sanduíche e uma cerveja. Comer lhe fará bem. Pouco a pouco, vai se acalmando. Tem de planejar seus próximos passos.

Seria prudente voltar ao apartamento no dia seguinte? Viu que o prédio tem portaria, amanhã é segunda-feira e o porteiro estará lá. Talvez ele saiba quem mais possui as chaves ou, pelo menos, entre com ela caso lhe peça esse favor. Precisará pensar em uma desculpa plausível.

Sentada na cama enquanto espera o garçom bater à porta, começa a folhear o álbum. As velhas imagens em branco e preto, que não via desde a infância, surgem de novo diante dos seus olhos. Pessoas e momen-

---

* "Não, obrigada", em alemão.

tos do passado, recordações de um mundo que já não existe há muito tempo. Sua avó com a idade que Jaime tem agora, de mãos dadas com os irmãos mais velhos e olhando ansiosa para a câmera. Seus elegantes antepassados vestidos para a ópera, a bisavó com uma magnífica estola de pele. Quase pode ouvir a voz de Paulina, com aquele leve sotaque alemão, explicando-lhe quem eram seus pais, como se chamavam seus irmãos, onde foi tirada aquela fotografia.

Nesse instante, alguma coisa cai sobre o edredom branco. É um envelope já amarelado, que estava inserido cuidadosamente entre as páginas acetinadas. Alícia nunca o tinha visto. Abre-o e encontra uma carta fechada há setenta e cinco anos, escrita com letra trêmula de ambos os lados. Tem várias manchas e a tinta de algumas palavras está um pouco apagada.

Começa a ler.

Dr. Otto Hoffmann
Allgemeinmedizin und Chirurgie
Schliemannstrasse, nummer 15. 2C. Berlin.

23 de novembro de 1941

Querida Júlia:

Faz mais de um mês que não recebo cartas suas e isso me deixaria muito preocupado caso o mesmo não sucedesse a todos aqui. O serviço postal ficou bem pior desde que entramos na Rússia. Eu não lhe escrevo há várias semanas, mas não pense que me esqueci de vocês. Pelo contrário, tenho-os sempre em mente. Inventei um truque para seguir em frente quando sinto que não posso mais: fecho os olhos por um instante e visualizo você e as crianças. Pensar em vocês e esperar que em algum momento voltarei e os abraçarei tem sido a única coisa que me dá forças em muitas ocasiões. Agora já não me importa confessar esse sentimento.

Já fiquei aborrecido com meu destino, que me afastou de vocês, mas isso passou. O que sinto agora é um enorme cansaço e o desejo de ver tudo terminado. Se não lhe escrevi ultimamente foi porque não tenho mais ânimo de repetir que estou bem e que dentro de pouco tempo estaremos juntos de novo. Foi-se o tempo das mentiras. O inferno não pode ser muito diferente do lugar onde estou agora. Vi coisas — e, embora por trás do meu limite como médico, de certo modo participei delas — que destruíram para sempre minha fé nos seres humanos. Somos monstros. E nós, os alemães, somos sem dúvida os piores.

É impossível explicar em palavras o que significa este frio constante e extremo. Basta deixar os prisioneiros russos por uma noite ao relento, dentro de uma cerca de arame farpado, para que no dia seguinte estejam todos mortos. As mutilações, o sangue e os urros de dor dos pacientes agonizantes não são nada em comparação com o que se vê por aqui. Procuro sair o mínimo possível do hospital de campanha, onde podemos nos considerar privilegiados porque temos alguns aquecedores e cobertores suficientes; mas a temperatura é tão baixa que muitas vezes as bandagens ficam grudadas na pele gelada dos feridos. Todos os dias chegam aqui dezenas de homens com os pés congelados e a maioria das vezes a única opção é amputar. O doutor Schneider e eu procuramos resistir, concentrando-nos em nosso trabalho médico para não enlouquecer.

Na realidade, pouco sei da guerra: nenhum ser humano morreu por minha mão. Nunca disparei munição de verdade com minha pistola. Mas, embora tente me convencer de que meu trabalho consiste unicamente em salvar vidas e reduzir o sofrimento, sei que estou sendo cúmplice desse massacre repugnante. Suponho que você também sentiu algo parecido, embora suavizado por sua perspectiva distante da frente de combate.

Porém, como lhe disse, tudo isso vai terminar logo. Estou há quatro dias com febre e, apesar de as enfermeiras se esforçarem para que eu mantenha a esperança, vi morrer tantos homens desse mesmo modo que não alimento ilusões. Não parece que a medicação esteja fazendo efeito nem acredito que as correntes de ar gelado me ajudem. As forças me abandonam, mas esta manhã acordei um pouco melhor, o bastante para conseguir escrever estas linhas. Atendi muitos pacientes que se recuperaram por um breve tempo e puderam se despedir de suas famílias, como faço agora. É um dos muitos mistérios do corpo humano que nós, os médicos, não podemos explicar.

Não sou o primeiro médico que contrai uma das mil infecções que afetam os soldados na frente de combate. Pergunto-me como serão combatidas até que a Wehrmacht envie outro médico para me substituir.

Gostaria de contar-lhe mais coisas, querida Júlia, mas estou muito fraco. Creio que minha despedida serão essas poucas linhas repletas de dor e decepção. Nossa vida poderia ter sido muito diferente e, no entanto, vou morrer aqui, tremendo sob esses cobertores do exército que cheguei a detestar, perdido em algum ponto perto de Moscou.

Se aprendi alguma coisa durante esse tempo, vendo tantas mortes, foi que no final, sejamos heróis ou vilões, tudo sempre se reduz a duas preocupações: a esperança de que as pessoas queridas estejam a salvo e o próprio medo de morrer. Por isso quero lhe pedir, acima de qualquer coisa, que cuide das crianças e de você.

Procure se lembrar dos bons anos que passamos juntos. E tente chegar com vida ao final dessa loucura. Apesar da euforia do Führer, já se notam sinais de esgotamento. Se me permite um último conselho, fuja de Berlim antes de a guerra acabar. Vocês precisam fazer isso, se for possível. Escreva à sua irmã e reúnam-se a ela em Madri.

Não vou lhe enviar esta carta pelos canais oficiais, pois tenho certeza de que seria retida pelos censores. Achei melhor escrever com sinceridade e pedir a Hilde, uma das enfermeiras, que a entregue pessoalmente a você quando regressar a Berlim. Confio em que a guerra termine logo e não se passe muito tempo antes que você receba estas palavras.

Por favor, perdoe minha letra ruim, mas a febre está voltando a subir e minha mão treme bastante. Diga a Otto, a Heinz e à pequena Paulina que papai os ama muito e desejaria mais que tudo no mundo poder vê-los crescer. E que não me esqueçam. E você, querida Júlia, pense em mim. Não se esqueça nunca de que fomos felizes.

Com amor,

Seu Otto

5

O papel escrito sobrevive a nós, lembra nossa história depois de termos partido. Quando não formos mais que um punhado de ossos num buraco qualquer, a celulose só começará a amarelar timidamente e a tinta apenas ameaçará apagar-se. Nossas palavras continuarão ali para recordar quem fomos, como amamos, por que sofremos.

A carta escrita por seu bisavô setenta e cinco anos antes viajou até Alícia, décadas depois e a milhares de quilômetros daquelas trincheiras geladas da frente russa. Embora, na época, ele não o soubesse, essas poucas linhas, redigidas com punho febril em um hospital de campanha sinistro, não eram dirigidas apenas a Júlia, sua mulher: seu adeus feito com tinta chegaria também a outras mãos.

Quantas vezes Paulina Hoffmann teria lido a amarga despedida do pai, que tanto desejava vê-la crescer! E agora é Alícia quem dobra apressadamente a carta e volta a guardá-la no velho envelope para não molhá-la com suas lágrimas. As palavras, a tinta, o papel: ingredientes de uma fórmula mágica, capaz de eliminar as fronteiras do tempo e do espaço.

Tinha 9 ou 10 anos quando viu pela última vez aquelas fotografias. Desde então, não havia pensado mais na vida de seus antepassados, nos retratos em branco e preto tão distantes que adquiriram um certo ar de irrealidade. Mas agora o álbum que tem nas mãos adquire um novo significado. A ingênua percepção que ficara congelada em sua memória está se partindo em infinitos pedaços.

Lembra-se de que, na verdade, a cerimônia partilhada durante tantas tardes de sua infância consistia em utilizar umas palavras para ocultar outras. Por exemplo, quando sua avó dizia: "Este é Otto, meu pai. Um médico magnífico e um grande aficionado da ópera", o verdadeiro significado era bem diferente: "Morreu no lugar mais horrível da Terra há tanto tempo que, exceto por este retrato, eu não conseguiria recordar suas feições".

Sentada na cama de um quarto insípido daquele hotel em Berlim, Alícia procura a folha do álbum onde está colada a fotografia de Otto e Heinz. Os uniformes marrons dos meninos soldados, que tão bonitos lhe pareciam quando era pequena, trazem uma suástica no braço. Quando sua avó Paulina lhe descrevia esse retrato, a garota não tinha a mínima ideia do que significava a cruz gamada (suástica).

Não foi mero acaso que o jogo terminasse justamente então.

O Inferno

Berlim, 1945

1

Uma mãe e sua filha. A menina é grande, quase uma adolescente. Alta, magra, de cabelos castanhos e pele muito branca. Uma dessas belezas esguias que impressionam mais as mulheres que os homens, embora estes, é claro, não tardem muito a prestar-lhes também atenção. Estão ambas sozinhas numa sala de jantar fria e pouco iluminada. Sobre a mesa de madeira, uma bandeja com desenhos azuis e uma refeição parca, pouco apetitosa: um cozido à base de batatas e um pedaço de pão negro. Não se pode dizer que estejam passando fome, mas só contam com o alimento armazenado na despensa. De qualquer modo, têm reservas de sobra: fizeram-nas pensando em quatro pessoas e agora são apenas duas.

Logo estará completamente escuro. É terminantemente proibido acender as luzes, que funcionam como um ímã para as bombas – embora já se esteja há várias semanas sem eletricidade. Talvez, esta noite, precisem de novo buscar refúgio no porão úmido onde passam mais horas que nas outras dependências da casa. O mês é janeiro e, na lareira, vai se consumindo os restos de uma das cadeiras da sala de jantar. Era a última. De agora em diante, se sentarão no chão. A fumaça produzida pelo verniz da madeira se une ao cheiro da sopa de couve do dia anterior, que ainda permanece na atmosfera carregada. Há pouco, chegando da rua, Paulina quase vomitou ao entrar em casa e respirar o ar nauseabundo, mas custa tanto manter as casas um pouco aquecidas que ninguém pensaria em abrir as janelas para ventilar o ambiente.

– Coma um pouco, mamãe. No almoço você também não quis nada. E já é quase noite – insiste Paulina, que cozinhou sem muito jeito as batatas. Tem apenas 13 anos.

– Coma você, filha. Não estou com fome.

Júlia perdeu o apetite no mesmo dia em que seus dois filhos mais velhos foram recrutados para as Volkssturm, as milícias populares convocadas para defender Berlim das temíveis tropas soviéticas quando elas, em breve, atacarem a cidade. Mas é difícil imaginar que Otto e Heinz possam desempenhar um papel decisivo na batalha. Terão aprendido ao menos a manejar os fuzis que lhes deram, arrancados talvez das mãos de russos moribundos?

Na véspera de sua partida, a mãe entrou no quarto dos garotos, ainda cheio de livros escolares e brinquedos de uma infância mal deixada para trás. Estendidos em suas camas gêmeas, os dois fingiam dormir. Ela beijou suas faces imberbes, intuindo que bem poderia ser a última vez. Uma lágrima traiçoeira deslizou pelo rosto suave do pequeno Heinz, que ainda não completara 15 anos. Sobre a cadeira, os dois uniformes marrons dobrados cuidadosamente, com a braçadeira da águia e da suástica costurada na manga. Paulina, acordada do outro lado da divisória, não se atreveu a entrar também para olhá-los, tocá-los, abraçá-los, embora nunca antes seu coração houvesse pedido isso com tanta força.

Como fingir então que não se tratava de uma despedida?

Já se passaram dois meses desde aquele dia e elas não falaram mais neles. O pacto de silêncio foi espontâneo: se proferirem seus nomes uma só vez, tudo desmoronará num instante, rompendo a linha tênue que as protege da loucura. A porta do quarto dos irmãos permanece fechada. É como se houvessem se esfumado, mas possam reaparecer a qualquer momento, ao peso de suas mochilas da escola e discutindo entre si por alguma bobagem.

O alarme ressoa na sala quase às escuras. Júlia leva depressa os restos do jantar para a cozinha e pega a filha pelo braço a fim de descerem juntas para o abrigo. Ali se apertarão uma contra a outra na penumbra malcheirosa e asfixiante. Agarradas à única coisa que lhes resta, esperarão que a luz da manhã chegue rápido.

Berlim, 10 de junho de 1945

Querida Sophie:

Escrevo-lhe na esperança de que dessa vez você receba minha carta, pois suspeito que as anteriores — mandei a última há apenas duas semanas — não chegaram a Madri. Parece que o sistema postal está começando a voltar à normalidade.

Você, sem dúvida, deve ter sabido pela imprensa espanhola que nossa cidade foi destruída ao fim da guerra, no mês passado. Se estivesse aqui, não reconheceria os lugares onde brincávamos na infância. As ruas que costumávamos percorrer de braços dados, quando éramos jovens, não passam agora de uma sucessão de escombros e edifícios destroçados. Árvores caídas bloqueiam as calçadas e são aproveitadas pelos sobreviventes que saem em busca de lenha. Os cadáveres, pelo menos, já foram retirados. O edifício da Staatsoper, aonde fomos juntas tantas noites, ficou em ruínas após um dos bombardeios da Royal Air Force. Pergunto-me se alguma vez serei capaz de esquecer o som constante das bombas durante as últimas semanas, que Paulina e eu passamos escondidas como ratos no porão. O ruído era tão brutal e ensurdecedor que elas pareciam estar caindo bem em cima de nós. A menina respirava assustada, grudada em mim para espantar o frio e o pânico, tremendo como alguém que precisa ser sacudida para despertar de um pesadelo.

Em Berlim, restam apenas homens. Os das tropas aliadas. As mulheres, sozinhas, são obrigadas a recorrer a qualquer baixeza ou artimanha para não morrer de fome. Dias atrás, acho que vi Frau Weber, que antes da guerra era a professora de Paulina, negociando seu preço com um soldado russo. Pedia "três" com os dedos e ele propunha "dois". Não é difícil adivinhar o tipo de transação: duvido que ela tivesse mais alguma coisa para vender. Eu os observava do outro lado da rua e pude ver como se desenrolava a cena. Ela aceitou o preço menor com um gesto resignado e os dois desapareceram, a mão do russo cingindo grosseiramente sua cintura, em um triste esconderijo entre as ruínas.

Ontem mesmo, andando com Paulina pela rua, outro homem com o uniforme do Exército Vermelho ficou olhando-a fixamente e, com um sorriso, levantou quatro dedos. Ela fingiu não entender o gesto, mas é claro que compreendeu... Tem 13 anos e, provavelmente, já havia recebido outras ofertas desse tipo quando eu não estava ao seu lado. Paulina mostra sua compaixão por mim fingindo que não entende determinadas coisas; e eu me refugio covardemente na ignorância evitando fazer-lhe certas perguntas. Esses segredos e silêncios entre nós são um preço razoável por chegarmos mais ou menos lúcidas ao final desse pesadelo; de outro modo, não sei se conseguiríamos.

Apesar da fome e do horror que temos passado juntas, minha filha está encantadora. É mais alta que eu e tem os luminosos olhos azuis de sua infância, conforme você deve se lembrar. Perdi tanta coisa, sofri tanto contemplando a destruição de meu mundo e vendo desaparecer as pessoas mais queridas que minha única motivação, nesses últimos meses, tem sido manter Paulina a salvo. A desolação de Berlim parece um castigo justo pelo horror que provocamos. Eu me incluo aí: nenhum alemão adulto deixou de ser cúmplice, de fechar os olhos a coisas com as quais jamais deveríamos ter consentido. Paulina, no entanto, continua inocente, pois ainda é uma menina. Agora, preciso tirá-la desse inferno e levá-la para um lugar onde ela possa, enfim, começar a viver.

Há mais de três anos, recebi uma carta me informando sobre algo que na verdade eu já sabia, embora repetisse a mim mesma diante do espelho que devia manter a esperança. O comunicado oficial da Wehrmacht não entrava em detalhes: falava de honra, serviço à pátria e lealdade a Adolf Hitler. E na semana passada, após o final da guerra, uma jovem que tinha sido enfermeira na frente russa me entregou em mãos uma carta com frases de despedida do próprio Otto. Ele preferiu confiar-lhe a mensagem, temendo que fosse interceptada pela censura postal. Eu a li apenas uma vez, mas sei que não vou esquecer suas últimas palavras enquanto viver. Guardei-a em meu álbum, com as fotos de Otto e Heinz.

Mas há outra coisa que não fui capaz de lhe contar em minhas cartas anteriores, embora seja possível que você a tenha deduzido lendo os jornais: em novembro do ano passado, meus dois filhos foram recrutados para lutar na batalha final por Berlim. Tive de costurar as braçadeiras militares em seus uniformes da Juventude Hitlerista e presenciar sua saída de casa, ambos tentando ocultar o fato de que estavam muito assustados. A última vez que os vi pareciam dois garotinhos fantasiados de soldados para uma festa de Carnaval. Tinham 14 e 16 anos. Dizem que alguns adolescentes foram mais sanguinários e fanáticos que os próprios adultos, mas não posso imaginar que esse tenha sido o caso de meus meninos. Eles ainda eram puros e permiti que partissem. Sim, eu o permiti, Sophie. Devia ter feito alguma coisa para evitar isso, mas não fiz. Enganei-me pensando que o final da guerra estava próximo e que permaneceriam na retaguarda. Estava muito assustada. E não tive mais notícias deles desde então.

Já não ouso alimentar esperanças. Paulina e eu nunca falamos a esse respeito. Já lhe disse que firmamos um pacto de silêncio. No momento, meu único desejo é fugir com ela deste lugar devastado pelo ódio, pela morte, pelo medo. Agora somos só nós duas. Duvido que eu possa superar o que vivi; porém, se há alguma esperança de que ela o consiga, será longe deste monte de ruínas.

Perdoe-me por aborrecê-la com este relato de minhas desgraças, querida irmã, mas tenho de lhe pedir que nos acolha em Madri. Espero que seu marido não se oponha. Ele sempre me pareceu um bom homem e eu não gostaria de criar problemas. Se estiver de acordo, depois de receber sua resposta começarei a organizar a viagem. Acho que poderei sair sem problemas do país, seguramente de trem, e talvez entre na Espanha sem grandes contratempos. Muitos alemães estão indo embora, alguns por causa de culpas horrendas e outros, como nós, para tentar sobreviver.

Gostaria muito de ter sido capaz de ajudar meus filhos, mas é óbvio que não consegui. A guerra me deixou tão destruída quanto a própria cidade; no entanto, justamente porque deixei meus filhos partir para a morte, agora devo encontrar forças para salvar ao menos a menina. Ainda que isso seja a última coisa que eu faça.

Rezo para que vocês todos estejam bem. Seria maravilhoso começar o outono já a seu lado.

Sua irmã que a ama,

Júlia

2

A cidade é um grande labirinto de ruínas, um enorme monstro agonizante. Os berlinenses vagam pelas ruas, virando o rosto para um sol que voltou a brilhar no céu depois do pior inverno que jamais teriam podido antever. Respira-se um espantoso sentimento de culpa: o medo dos perversos se mescla ao arrependimento dos covardes. E todos trazem algumas mortes, alguns silêncios em sua negra consciência.

Este verão não se parece com os outros. O velho termômetro de sua casa marca 20 graus e Paulina veste diariamente uma jaqueta de lã grossa, mas isso não basta para afugentar o frio intenso que parece vir da medula de seus ossos.

Já faz duas semanas que Júlia escreveu para sua irmã Sophie e ainda não recebeu resposta. Os dias vão passando, lentos e perigosos. A mãe se esforça para manter a salvo sua filha adolescente, o que não é fácil. Saem muito pouco de casa, apenas o imprescindível. Vão juntas buscar o pão e o açúcar da caderneta de racionamento, além de cultivar a horta improvisada que partilham com outras mulheres numa propriedade vizinha.

Nesta Berlim cadavérica, nesta Berlim malvada e condenada, são elas, as sobreviventes, as primeiras que começam a remover os escombros, as que fazem o milagre de cultivar um punhado de batatas e couves num chão duro e regado de sangue.

– Que faremos se as batatas saírem vermelhas? – atreve-se a brincar uma delas.

O humor negro se transformou numa das poucas barreiras atrás das quais é possível encontrar certo refúgio.

As vizinhas do bairro contam histórias horríveis: uma menina violada durante dois dias seguidos por mais de quinze homens, uma anciã de 70 anos estuprada na presença de seus netos. Os soldados russos bebem muito e são violentos, vingativos. Em seu entender, tais atos não são de natureza meramente sexual, mas um castigo pelo dano que os alemães infligiram a seu povo. Os ataques são tão habituais que as crianças, em sua espantosa inocência, inventaram um jogo chamado "*Frau, komm mit*".*

Paulina escuta tudo sorrateiramente, quando a mãe não está atenta e a afasta logo da conversa, como de costume.

Um dia, a caminho da horta, Paulina vê um grupo de meninos reunidos em uma esquina, mexendo em umas armas poeirentas. São os restos da batalha, as marcas da última destruição. Nenhum adulto os vigia nem lhes recomenda cuidado; ela também não. O risco de que uma das pistolas dispare acidentalmente é apenas uma gota a mais na onda de desolação que os rodeia.

Os fedelhos não têm mais de 6 ou 7 anos.

---

* "Vem cá, mulher", em alemão.

3

Desde que ficaram sozinhas, mãe e filha dormem juntas na cama de casal. O calor compartilhado sob as cobertas acalma-as um pouco, mas só o necessário para mergulhá-las, esgotadas, em um sono incômodo e leve. De vez em quando, uma delas acorda assustada. Sangue, morte, destruição, culpa. É assombrosa a variedade de pesadelos, sempre diferentes e sempre horríveis, que um cérebro pode elaborar com apenas um punhado de ingredientes. A princípio, tentavam confortar-se uma à outra (uma carícia no cabelo, um "foi só um sonho"), mas já não fazem mais isso. Agora fingem que estão dormindo, embora não consigam pregar o olho. Agora não têm mais forças para continuar repetindo que foi um sonho. Na verdade, o que acontece durante o dia não é menos aterrorizante do que as elaborações de suas mentes durante a noite.

Uma madrugada, ambas despertam ao mesmo tempo, achando que se trata de um novo pesadelo. Mas não, o que escutaram é real. Os gritos são tão fortes, tão desesperados que chegam com nitidez até seu quarto, embora venham do terceiro andar e elas morem no primeiro. Reconhecem a voz de Gudrun, sua vizinha, uma viúva com um bebê gerado provavelmente na última vez que o marido, um nazista fanfarrão e ensandecido, veio de licença. Paulina e Júlia também escutam o bebê chorar. É um pranto inconsolável e arrastado, um lamento a que se acostumaram quando todos os moradores do prédio se refugiavam juntos durante os bombardeios e o pequeno se assustava com o barulho e a escuridão.

– Gudrun precisa de ajuda, vamos até lá! – exclama Paulina, levantando-se da cama.

Mas sua mãe a detém, imobilizando-a com a força de um braço.
– Não.

E lança-lhe aquele olhar que sua filha conhece bem e que parece dizer: "Por favor, chega de perguntas".

Os gritos continuam, mas logo alguma coisa muda. Elas demoram alguns segundos para se dar conta do que aconteceu: o bebê parou de chorar. Agora sim, Júlia deixa escapar um gemido de impotência.

– *Mutti*, temos que ir! – grita a adolescente.

– Não podemos subir, filha. E você, menos ainda. Só complicaremos mais as coisas.

Após dois minutos, escutam passos descendo as escadas. O som das botas do Exército Vermelho é inconfundível. Os golpes rápidos dos saltos indicam que são vários homens, pelo menos três ou quatro. Saem pela porta com risos e murmúrios em um idioma que elas não entendem.

Então, as duas saem do apartamento e põem-se a correr para o terceiro andar. Quando chegam lá em cima, a porta está escancarada e se ouve um som estranho, como a respiração de um animal ferido, vindo da cozinha. Estendida no chão, com o vestido levantado, o rosto inchado pelos golpes e manchas de sangue na barriga e nas coxas, está Gudrun.

– No quarto... – balbucia a jovem mãe com um fio de voz.

Paulina se atira pelo corredor, abrindo uma porta atrás da outra até encontrar o quarto. Seu olhar percorre a cama, o assoalho, a cômoda, a parede rachada. Não há sinal do bebê.

– Onde você está, pequeno? Onde se meteu?

Levanta freneticamente a colcha e corre as cortinas. Ouve então um baque que vem do guarda-roupa. Paulina o abre e começa a chorar.

Dentro, no meio das roupas que pendem dos cabides, amordaçado com um pano sujo de cozinha para não distrair com seu choro os violadores, está o pequeno. Paulina solta um grito de alívio.

Quando volta à cozinha com o bebê nos braços, Júlia está friamente ajudando Gudrun a levantar-se para cuidar de seus ferimentos. Veste-a, limpa as áreas ensanguentadas com um pano, desinfeta os hematomas com um pouco de álcool que encontra no banheiro. Mas, depois que Gudrun parece um pouco recuperada, deitada na cama com o bebê, Paulina e sua mãe se apressam a ir embora.

– É horrível. Supõe-se que a guerra já tenha terminado – diz Paulina horas depois, enquanto preparam na cozinha algo parecido a um almoço com os quatro ingredientes que restam na despensa. – Não deveríamos tê-los trazido para cá, a fim de cuidar deles?

Júlia fica em silêncio por alguns minutos, pensando se já não é hora de falar claro com sua filha de quase 14 anos.

– O marido de Gudrun estava em Dachau. Quando veio de licença, engravidou a mulher e dias depois voltou muito tranquilo para o que considerava seu posto de trabalho. Não acredito que ela tivesse problema algum com isso. Compreende o que isso significa?

– Acho que sim...

– Significa que, se ele estivesse no lugar dos russos, não se daria ao trabalho de fechar o bebê num guarda-roupa. Daria um tiro nele.

Por um momento, Paulina deixa de ser a mocinha que tenta se mostrar forte e volta a ser a menina aterrorizada que ouvia cair as bombas perto, espantosamente perto. Passaram-se poucos meses desde então, mas sua infância ficou para trás, transformada em um monte de frangalhos ensanguentados em algum canto do porão.

E o mundo continua amedrontador.

– A você nunca acontecerá o que aconteceu a Gudrun. Eu lhe prometo, Paulina.

4

Quando desperta no dia seguinte, Paulina encontra a mãe na sala de jantar, mexendo na caixa onde guardou sua roupa mais elegante, pouco depois do início da guerra. Embrulhadas em papel de seda, as peças resistiram razoavelmente bem aos longos meses de bombardeio. Os dois últimos andares do edifício onde moram ficaram reduzidos a escombros e as paredes de seu próprio apartamento estão sulcadas de rachaduras, mas o elegante vestido azul-marinho, com bordados em forma de flor, continua quase perfeito. É surpreendente que algo tão belo e delicado possa resistir com tamanha naturalidade à barbárie.

– Vou a uma festa esta noite – comunica Júlia, ante a perplexidade da filha.

Um instante depois, ao ver a mãe, ainda jovem e bonita, com a estola de pele, os sapatos de salto alto e os lábios pintados de vermelho com os restos de um batom quase seco, Paulina retrocede bruscamente no tempo. As últimas vezes que a viu assim tão arrumada foi quando ainda era pequena e seus pais saíam juntos à noite. O beijo de boa-noite antes de saírem; o som de suas risadas, tentando não fazer barulho quando voltavam já tarde e ela os escutava através de um sono sereno, bem diferente do de agora. Tinha esquecido que sua mãe era até há pouco tempo uma mulher cheia de energia, sempre capaz de fazer rir os três filhos, um ser todo-poderoso pronto a explicar-lhes tudo e de afugentar qualquer medo. A mãe que sabia mil canções, que penteava com cuidado os longos cabelos de Paulina e, durante horas, ajudava Heinz nos deveres de matemática, nos quais ele não era muito bom.

Mas no rosto de Júlia, enquanto se prepara para sair esta noite, já não há alegria e sim uma determinação firme, quase furiosa.

– Não saia de maneira alguma do apartamento, Paulina.

E parte.

Ao longo das semanas seguintes, irá a várias festas quase todas as noites. Paulina sabe que não deve fazer perguntas, mas sempre permanece acordada até ouvir a mãe tirando os sapatos de salto na porta. Quando desliza silenciosamente entre as cobertas que compartilham, cheira a bebida, cigarro e tristeza. A filha finge que continua dormindo e a mãe finge que consegue conciliar o sono. O tempo, como uma longa serpente venenosa, arrasta seu corpo viscoso pelo chão.

Uma manhã, alguém bate à porta. Através do olho mágico, Paulina vê um homem com o uniforme dos militares russos. Sufoca um grito e apressa-se a chamar Júlia; mas Júlia não parece sobressaltar-se. Abre tranquilamente a porta para o desconhecido, que lhe entrega um pacote e um bilhete.

– Da parte do tenente Vladimir Butnitsky.

É um presente: dois pares de meias de seda e vários tabletes de chocolate de primeira qualidade. Paulina lança à mãe um olhar indagador, mas, recebe apenas um silêncio hermético como resposta.

5

Logo, os acontecimentos se precipitam.

Um dia, chega a resposta de Sophie, um telegrama confirmando que as esperam em Madri. Ambas se preparam para abandonar Berlim o mais depressa possível. Conseguem passagens de trem, vendem barato alguns pertences e acondicionam os poucos que cabem em suas malas.

No dia da partida, brilha um sol opressivo. As duas mulheres arrastam penosamente as malas pela calçada destroçada, a caminho da estação, quando cruzam com um grupo de soldados do Exército Vermelho. Por puro instinto, ambas baixam a cabeça e se encolhem um pouco.

O mais jovem faz um comentário em russo e aponta para a adolescente com um gesto obsceno, mas um companheiro o agarra pelo braço e murmura algo em seu ouvido que o faz emudecer de imediato.

Paulina acredita escutar uma palavra que já ouviu antes, "Butnitsky", mas não sabe ao certo, pois todos esses nomes soam muito parecidos.

Júlia não ergue os olhos do chão.

O Paraíso

Madri–Málaga, 1947

1

As barracas da Feira do Livro de Madri se estendem ao longo da calçada de Calvo Sotelo, da Biblioteca Nacional até Cibeles. Vendem a melhor mercadoria do mundo: histórias, aventuras, paixões, amores. Páginas e mais páginas repletas de magia, capazes de proporcionar horas de prazer a uma leitora voraz como Paulina Hoffmann. O mês de junho de 1947 começou com 30 graus à sombra em Madri, como se o pico do verão houvesse chegado sem aviso prévio. Custa pensar que ainda é primavera. O ambiente está, de certo modo, festivo. Nas ruas, respira-se o desejo de desfrutar os recém-recuperados prazeres da vida, uma vez superados os primeiros anos do pós-guerra.

Paulina volta para casa rapidamente, depois das aulas. Hoje lhe entregaram as notas e não quer esperar nem um minuto a mais que o necessário para mostrá-las à mãe. Em pouquíssimo tempo conseguiu dominar o idioma, embora meses antes não falasse uma palavra, e terminou o curso com aproveitamento excelente. Em escassos dez minutos vai do colégio Loreto ao apartamento da rua Velázquez, onde agora vivem. Seus tios, sempre influentes e bem-relacionados, conseguiram uma vaga para ela nessa escola do bairro de Salamanca, embora há um ano e meio, quando chegaram a Madri, o curso já tivesse começado. A rotina das freiras se concentra mais na religião que nos estudos e algumas de suas colegas, filhas das melhores famílias do Regime, lhe parecem de uma frivolidade insuportável. Mas Paulina, que dois anos antes passava as noites encolhida num porão e, já em Madri, continuava tremendo como uma folha verde toda vez que um barulho um pouco forte a sobressaltava, sabe que as coisas podem ser muito piores.

Adaptou-se rapidamente à nova vida, ao carinho asséptico de sua tia Sophie e seu tio Manuel, ao recatado uniforme do colégio cuja saia xadrez de tecido áspero arranha suas coxas, às lentilhas que às quartas-feiras a cozinheira prepara, ao sol inclemente da tarde que escalda suas costas enquanto estuda no quarto, longe das bombas e da morte. Tudo é fácil, reconfortante, superficial.

E raramente tem pesadelos.

No apartamento também mora seu primo, que se chama Manuel como o pai e é quatro anos mais velho que Paulina. É um rapaz bonito, universitário, que só aparece em casa na hora das refeições e quase sempre chega muito tarde à noite. Paulina só trocou meia dúzia de palavras com ele, afora as fórmulas de cortesia. À mesa, o único lugar onde o vê, ele se mostra brincalhão e amável, um pouco ausente como se tivesse assuntos mais interessantes a tratar do que essas duas parentes alemãs e tristonhas, chegadas de improviso à sua casa.

Paulina, por enquanto, se satisfaz com essa rotina simples que lhe permite recuperar o fôlego depois de tantos meses de terror, mas para Júlia está sendo pior. Muito pior, na verdade. Por isso, a adolescente tem tanta pressa para chegar ao apartamento e ver a mãe. O que no momento mais deseja no mundo, e que a faz caminhar a grandes passos pela calçada nesse começo de verão, é vê-la orgulhosa da filha, dar-lhe um motivo de alegria que anule, ao menos por umas horas, a dor constante e opressiva que a envolve desde que chegaram de Berlim, como se toda a sua força se houvesse consumido na viagem para pôr a salvo a filha.

Júlia só sai de seu quarto, convertido numa espécie de santuário presidido pelas fotos de Otto e Heinz, na hora do almoço e do jantar. Mas a filha ainda acredita que, caso se esforce o bastante, poderá ajudá-la a escapar desse buraco, arrastá-la de novo para a luz do dia. "Ela ainda tem a mim", pensa toda vez que a vê voltar em silêncio para o quarto enquanto a família ainda termina a refeição, convertida em uma silhueta frágil e quebradiça, em uma presença cada vez mais diáfana que poderia desvanecer-se de repente, a qualquer momento, ao dobrar o longo corredor.

Entra no saguão elegante, cumprimenta de passagem o porteiro e se dirige às pressas para o elevador. Quando a criada abre a porta, tira da mochila o papel repleto de notas altas que, talvez, consiga arrancar um sorriso à mulher enlutada e de aspecto enfermiço na qual sua mãe se converteu. Terá de traduzir-lhe o que as freiras escreveram porque, encerrada no apartamento, Júlia não se esforçou para aprender, do espanhol, mais que as quatro frases imprescindíveis utilizadas para se relacionar com a família e os empregados. Conseguirá convencê-la a percorrer com ela, no sábado, as barracas da feira? Vai pedir-lhe um romance como prêmio por seus bons resultados escolares.

– *Mutti!* – exclama ao entrar no quarto. Inexpressiva e vestida de preto, Júlia está sentada em uma cadeira de balanço, perdida em pensamentos. – Recebi as notas. Olhe, olhe! Tirei seis notas máximas.

Júlia mal reage, como se estivesse tão fora da realidade que só lhe chegasse um eco longínquo da voz de sua filha, distorcido pela distância.

Paulina sente uma decepção profunda, infantil. Apesar de tudo que viveu – ou, mesmo, por tudo que viveu –, precisa desesperadamente do elogio materno. Por um instante, fica tão desamparada quanto uma menina que desce do palco de uma apresentação escolar e descobre que seus pais não foram vê-la.

– Não está orgulhosa de mim? Nem um pouquinho? – suplica.

Mas a única resposta que recebe é um olhar distraído, acompanhado de uma leve carícia no cabelo. Apesar da ingenuidade de seus 15 anos, imediatamente se conscientiza de que fracassou. Os meses de duro esforço foram uma perda de tempo. Ela sozinha não basta para apagar, nem sequer por alguns minutos, a depressão que, como um manto espesso, envolve a mulher que a abraçava durante os bombardeios, a heroína que a salvou das garras do monstro. Não se atreve a propor-lhe que façam um passeio até a feira, que saiam do grande apartamento convertido em cárcere voluntário para quem antes era capaz de protegê-la. Achava que agora era ela quem deveria ajudar a mãe, mas acaba de perceber que não pode fazê-lo.

Quando chega o fim de semana, pega o dinheiro que sua tia Sophie lhe deu como presente de aniversário e vai sozinha para a fila de barracas, disposta a comprar ela mesma o romance. Embora ainda não o saiba, acaba de aprender uma lição importante. Paulina está se transformando numa mulher que, quando os outros não querem ou não podem dar-lhe alguma coisa, não perderá tempo com lamentações ou chiliques: ela o conseguirá por seus próprios meios.

O bulevar está cheio de famílias, casais, grupos de amigos. Uma multidão que passeia, conversa e observa à sombra das árvores. Este ano, as barracas são de inspiração gótica, cada uma diferente da outra. As editoras mais importantes (Aguilar, Sopena, Signo...) mostram o que há de mais atraente em seus catálogos, desde uma edição do *Dom Quixote* do tamanho de uma caixa de fósforos até um manual para ajudar as jovens a escolher uma profissão condizente com seu sexo.

Paulina caminha cautelosa, perguntando-se como escolher apenas um entre as centenas, os milhares de livros expostos. Então, os vê. Destacando-se entre os demais como se fossem feitos de uma matéria diferente, iluminados por um brilho secreto. São dois volumes encadernados em couro verde, com o título e o nome do autor em um sugestivo tom dourado: *O Conde de Montecristo*, de Alexandre Dumas. Uma lembrança a golpeia, brutal como um soco: seu irmão Heinz deitado de bruços na cama, absorto na leitura. A mãe, tão diferente da pessoa na qual se transformou, chamando-o da sala de jantar para que deixe o livro e se sente à mesa para jantar. Paulina não hesita um instante e paga o preço pedido pelo livreiro.

A leitura do romance de Dumas será muito importante para ela. Nesses dias de junho, descobrirá o verdadeiro poder da literatura, o feitiço que muitas vezes lhe permitirá escapar da realidade por meio de algo tão simples, e ao mesmo tempo tão perfeito, quanto um punhado de folhas costuradas e repletas de palavras.

Passo a passo, página a página, a jovem leitora passará alguns dias submersa, como antes o irmão, nessa história que tocará profundamente seu coração porque fala sobre algo que ela já começou a intuir: a força da pessoa para mudar seu destino, para não se deixar morrer em um cárcere açoitado pelas ondas.

E para não permanecer em seu quarto chorando pelos mortos.

2

Chegaram de manhã a Málaga pelo Expresso de Andaluzia, que saiu da estação Atocha na noite anterior. Com exceção de algumas lembranças nebulosas de excursões aos lagos de Berlim durante sua primeira infância, essas são as primeiras férias de Paulina. Apesar do conforto das acomodações de primeira classe do vagão-dormitório, as mais de treze horas de viagem foram extenuantes. Mas não há cansaço no mundo capaz de abater alguém que sente ter chegado ao paraíso.

Vê o mar pela primeira vez. Da sacada de seu quarto, admira a superfície brilhante do Mediterrâneo. Claro que o havia visto infinitas vezes em fotografias e no cinema, mas as imagens em branco e preto nem de longe reproduziam o que tem agora diante dos olhos. Achava que a água seria azul, mas não existe uma cor que defina os mil matizes do incrível espetáculo que cintila para além da faixa de areia. Se tivesse de escolher uma única palavra para definir o que está vendo, optaria por "infinito".

Embora sua tia Sofia (ninguém a chama de Sophie na Espanha) lhe tenha recomendado que descansasse um pouco até a hora do almoço, ela corre para o jardim onde crescem plátanos e palmeiras. Admira o colorido das buganvílias, conta os vasos de gerânios que decoram a varanda. Com os olhos semicerrados devido ao sol deslumbrante de verão, contempla a fachada para memorizar todas as suas formas, seus enfeites, seus detalhes.

Nunca antes, nem na Berlim de sua infância nem tampouco durante o último ano em Madri, esteve em um lugar que a fizesse sentir-se assim. O poder da beleza, que penetra por todos os seus poros e que ela respira a plenos pulmões, é tão forte que basta para fazê-la esquecer o mal. As lembranças, o medo e a dor não existem neste exato momento. Seu pai e seus irmãos mortos, além de sua mãe que preferiu permanecer no refúgio da rua Velázquez em vez de pegar o trem com os demais, se desvanecem no ar quente do jardim.

A Vila Manuela não é uma das maiores mansões de El Limonar, onde a burguesia constrói suas residências de verão desde finais do século XIX, algumas delas autênticos palácios, conforme Paulina observou no trajeto de carro desde a estação. É uma casa que se poderia qualificar de discreta face à opulência do bairro, mas mesmo assim é bem grande, com sete quartos mais a área reservada aos empregados e um jardim verdadeiramente magnífico. O dono é seu tio Manuel, cujos pais ocupam todos os verões o quarto principal no segundo andar.

Os Montero são um nome conhecido nos círculos da melhor sociedade malaguenha. Bem relacionados com o regime de Franco, têm vários negócios tanto em sua cidade quanto na capital. Sofia conheceu Manuel quando veio passar alguns meses, a pretexto de aprender o idioma, na casa de uns amigos da Alemanha que haviam herdado uma empresa de exportação de vinhos espanhóis.

O ambiente entre as classes ricas da cidade, no final dos anos 1920, era irresistível mesmo para uma jovem que vinha da exuberante Berlim. As festas populares, as partidas de tênis, os passeios de veleiro... Durante um baile em uma das melhores casas de El Limonar, cujo jardim recebia o cheiro salgado das ondas, Sofia iniciou uma conversa com um desses homens de pele morena e cabelos pretos, tão diferentes dos rapazes pálidos a que estava acostumada. A poucos metros da praia, ouvindo a música da orquestra, Sofia se surpreendeu ao ouvi-lo falar um alemão bastante aceitável, idioma que, juntamente com o inglês, havia aprendido para melhor conduzir os negócios familiares, conforme explicou. Ela, incapaz de se comunicar com os demais na festa porque mal balbuciava o espanhol, passou duas horas conversando cada vez mais animadamente com o desconhecido, que no final da noite lhe disse chamar-se Manuel Montero.

Foi o início de um namoro rápido e apaixonado que continuou por carta quando ela precisou regressar à casa dos pais. Apenas um ano depois, ele foi buscá-la em Berlim, onde se casaram antes de regressar juntos à Espanha. Desde então, formaram um casal bem entrosado: o caráter discreto de Sofia, capaz de fechar sempre os olhos diante do que não lhe convém ver, combina perfeitamente com o jeito do marido, o tempo todo ocupado com suas empresas, hábil no manejo dos favores e das relações a ponto de fazer com que a Guerra Civil e os duros anos posteriores redundassem em benefício de sua fortuna.

Paulina não saberia dizer de onde vem o dinheiro que, salta à vista, nunca falta na casa de seus tios, mas desde que chegou a Madri percebeu que não convinha abordar esse assunto. De novo, seu velho truque: não perguntar, fingir que não entende até para si mesma. Em qualquer caso, sejam quais forem os assuntos tratados em seu escritório, cumpre reconhecer que Manuel é um pai de família carinhoso, que acolheu de bom grado sua cunhada (uma companhia nada fácil) e que trata sua sobrinha como se fosse uma filha. Dentro de casa, sem dúvida, é uma boa pessoa; fora, já não se sabe. A adolescente, graças a seu instinto de sobrevivente, relaciona-se com ele com certa precaução, intuindo alguma coisa turva por trás da superfície amável.

O único pesar do casal é não ter conseguido ter a prole numerosa que desejava, tão aplaudida pela moralidade franquista: o parto de Sofia foi muito complicado, o que a impediu de engravidar novamente. Talvez por isso mimassem tanto o filho único, que estuda Engenharia Industrial. Embora Manuel tenha nascido em Madri, há algo de inconfundivelmente andaluz em sua pele bronzeada, em seus olhos negros, em sua simpatia. É o tipo de rapaz inteligente e educado, sensível e sempre pronto a se divertir, encontrando sem problemas seu lugar em qualquer ambiente. Um líder nato, um sedutor que herdou não apenas o nome, mas também o encanto natural do pai.

3

A família senta-se para almoçar às três em ponto. A temperatura está alta demais para ficarem na mesa da varanda, de modo que se reúnem na sala de jantar, resguardados do sol pelas venezianas de madeira. A cozinheira preparou a típica salada malaguenha para lhes dar as boas-vindas. A mistura de laranja, bacalhau, azeitonas e azeite explode na boca de Paulina, pouco habituada aos sabores exóticos. Cada bocado é refrescante e delicioso, como uma continuação de suas sensações no jardim, do roçar da grama em seus pés quando, pouco antes, havia tirado os sapatos.

— Então você é a sobrinha de Sofia — diz a mãe de seu tio, que está com a saúde um pouco debilitada e não acompanhou o marido nas últimas viagens à capital. Motivo pelo qual acaba de conhecer a adolescente.

— Sim, senhora Montero. Encantada por conhecê-la. Falaram-me muito da senhora.

— Me chame Manuela, por favor — responde a distinta senhora, que sempre desejou ter uma neta e está contente por incorporar à família essa garota que, apesar da timidez, transmite uma firmeza assombrosa para sua idade, devido, sem dúvida, ao que teve a má sorte de viver.

— Está bem.

— Bem-vinda à Vila Manuela. Quero que se sinta desde já em sua casa.

Essas palavras ressoarão na cabeça de Paulina por muitos anos. Inclusive quando tudo mudar e a frágil estabilidade ruir.

— Muitíssimo obrigada, Manuela — responde com seu melhor sorriso.

Repassa mentalmente os cantos sombrios do jardim, ideais para perder-se na leitura de um romance durante as longas horas da tarde. Acaba de descobrir o gênero detetivesco e, na viagem de Madri, devorou as cem primeiras páginas de *Assassinato no Expresso Oriente*. Um pouco infantilmente, achou graça por estar num trem, como os protagonistas. Agora, quer que Poirot descubra quem matou Ratchett. Quando terminar a sobremesa, procurará uma espreguiçadeira à sombra e mergulhará de novo na história de Agatha Christie.

– Mamãe, Jerônimo, filho de sua amiga Maria Isabel, passou por aqui. Queria nos cumprimentar e me convidou para ir esta tarde, com seu grupo, ao Salão Olímpia. Parece que instalaram um lago artificial para se passear de barco e a coisa pode ser divertida – comenta seu primo.

– Isso me parece incrível, filho... embora, pelo visto, eu deva falar com aquela chata da mãe dele – ri Sofia. – Então você não virá jantar?

– Acho que não. Posso levar Paulina?

Ela se ergue involuntariamente da cadeira. Manuel nunca a tinha convidado para sair com seus amigos. Seu tratamento até agora fora cordial, entremeado de algumas brincadeiras, mas sempre ficou claro que ele a considerava praticamente uma menina.

– O que acha, querida? – pergunta a tia.

– Não sei – é a resposta. – Fui pega de surpresa. Pois você nunca me convidou para nada, Manuel! – acrescenta rindo, voltando-se para o primo.

– Ao que parece, meus amigos daqui estão tão cansados de ver sempre as mesmas moças que desejam conhecer uma garota de 15 anos – replica ele com um gesto zombeteiro.

– Manuel, não brinque com isso. Se sua prima for, você ficará responsável por ela e, se algum desses malucos a ofender, não sairão juntos de novo – adverte o pai.

– Não se preocupe. E, antes que pergunte, prometo que voltaremos cedo.

Depois de terminar a sobremesa, Paulina sobe ao quarto e analisa com desânimo o conteúdo de sua mala. Trouxe sobretudo roupas leves, cômodas, para ficar em casa e descer à praia com sua tia. Não acha nada apropriado para ir ao Olímpia. Por fim, opta por um vestido azul simples, com bolinhas brancas.

Depois, senta-se para ler um pouco, mas está tão empolgada que, embora deslize o olhar, de forma automática, pelas páginas do livro, não retém uma linha sequer. Perdeu todo o interesse por saber quem matou Ratchett. Os minutos passam lentos até que, por fim, chegam as sete horas da noite.

– Desça, Paulina, que já vieram nos buscar! – chama Manuel do térreo.

Paulina examina pela última vez seu penteado diante do espelho e desce as escadas um pouco nervosa. Sente-se pequena e inexperiente, como uma garotinha que talvez não saiba se comportar diante dos amigos de seu primo, maiores e seguramente mais sofisticados que ela.

Jerônimo espera à porta com um grande carro verde-escuro. Os dois amigos se sentam na frente, conversando entre si e sem darem muita atenção a Paulina, até chegarem ao Olímpia. Ali se encontram com outros conhecidos, brincam, riem. Manuel apresenta sua prima a todos, deixando que se descontraia aos poucos e se anime a participar cada vez mais das conversas, mas sem sair de perto dela um minuto. Duas horas depois, cai a noite e o grupo vai se dispersando. Algumas garotas se queixam de que os pais as obrigam a estar em casa na hora do jantar, justamente quando a diversão começa.

– Vamos aos Baños del Carmen? – pergunta Lola, a noiva de Jerônimo.

Ambos têm 20 anos e casamento marcado para a próxima primavera, de modo que ela pode voltar um pouco mais tarde desde que o noivo a acompanhe até a porta.

– Seu pai não ficará aborrecido? – pergunta Paulina, olhando para Manuel.

– Não se preocupe com isso, prima!

O carro avança veloz pelas ruas da cidade. Vão só os quatro: Lola, Jerônimo, Paulina e Manuel. O ar tépido entra pelas janelas abertas e acaricia o rosto da adolescente. É uma noite perfeita de verão, suave e pontilhada de estrelas. Tudo novo, inesperado e emocionante. A chegada de trem, o mar, o jardim... e agora isso. Paulina acha nunca ter vivido um dia assim.

Logo chegam ao balneário da moda, que se ergue junto a uma praia coalhada de seixos, o lugar aonde se deve ir para ver e ser visto. Rodeia o edifício uma grande estrutura sustentada por várias colunas brancas e o mar salpica as bordas do imenso terraço. Garçons elegantes, vestidos a caráter, transitam com desenvoltura entre os clientes, carregando bandejas de prata, sem derramar uma só gota das taças altas. Os músicos tocam os sucessos do momento.

Manuel pede uma garrafa de champanhe de uma marca francesa que Paulina não conhece.

– Não tenho costume... – diz ao ouvido do primo, um tanto envergonhada.

– Uma taça não vai lhe fazer mal, mas só uma. Não quero ouvir amanhã a bronca do século... – replica ele, piscando um olho.

Paulina bebe um pouco enquanto contempla as mulheres ao seu redor, envoltas em luxuosos vestidos de todas as cores, confeccionados, segundo explica Lola, pelas melhores modistas da cidade. Ela só viu esse tipo de traje nas revistas e no guarda-roupa de sua tia Sofia, e se sente insignificante em seu discreto vestido azul.

Mas isso pouco lhe importa. Dois goles bastaram para lhe dar uma leve tontura, diferente de qualquer outra sensação conhecida. Tem vontade de rir, de dançar, de sentir a água fria do mar nos pés. Caminha devagar até as rochas que se erguem na extremidade do terraço, sentindo a carícia da brisa salgada nas pernas nuas, e fica diante do mar escuro, cheio de mistérios e promessas.

É como se a vida estivesse começando agora.

4

Paulina costuma levantar-se cedo e, ainda de camisola, aproximar-se da janela da Vila Manuela para contemplar uma realidade que jamais suspeitou pudesse ser a sua. No primeiro dia de praia, tomou tanto sol que de noite sua pele ardia ao mínimo contato com os lençóis. Aprendeu então a lição e só vai nadar nas primeiras horas, antes do sol a pino.

O contato da água a faz sentir-se, a cada manhã, diante de um mundo resplandecente, onde há partidas de tênis por duplas, bailes com orquestra e duas sessões no parque do cine Duque, que durante o verão instala novecentas cadeiras no antigo jardim do convento. Nessas semanas é que a menina crescida no inferno descobre a existência de um paraíso no qual só importam a diversão e o prazer, com dias repletos de sol e noites que rescendem a jasmim.

Agora, no quarto, está de pé na frente do grande espelho com moldura de nogueira, admirando sua própria imagem com ar de incredulidade. Usa um espelhinho de mão, de estanho, para se ver também por trás e comprovar que o decote redondo deixa a descoberto boa parte de suas costas pálidas. Hoje começa a Feira de Málaga e uma amiga lhe emprestou um vestido de cigana, justo e azul com bolas vermelhas. A mantilha e o pente nos cabelos completam o conjunto.

– Saia do quarto, sobrinha, para podermos vê-la! – chama seu tio da sala.

Morta de vergonha, Paulina desce as escadas. Acha-se terrivelmente ridícula com aqueles trajes, que parecem pensados para realçar a pele morena das mulheres do sul. Não, não são para ela.

– Olhem só! – exclama a avó Manuela. – A *flamenca* mais bela da Alemanha!

– Está falando sério? Eu me acho esquisitíssima.

– Que nada, a roupa cai perfeitamente em você – assegura a matriarca, que apanha um cravo branco de uma jarra e o encaixa no pente, sobre o cabelo castanho. – Espero que seu primo esteja preparado para livrá-la essa tarde dos paqueradores – acrescenta com uma piscadela.

"Disso eu não duvido", pensa Paulina, que neste verão cheio de descobertas e de vida prefere ignorar tudo o que possa destruir sua ilusão de felicidade. Por isso, empenhada que está em exprimir todas as suas sensações, procura não pensar muito em Júlia, a quem imagina confinada naquele quarto da casa da rua Velázquez, ruminando lembranças e presa num mundo de sombras. Por isso, também, tenta não se incomodar quando nota que Manuel é sempre muito atencioso com ela, até demais. Não a perca de vista, conforme determinou seu tio, com um zelo que se esforça para disfarçar de cavalheirismo. Paulina não gosta desse comportamento, mas teme que, se protestar, o primo não a leve mais com ele. E, se aprendeu alguma coisa desde que, não faz muito tempo, se agachava ao lado da mãe durante os bombardeios, é se agarrar a qualquer possibilidade de fugir da tristeza.

Assim, agora sai pela porta disposta a passar a noite com a turma. E de olhos bem abertos para captar cada detalhe de uma festa que não se parece com nada que já viu antes: bailarinas capazes de mover hipnoticamente a barra dos vestidos, cavalos e charretes enfeitados de flores, barracas iluminadas com lanternas onde se bebe, canta e toca violão até a madrugada... Coisas cheias de cor, de energia, tão diferentes da recordação cinzenta e dolorosa de Berlim que lhe parece incrível fazerem parte de uma mesma vida, a sua.

Na manhã seguinte, a família toma o café na varanda. Paulina mordisca o pão com azeite enquanto seu primo relata tudo o que aconteceu à noite na festa. Manuel é bem-humorado e sabe contar um caso para fazer seus pais e avós rirem. O momento é tão agradável que todos se servem de uma segunda rodada de café para prolongar um pouco a conversa.

O primo imita, entre as gargalhadas dos demais, a cômica queda do cavalo de um conhecido da família, que segundo parece não havia medido bem sua capacidade de resistência ao vinho.

Então, ouvem um som inesperado vindo do vestíbulo: o toque do telefone que os Montero mandaram instalar há alguns anos, quando quase ninguém tinha um em sua residência particular. Agora é mais comum, mas as chamadas recebidas ainda são poucas.

– Quem será, tão cedo e num domingo? – pergunta a avó.

– Não faço ideia. Vou ver – responde o tio Manuel.

Ouvem em silêncio seus passos em direção à parede onde está preso o aparelho. Todos param de falar, como se tivessem um mau pressentimento. Uma estranha tensão se instalou na mesa.

Escutam o tio falar no telefone.

– Como? Quando foi?

Alguns segundos de silêncio enquanto o interlocutor responde.

– Mas foi você que a encontrou?

Mais silêncio.

– É terrível... Terrível. Ligo para você daqui a pouco.

Novo silêncio. A pessoa do outro lado da linha termina de explicar-se.

– Sim, é claro. Voltaremos a Madri no primeiro trem.

E desliga.

Manuel se aproxima da mesa muito pálido e com os olhos úmidos. Permanece de pé. Olha Paulina e apoia as mãos em seus ombros com um gesto protetor.

– É sua mãe... – diz.

– O quê? – pergunta ela, sentindo que tudo ao seu redor (os restos do desjejum, o verde do jardim, o toldo de listas brancas e amarelas) se parte em mil pedaços como um cristal delicadamente talhado que acabasse de cair num chão de pedra.

– Que aconteceu? – interrompe a tia Sofia, muito nervosa.

– A criada entrou há pouco em seu quarto. Encontrou-a morta.

Sofia se dobra para a frente com um gemido de dor. Paulina cerra os olhos e deixa que as lágrimas comecem a fluir por suas faces.

– Suicidou-se – diz a adolescente. É uma afirmação, não uma pergunta.

Um olhar de seu tio Manuel basta para confirmar.

– Como tive coragem de deixá-la sozinha em Madri? Como não imaginei que isso pudesse acontecer? Por que fui tão egoísta? – soluçou sua tia.

Paulina, ao contrário, está calma. A tragédia golpeia de modo diferente quando é esperada. Como Júlia ao receber a carta da Wehrmacht informando-a da morte de seu marido, como ela mesma, então ainda uma menina, quando viu Otto e Heinz sairem pela porta naquela manhã. Paulina agora se dá conta de que, na realidade, já sabia que sua mãe estava na iminência de morrer. E mais: fazia tempo que começara a morrer.

Como em um dos filmes a que assistiu no cinema, vê desfilar por sua mente uma série de imagens. Júlia pintando os lábios diante do toucador antes de ir à ópera, enquanto ela, com apenas 4 anos, a observa com admiração, sentada na cama de casal. Embalando-a em silêncio no dia em que precisou buscá-la na casa de Ana pela última vez ou abraçando-a no porão asfixiante para que Paulina, já maior, não tremesse tanto. Acariciando suavemente seu cabelo quando, há apenas dois meses, tentara ingenuamente fazer-lhe uma surpresa com suas boas notas.

Essa é uma história feita de fotogramas que se desvanecem pouco a pouco, perdem a cor e se desfazem como uma névoa diáfana. A história de uma mulher forte e cheia de vida que foi se dissolvendo dia após dia até desaparecer pura e simplesmente, como um sopro tênue.

"Agora sou só eu", pensa Paulina. E é como se a vida, recém-começada, terminasse.

5

Tudo era uma miragem. A luz do sol sobre o mar, o aroma das flores do jardim e o som da música pelas noites desapareceram. Voltaram a tristeza, a dor e a solidão, essas velhas conhecidas, para ocupar seu lugar. A felicidade enganosa das últimas semanas não era mais que uma grande mentira. Paulina não despertará mais desse pesadelo, pois justamente por despertar é que regressou a seu lugar natural. E esse lugar está às escuras, sob a vasta sombra da desgraça.

A viagem de volta a Madri é muito diferente da viagem de ida. Dessa vez não há emoção, apenas lágrimas. Em vez de ler Agatha Christie, limita-se a olhar pela janela, sem se fixar nas paisagens que atravessam. Nada lhe importa. Seus tios e seu primo tentam consolá-la, sem nenhum êxito. Eles pertencem a um mundo resplandecente que mostrou ser falso e traiçoeiro.

Quando chega ao apartamento da rua Velázquez, corre em busca de Milagros, a mulher que encontrou o corpo de sua mãe. Não quis perguntar aos tios, que sem dúvida tentariam poupar-lhe os detalhes desagradáveis, mas precisa saber. A criada é muito jovem, quase tanto quanto ela, e chegou há poucos meses de seu vilarejo. Tem profundos olhos negros e uma bela aparência, mais exuberante que a de Paulina. Também não deve ter tido uma vida fácil. Rompe em lágrimas, desconsolada, ao vê-la deter-se, séria e vestida de luto, no umbral da cozinha. De algum modo, o pranto sincero da empregada a reconforta mais que o apoio de seus familiares.

– Por favor, me conte tudo.

– Tem certeza de que quer ouvir?

– Sim.

– Não sei se devo...

– Por favor, Milagros.

– Está bem... Entrei no quarto da senhora Júlia depois das nove e meia. A cozinheira achou estranho ela não pedir o café da manhã e sugeriu que eu fosse ver se ela estava bem. Na verdade, todas nos preocupávamos com a senhora Júlia, tão magra e triste. Nós nos sentíamos responsáveis por ela, agora que a família fora para a praia.

– Me diga o que viu ao abrir a porta.

– Ai, senhorita! Se eu, que mal a conhecia, não consigo tirar aquela imagem da cabeça, imagine você, sua filha...

– Preciso saber.

– Entrei no quarto e logo percebi que havia algo estranho. A senhora Júlia estava muito quieta e não respondeu quando a chamei. Então me apressei a subir as persianas e vi que a cama inteira estava manchada, com sangue por todo lado. Tinha cortado os pulsos – conta Milagros com voz embargada.

Paulina fecha os olhos, oprimida pela imagem. E tem uma intuição.

– Ela fez os cortes com o vidro do porta-retratos, não fez? Me refiro à fotografia de meus irmãos, que havia sobre a cômoda.

A criada, desfeita em lágrimas, confirma com um gesto de cabeça.

Há algo mais, porém.

– Sua mãe deixou uma coisa para você em cima da cadeira de balanço – diz ela. – Vou buscar.

Dois minutos depois, reaparece com um álbum de fotografias encadernado em couro marrom.

– Havia um bilhete em cima que dizia "Paulina" – explica a garota.

Paulina se retira para seu quarto e começa a examinar as velhas fotografias até encontrar o que está procurando: um papel dobrado em quatro entre as páginas acetinadas. Desdobra-o com cuidado e lê as poucas linhas da mensagem de despedida:

Liebe Paulina:

Me perdoe por abandoná-la desse modo tão covarde, mas tive de aproveitar sua ausência para acabar com tudo de uma vez. Suplico-lhe que entenda. Há um limite para a dor que um coração pode suportar e faz tempo que alcancei o meu.

Empreguei todas as forças que me restavam para trazê-la a um lugar onde você tivesse a oportunidade de começar uma vida nova, de tentar ser feliz. Para mim é muito tarde, mas você pode conseguir. É forte. Há dois meses, quando me mostrou suas excelentes notas, eu soube na mesma hora que conseguiria. Estou muito orgulhosa de você, embora não tenha sido capaz de dizê-lo.

Peço-lhe um último favor: não guarde esta carta. Queime-a quando terminar de lê-la. Viver presa ao passado a fará infeliz e você bem sabe que digo isso por experiência própria. Lembre-se dos bons momentos e nunca esqueça que já fomos felizes. Não permita jamais que isso se apague de sua lembrança. É o motivo pelo qual lhe deixo este velho álbum de fotografias.

Perdoe-me por lhe causar mais esse sofrimento, mas não vejo outra forma de evitá-lo.

Eu te amo muito,

Mutti

Aproxima o papel do rosto para tentar sentir o perfume de sua mãe, seus vestígios a ponto de desvanecer-se. Entre soluços, relê a menção às boas notas. Agora mesmo, daria o tempo que lhe resta de vida para abraçá-la mais uma vez, para mergulhar a cabeça no colo quente de sua mãe. Observa que, na última página do álbum, onde havia guardado a carta, está colada cuidadosamente a fotografia de Otto e Heinz com o uniforme da Juventude Hitlerista. Júlia a tirou do porta-retratos para evitar manchá-la de sangue, num último gesto de proteção materna.

Respira fundo, procurando se acalmar, enquanto absorve lentamente a mensagem da mãe. Deve levá-la em conta. Tem de fazer isso. Por mais que lhe custe, precisa sair das sombras e afastar de vez a tristeza. Apesar da enorme dificuldade do desafio, é necessário tentar ser feliz. E ela, como diz a carta, pode consegui-lo.

– Obrigada, *Mutti* – sussurra.

Vai à cozinha buscar uma caixa de fósforos e se fecha no banheiro. A seu lado, o álbum que contém retalhos de uma vida que já não existe, os únicos restos salvos do naufrágio.

Acende o fósforo em obediência às instruções da mãe e deixa que a chama, como uma carícia suave, converta em fogo a mensagem de despedida. Ao fim de poucos segundos, só resta um montículo de cinzas sobre a pia.

O Segredo

Madri, 1949

1

Fica mais de uma hora rolando na cama. Não consegue dormir. E não conseguirá ainda por um bom tempo. Sob os lençóis, Paulina acaricia sua pele nua envolta pelo leve tecido da camisola. As pontas suaves de seus dedos percorrem a superfície das coxas até chegar aos centímetros mais sensíveis, bem perto da umidade da vagina. Suas mãos rápidas deslizam pelo ventre liso e pelos seios firmes. Um dedo impaciente se insinua pela ranhura já úmida, antecipando o que ocorrerá em minutos. "Não, ainda não", diz para si mesma. "Aguente mais um pouco." Se não acontecer logo, ficará louca.

Permanece totalmente imóvel, escutando o silêncio da casa. É quase uma hora da madrugada. O vento do inverno açoita as vidraças das sacadas, mas isso agora não importa: no refúgio íntimo de sua cama, só há carne e calor. Mais um pouco e chegará o momento. Como todas as noites, há dois meses.

Tudo começou no dia de seu aniversário de 17 anos, quando foi com alguns amigos assistir *Paixões em Fúria* (*Cayo Largo*) num dos grandes cinemas da Gran Vía. Seu primo, como sempre, estava no grupo. O tempo todo simpático e disposto a se divertir, havia se tornado seu principal apoio após o suicídio de Júlia. Não era do estilo de Manuel manter longas conversas nem lhe emprestar o ombro para ela chorar; ao contrário, propunha-lhe planos, tirava-a de casa, ajudava-a a se distrair. Nele, tudo era um convite para fechar os olhos, correr sem olhar para trás.

"Sem dúvida, é um pouco superficial", pensava ela. "Mas talvez seja disso que eu preciso." Na verdade, era sua única companhia, pois a triste realidade é que não via mais ninguém no mundo preocupado com sua situação. Os tios, já de consciência tranquila por tê-la acolhido em casa, não lhe davam muita atenção, enquanto as freiras do colégio apenas lhe recomendaram que buscasse consolo na Virgem Maria. Assim, não lhe restava outra opção senão deixar-se ir, aceitar a saída fácil oferecida por Manuel.

Com sua pele translúcida, seus olhos claros e seu aspecto estrangeiro, Paulina se destaca muito das outras garotas, tão exótica quanto as atrizes que costumam aparecer na tela grande. Seu sotaque alemão, ainda muito acentuado, aumenta essa sensação de diferença. Há nela algo de precioso e raro, como um objeto que só podemos desfrutar por alguns instantes, antes de devolvê-lo à prateleira mais alta da vitrine, embora, incontestavelmente, seu rosto conserve uma expressão de ternura infantil. Paulina sabe o efeito que provoca nos homens, mas seu primo adotou com toda a naturalidade o papel de guardião, sem permitir que nenhum dos rapazes da turma faça a menor tentativa de aproximar-se. A princípio, parecia tratar-se de instinto protetor, como o de um irmão mais velho, mas logo ficou claro, ao menos para os dois, que havia algo mais.

– Se você continuar assim, nunca vou arrumar um namorado – brincava ela.

– Não esquente a cabeça com isso – retrucava Manuel, sorrindo.

As coisas caminharam assim, como uma paquera mais ou menos inocente, durante bastante tempo. Os duplos sentidos e a cumplicidade, embora cada dia mais óbvios, passavam despercebidos em casa. O tio Manuel vivia concentrado em seus negócios, sempre correndo de uma reunião a outra, e a tia Sofia continuava exibindo sua habilidade especial para fechar os olhos a tudo quanto não lhe convinha ver. Ela também, à sua maneira, era uma sobrevivente. Às vezes, uma criada jovem os olhava com desaprovação quando surpreendia suas risadas em algum canto escuro do corredor, mas isso só acrescentava emoção ao jogo.

No dia de seu aniversário, Paulina convidou a turma para comer depois do filme. Acomodaram-se nos sofás de um dos "cafés americanos" em moda nos arredores dos cinemas. Ali, ela abriu os presentes, um lenço de seda e uma edição preciosa de *Jane Eyre*, escolhidos por Menchu, uma colega de classe. No caminho de volta, os dois primos deixaram sua amiga na porta de casa, no começo da rua Jorge Juan, e percorreram sozinhos o trajeto restante até o apartamento da família. Era uma noite muito fria. Paulina vestia um casaco azul-marinho, tipo "ampulheta" (até abaixo dos joelhos e bem ajustado com um cinto), inspirado em um desenho de Dior. Seus passos ressoavam na rua praticamente deserta e a fumaça do cigarro de Manuel se desvanecia no ar limpo, escuro, estimulante.

Ao entrar no vestíbulo, ele a empurrou para o pequeno corredor da entrada de serviço, que ninguém utilizava aos domingos, o dia de folga das criadas. Nenhum dos dois disse nada: escolher as palavras certas era muito difícil.

Na penumbra de seu esconderijo, só se ouvia o som agitado de suas respirações. O corpo magro, mas forte de Manuel estava bem perto: cheirava a tabaco negro e a perfume. Sua boca de lábios finos e dentes um pouco irregulares estava à altura dos olhos de Paulina. Seu olhar escuro brilhava de um modo diferente. Alto e muito moreno, com 21 anos tinha já o atrativo imperfeito, insinuante, quase perigoso, que conservaria até o final. Ela abriu o casaco e deixou que as mãos dele tateassem seu corpo ainda adolescente, inexplorado.

– Feliz aniversário – disse-lhe ele ao ouvido.

Ela calou um gemido e abraçou-o.

Manuel a beijou tão intensamente que, por alguns minutos, tudo que os rodeava – o corredor, o apartamento, o mundo inteiro – ficou envolto em uma neblina irreal e espessa.

Desde então, faz dois meses, Paulina vive mergulhada num sonho, ou melhor, num delírio. A fronteira que ultrapassaram aquela noite levou-os a um território de onde já não é fácil regressar. Embora continue cumprindo seus deveres escolares como antes e mantenha viva a farsa de sua rotina, em sua cabeça só há espaço para uma única coisa.

O que está fazendo não pode ser mais contrário ao que lhe inculcam no colégio, ao que se supõe deva ser uma garota como ela. Enquanto suas colegas de classe falam entre risadinhas e em voz baixa de algum beijo furtivo dos namorados – que se apressam a expiar com alguns padre-nossos depois de sair do confessionário –, ela já quebrou todas as regras. Veste o mesmo uniforme de saia xadrez e blusa branca das demais – porém, habita outra galáxia. Quando as freiras se referem à "entrega da flor", Paulina visualiza as cores vibrantes, as pétalas aveludadas, a sensualidade úmida e pegajosa do pólen.

Nos momentos de lucidez, se dá conta de que está aterrorizada, mas há tempos não é mais dona de seus atos, ao menos dos noturnos. No fundo, sabe que o único final possível para essa história é um casamento que na realidade não deseja; contudo, penetrou a tal ponto em um túnel cálido e profundo, perigoso e envolvente ao mesmo tempo, que já não pode dar meia-volta e simplesmente sair correndo.

Toda noite, sente a vertigem irresistível de um salto no vazio. O prazer enorme, inesgotável e perfeito que acaba de descobrir domina tudo.

Tem um orgasmo atrás do outro quando está com Manuel e quando, sozinha no quarto, recorda as coisas que fizeram juntos. Às vezes, até precisa se controlar para não ceder a seus impulsos se ele a olha um segundo além do normal quando estão sentados à mesa com seus tios ou a toca sem querer no elevador.

– Vai ter tempo para mim esta noite, se eu lhe fizer uma visita? – pergunta ele em voz baixa quando, por exemplo, vão ao banheiro lavar as mãos antes do almoço.

E tudo o que é Paulina, sua inteligência e coração, sua vontade e memória, fica reduzido a essa sensação de calor na vagina, a essa umidade em sua roupa íntima. É uma ansiedade que chega a enlouquecer.

Sente-se assim neste momento, enquanto volta a deslizar as mãos pelo contorno das coxas, agasalhada sob as cobertas. O relógio de cabeceira acaba de marcar uma hora da madrugada quando, por fim, escuta o som de alguns passos que se aproximam com cuidado, procurando não fazer barulho, e o leve rangido do trinco ao girar.

– Imagino que esteja acordada – sussurra Manuel, enquanto tira a calça. Haverá tempo para beijos e carícias depois de terminarem: agora, a sensação de urgência é forte demais.

A mente de Paulina se esvazia. Os bombardeios em Berlim, o sacrifício absurdo de Otto e Heinz (seus rostos fingindo segurança ao saírem de casa pela última vez...), a lembrança já tênue de seu pai e até o trágico suicídio de Júlia, há apenas dois anos: tudo desaparece. Igual a ontem, igual a amanhã, nesta noite ela será apenas um pequeno animal, uma criatura selvagem movida unicamente pelo instinto. No momento, sequer tem receio de que os descubram, embora nesse caso é certo que não poderá continuar morando na casa dos tios e o frágil equilíbrio de sua vida voará pelos ares.

É provável que a confusa e ainda inexperiente Paulina esteja confundindo a recomendação póstuma de sua mãe – "Seja feliz" – com essa simples e embriagadora espiral de sensações, mas a verdade é que o prazer não deixa espaço à tristeza. Poderá haver uma maneira mais vigorosa de mostrar a si mesma que continua viva?

2

A aula de latim começa às nove em ponto. Paulina toma um gole do café e corre para pegar os livros. Se não quiser chegar atrasada também hoje, deve se apressar. Desde que começaram as visitas noturnas de Manuel, não descansa o bastante e cada vez mais lhe custa levantar-se. Restam poucos dias para o fim do curso e ela não quer que os deslizes dos últimos meses comprometam seu brilhante desempenho, graças ao qual será uma das poucas alunas a ir para a universidade: já combinou com os tios que fará Filosofia e Letras após o verão. No fundo, Paulina sente pena de muitas de suas colegas do Loreto, cuja vida logo ficará reduzida a um marido e à missão de enfileirar uma gravidez após a outra, destino mais frequente para as garotas comportadas do bairro de Salamanca.

Às oito e quarenta e cinco, corre para a porta, temendo a repreensão caso se atrase de novo, mas vê algo que a detém, como uma espiã, ao fundo do corredor. Diante de seus olhos, desenrola-se uma cena desconcertante. De seu esconderijo improvisado, surpreende a tia Sofia, com ar severo, entregando à criada mais jovem da casa um volumoso maço de notas. A garota oculta o belo rosto, envergonhada, e rompe a chorar desconsoladamente antes de voltar para a cozinha.

Talvez chegue tarde, mas ainda assim permanece alguns minutos à porta, até ver a criada sair, com um humilde vestido de passeio e carregando uma maleta de papelão. Sim, foi despedida. Observa-a caminhando pela rua, com os ombros caídos e o olhar fixo no chão, afastando-se do apartamento onde trabalhou de sol a sol durante os últimos anos. É Milagros, a mesma que encontrou o corpo de Júlia em sua cama encharcada de sangue. Paulina gostaria de ir até ela e dizer-lhe algumas palavras amáveis, mas de algum modo compreende que não deve fazer isso. Não se atreve a tocar-lhe o ombro para lhe dizer adeus e desejar-lhe boa sorte.

Às vezes, percebemos a realidade, sobretudo a mais danosa e miserável, muito antes de sermos capazes de aceitá-la. Nossa intuição se adianta, mas precisamos de mais provas, de mais dados antes de admitir como certo aquilo que, no fundo, possivelmente já sabíamos.

Depois de manter-se acordada a duras penas durante toda a manhã – quase uma proeza durante as aulas de Latim e Religião –, regressa ao meio-dia ao apartamento da rua Velázquez. Apesar do cansaço, se excita pensando que verá Manuel durante o almoço, que o ouvirá contar alguma piada da universidade e que voltarão a fingir que se roçam por mero acaso ao passar o saleiro ou a jarra de água. Mas hoje seu primo não aparece, o que é muito estranho. A hora das refeições costuma ser sagrada, é o único momento do dia em que seu tio está sempre em casa e aprecia ver todos à mesa.

– E Manuel? – pergunta, de fato, ao entrar na sala e ver que a comprida mesa de mogno foi posta apenas para três pessoas.

– Precisava terminar um trabalho na universidade – responde Sofia, lançando ao marido um olhar cheio de significado que não passa despercebido a Paulina.

Sentam-se à mesa e servem-se do primeiro prato. A luz do meio-dia faz cintilar as peças de prata que, sobre uma toalha rendada, adornam o aparador: uma suntuosa sopeira e dois enormes candelabros. Os papéis de parede em tons de amarelo e creme, as pesadas cortinas de veludo, a lâmpada com suas lágrimas de cristal... Tudo está envolto num silêncio estranho, tenso. Paulina resolve perguntar:

– Esta manhã, a caminho da escola, vi Milagros saindo com uma maleta. Já não trabalha mais aqui?

— Achou emprego em outra casa, onde vão lhe pagar mais — responde Sofia. — As moças de hoje não são tão fiéis quanto as de antes. Esta entrou aqui sem saber varrer o chão e agora vai embora em troca de algumas moedas. E ainda por cima teve o atrevimento de me pedir referências.

Diferentemente de seus tios, para quem o pós-guerra foi quase um golpe de sorte, ela sabe bem o que é passar fome e frio, e compreende que aquelas moedas, mencionadas com tanto desprezo, podem ser muito importantes para uma moça do interior como Milagros. Elas talvez possibilitem a um bando de irmãos pequenos, que imagina correndo descalços por ruas sem asfalto, uma refeição quente todos os dias.

Mas a tia ignora que Paulina a tenha visto entregando um maço de notas à criada — e isso não se faz a alguém que encontrou outro emprego. Paulina prefere não dizer nada e guardar para si seus pensamentos. Se Sofia está mentindo, e é óbvio que está, deverá informar-se em outra parte.

Não é difícil. Pouco depois, a tia vai para a saleta com seu professor de pintura, um rapaz magro que vem uma vez por semana para ajudá-la a desempoeirar suas antigas habilidades com os pincéis. Paulina conversou com esse rapaz umas duas vezes e parece uma pessoa agradável, com certo carisma, embora ela não lhe tenha dado muita atenção, absorta como está na incrível aventura que agora vive. Nem mesmo percebeu o modo como o pintor a observa quando se encontram por acaso no corredor ou ela passa diante da saleta onde são dadas as lições.

Quanto ao tio, está fechado no escritório com uma visita. É o momento ideal para deslizar pelo longo corredor e atravessar a porta que conduz às acomodações dos criados. Basta cruzar uma divisória para entrar em outra casa, completamente distinta. O assoalho brilhante dos cômodos dos donos se transforma imediatamente em um humilde chão de ladrilhos; aqui não há tetos altos nem janelas amplas, apenas duas aberturas para um barulhento pátio interno, para onde confluem os odores de todas as cozinhas do prédio. Até a porta que separa as duas partes do apartamento é diferente: de nogueira na face que dá para o corredor principal e de esmalte branco no lado onde vivem as criadas.

Encontra a cozinheira descansando em uma cadeira baixa de madeira, com uma xícara entre as mãos, depois de ter usado e limpado os fogões, as panelas, os talheres. É uma mulher gorda, já idosa, que começou a trabalhar para os Montero há mais de trinta anos em sua Málaga natal. Está há tanto tempo com a família que não tem mais medo de falar às claras. E goza da fama de ser muito bisbilhoteira, de modo que é justamente a pessoa com quem Paulina quer conversar.

– Boa tarde, Encarna. Você poderia me preparar um café como este que está tomando, por favor? Estava no quarto estudando e me veio um sono terrível – explica com um sorriso amável, tentando ganhar a confiança de alguém que, só agora se dá conta, mal conhece apesar de três anos de convívio sob o mesmo teto.

– Claro, senhorita. Levo daqui a pouco.

– Não, não, posso esperar alguns minutos. Suponho que, agora que Milagros se foi, você precise trabalhar mais... – replica ela, atenta à reação no rosto de Encarna.

– É verdade. Mas não posso dizer que foi uma surpresa. Ia acontecer a qualquer hora.

Paulina não sabe a que a criada se refere, mas decide ir na onda.

– Sem dúvida – concorda, prudentemente. É óbvio que a cozinheira quer falar.

– Estavam ficando cada vez mais descuidados – começa a explicar Encarna, limpando as mãos no avental. – Ultimamente, nem se davam o trabalho de fazer silêncio. Acordavam todo mundo às duas ou às três da manhã. Sabe-se lá o que ele fazia até essa hora! Entrava no quarto da garota e lá ficavam os dois um bom tempo, se divertindo, a julgar pelo barulho que faziam. Não é de estranhar que ele a tenha engravidado.

A intuição da manhã começa a se converter em certeza, como uma chuva que parece leve até que o frio a transforme em gelo. A cegueira vai desaparecendo, deixando à vista a espantosa realidade: o engano e sua própria estupidez por não se inteirar de algo que, a julgar pelo relato de Encarna, era um segredo do conhecimento de todos.

– Manuel? – atreve-se a perguntar.

– Quem mais? – responde a cozinheira. – Mas, senhorita... você não sabia? Espero não ter metido os pés pelas mãos!

– E como não ia saber? – mente ela, saindo da cozinha quase sem conseguir conter as lágrimas. – O quarto de meu primo é bem em frente ao meu! Muitas noites ouvi-o sair e se dirigir para a área das criadas. Já imaginava que seria algo assim.

A duras penas mantém a compostura até chegar ao quarto e abater-se, desfeita em soluços, sobre a cama. As longas horas da tarde vão passando enquanto ela procura analisar o ocorrido. Acreditará Manuel que ela não saiba sobre seu caso com Milagros, embora, segundo parece, os dois não tomassem nenhum cuidado para ocultá-lo ou, pior ainda, pensará que isso não importa, pois competem em categorias diferentes? Alguns homens de boa família consideram ter um direito especial para dormir com as empregadas sem que isso interfira em sua "verdadeira" vida sexual e sentimental. Saberia a bela criada que seu amante passava no quarto da própria prima antes de ir vê-la? Esse é, talvez, o detalhe que mais repugnância lhe provoca. E se ela vem dormindo com Manuel há seis meses, há quanto tempo Milagros está com ele?

Seja como for e independentemente das respostas a essas perguntas, não há como justificar os atos de Manuel. É impossível que ele possa dar uma explicação convincente; portanto, não há sentido em perguntar-lhe nada. Assim, optará de novo pelo silêncio.

À noite, quando está a ponto de se deixar vencer pelo sono, escuta de novo os passos que se aproximam pelo corredor, o leve ranger do trinco e a voz de Manuel perguntando, como sempre, se ela está acordada. Não o viu o dia inteiro, nem mesmo durante o jantar, e já achava que ele não viria a seu quarto.

Paulina levanta a camisola, abre as pernas e reclina a cabeça para trás. Seu primo murmura algo, mas está bêbado demais para que ela o entenda. Cheira intensamente a uísque.

– Com força – pede Paulina; e ele obedece, penetrando-a com uma fúria diferente das outras vezes, apertando-lhe os seios com tanta brutalidade que as marcas de seus dedos, finos e poderosos, ficarão na pele dela durante dias.

"Como odeio você!", pensa Paulina, enquanto o arranha e o morde, envenenada de raiva. "Agora já sei de onde tirou a ideia de me beijar na entrada das acomodações dos empregados e quem lhe ensinou esse truque de criada em alguma tarde de domingo."

Vira-se para mergulhar a cabeça no travesseiro, fingindo que afoga um gemido para ele não ver as lágrimas em seus olhos claros. Em seus olhos decepcionados e traídos.

Tudo terminou; ao menos, é o que ela pensa agora.

A Despedida

Berlim, agosto de 2016

1

Alícia está na cama do hotel com a carta de seu bisavô Otto sobre os joelhos. Chora durante muito tempo, até que, já de madrugada, adormece de puro cansaço. Sua tristeza, porém, não se deve ao conteúdo da carta, a qual, por mais trágica e distante que seja, tem a frieza de um documento histórico. Além disso, sente certo alívio ao saber que seus antepassados não foram nazistas convictos, algo que jamais se atreveu a perguntar a Paulina.

O que a magoa é pensar na avó, na pobre avó presa a esse passado de pesadelo que, seguramente, nunca conseguiu superar de todo. Mal se pode imaginar o que sofreu durante a infância. E agora que Alícia por fim a compreende, não pode mais falar com ela nem tentar consolá-la.

Mas Paulina Hoffmann, que nunca conversava sobre essa época com os adultos, gostava de recorrer à memória perto de sua neta, lembrando entre risadas como seus irmãos escondiam seus carrinhos de lata nos lugares mais absurdos, para que ela não os encontrasse, as brincadeiras de escola ou a divertida falta de jeito de seu pai, incapaz de ajustar a gravata para as noites de estreia na Staatsoper.

Momentos de perfeita felicidade, ainda intactos, escondidos na parte mais remota e secreta de seu coração. Pedaços de uma ternura tão injustamente arrebatada que só podia ser redimida por meio do olhar ainda inocente de uma garotinha.

Alícia acordou com dor de cabeça e a sensação de embotamento que nos lembra que choramos muito. Pede um café e um *croissant* ao serviço de quarto e lava o rosto com água bem fria. Na tarde anterior, saiu às pressas do apartamento herdado, sem tempo para pegar nada, de modo que veste a mesma roupa e se dirige à Kastanienallee.

Ao entrar, depara-se com um homem corpulento, de camisa branca de mangas curtas e um bigode já grisalho. Está sentado à mesa onde fica a correspondência, absorto na leitura de um jornal. Hoje é segunda-feira e o porteiro voltou a seu posto. Ergue os olhos e cumprimenta-a educadamente.

– *Guten Tag** – responde ela. – Sou a neta de Paulina Hoffmann, a proprietária do apartamento 1B. Não sei se alguém lhe deu as más notícias. Minha avó faleceu há algumas semanas.

No rosto do porteiro, desenha-se um ar de sincera tristeza.

– Não me diga? Sinto muito. Nem posso acreditar, a última vez que a vi tinha uma aparência excelente. Mas me conte, o que aconteceu?

– Ataque cardíaco, enquanto dormia.

– Coitada! Espero que não tenha sofrido.

– O médico disse que, com certeza, ela não percebeu nada. Tinha 84 anos... Sua hora havia chegado, penso eu – explica Alícia, notando que raramente recorre a essa frase feita, a esse clichê, para expressar uma dor tão profunda.

– Oitenta e quatro? – estranha ele. – Eu jamais teria imaginado isso. Aparentava dez a menos.

– Sim, parecia mais jovem. E estava muitíssimo bem. É incrível que uma mulher de sua idade pudesse viajar sozinha. Mas ela viajava.

– Viajava? De onde? Não morava na cidade?

Alícia fica perplexa. O porteiro achou que sua avó residia em Berlim! Ela sempre falou um alemão perfeito e evitava dar explicações, mas nem por isso a confusão deixa de ser lógica. Será possível que ela provocasse de propósito o mal-entendido? Talvez, nos últimos anos, viesse alimentando a fantasia da vida que perdeu, a que viveria se o destino

---

* "Bom dia", em alemão.

não lhe houvesse roubado tanto e ela não precisasse fugir da Alemanha em 1945.

– Minha avó morava em Madri.

– O quê?!

– Fazia setenta anos.

– Estou muito surpreso. Não posso acreditar. A senhora Hoffmann jamais mencionou esse fato. Embora... agora me lembro, nunca tenha dito o contrário. Acho que acabei presumindo isso – explica o porteiro, que se interrompe por alguns instantes. – Sinto muito, de verdade. Não cruzava frequentemente com sua avó, mas tinha certo carinho por ela. Era uma mulher bastante agradável.

– Minha avó esteve muitas vezes aqui?

– Não muitas. Quatro ou cinco.

– Ela lhe disse por que comprou o apartamento?

– Não, nem eu me atreveria a lhe perguntar. Achei que era algum tipo de investimento. Ela só me avisou que logo sua neta, isto é, você, viria aqui.

– Tem as chaves?

– Sim, claro.

– E sabe se alguém mais as tem?

– Não.

Alícia pensa um instante e por fim ousa perguntar:

– Alguém entrou no apartamento nos últimos dias? Sei que parece um pouco estranho, mas tive essa impressão.

– Oh, sim! – exclama o homem, visivelmente aliviado por chegar enfim a um terreno que controla, depois de vários minutos de conversa desconcertante. – Deve ter sido minha esposa. A senhora Hoffmann a encarregou, quando veio pela última vez, de passar periodicamente pelo apartamento a fim de limpá-lo e mantê-lo organizado.

– Organizado... – repete ela.

Sem dúvida Paulina, intuindo que qualquer de suas viagens a Berlim poderia ser a última, quisera que sua neta encontrasse a casa arrumada quando chegasse, depois de sua morte. Voltará a sentir-se tão mimada, cuidada com tanto carinho? A resposta, ela bem o sabe, é não. No dia em que perdeu a avó, morreu também o último resquício de infância que restava nela. O mundo ficou mais duro de repente. Concluiu que ninguém mais a chamaria de *Schatz*.

– Acha que, ontem, sua mulher poderia ter deixado um álbum de fotos na sala de jantar?

– Como assim?

– Um álbum antigo, com capa de couro. Ela passou ontem por aqui?

– De forma alguma. Ontem, domingo, fomos visitar meu filho, que mora em Potsdam. Além disso, seria estranho que minha mulher não me falasse nada a respeito dessas fotos.

O porteiro a observa preocupado. Estabelece-se um silêncio constrangedor entre ambos, na soleira. Alícia então decide encerrar a conversa com uma mentira piedosa:

– Não se preocupe com isso. Acredito que o álbum já estava lá quando cheguei, mas não percebi. Sinto-me um tanto abalada pela morte de minha avó. Espero que me compreenda.

– Naturalmente – responde ele, com um gesto de concordância.

– Muito obrigada pelas explicações, Herr...

– Mauer. Chamo-me Stefan Mauer.

– Até logo, Herr Mauer. Eu me chamo Alícia Blanco. Preciso ir, tenho alguns negócios a resolver. Logo nos veremos. *Auf Wiedersehen!*

Mal chega à rua, começa a chorar. Planejara subir e recolher suas coisas, mas não foi capaz disso. E nem pensa em voltar a dormir ali antes de descobrir quem deixou o álbum sobre a mesa. No terraço do Café Blume há um par de mesas com clientes que desfrutam do café da manhã. O garçom se vira ao vê-la passar. Alícia esbarra num homem que caminha absorto, de olho no celular.

– Me desculpe – diz ela, sem se deter.

Sente-se triste e espantosamente sozinha. Volta ao hotel, desaba na cama e pega uma cerveja no minibar. Tira o celular do bolso e digita o número de seu pai. Está há dias sem falar com ele e agora precisa ouvir a voz de alguém que a ame de verdade.

2

— Olá, filha – responde Diego. – Chegamos ontem a Málaga. Hoje, Pilar e eu passeamos pela rua Larios e fomos a alguns bares do centro. Agora estamos no jardim, esperando que esse calor insuportável diminua.

Alícia o imagina sentado na varanda cheia de buganvílias, da casa de El Limonar, junto à piscina. Supõe que, para ele, não deve ser nada fácil estar ali, com a sombra de Paulina Hoffmann espiando-o de cada canto. Diego Blanco ainda é um homem atraente, com uma simpatia envolvente e um sorriso zombeteiro. Embora não tenha se casado de novo, de vez em quando tira da manga uma nova conquista. Pilar é sua última namorada.

— Como encontrou a casa? É a primeira vez que vai aí desde a morte da vovó, não?

— Bem-arrumada, como sempre. Você devia ver como o jasmim na janela do seu quarto está bonito. Embora eu tenha de lhe confessar que me abalou muito entrar e encontrar tudo como se sua avó acabasse de sair pela porta. Deve ter vindo na primavera pela última vez. Havia até algumas roupas dela no cesto de roupa suja. Esta manhã, descobri que deixou um romance lido pela metade na mesinha de cabeceira. Estava na página 356. Isso me fez sentir mal.

— Que livro é?

— *Até Que Eu Te Encontre*, de John Irving. Conhece?

Alícia sente que o ar abandona seus pulmões. Um nó muito apertado se forma na boca de seu estômago.

— Que coincidência!

— Por que diz isso?

– É o romance que estou lendo no momento. Vovó me deu há alguns meses, pois sabia que gosto muito desse escritor. Nós o descobrimos juntas há anos. E você sabe que às vezes líamos o mesmo livro para comentá-lo entre nós. Dessa vez não me disse nada, suponho que não teve tempo de ler até o fim – acrescenta com a voz embargada.

– Ai, filha, essas coisas realmente impressionam muito. Por isso os primeiros meses depois da morte de uma pessoa são tão difíceis, pois os vestígios dela continuam presentes no dia a dia. Eu mesmo comecei a chorar como uma criança quando entrei no quarto de sua avó e vi suas coisas no guarda-roupa. Resolvi pedir à mulher da limpeza que embrulhe tudo. Não tenho forças para isso.

– É a coisa certa a fazer, em minha opinião.

– Às vezes, penso que ela ainda está aqui, que se for à sua varanda vou encontrá-la sentada no lugar de sempre, lendo. Não se esqueça de que passei a maioria dos verões de minha vida nesta casa e quase sempre na companhia dela.

– Você não sabe quanto o entendo, pai. De vez em quando tenho a mesma impressão aqui em Berlim.

– Fiquei um pouco preocupado com você. Não recebi notícias suas por vários dias. Você está bem? Não quis lhe telefonar porque me pediu expressamente que não a incomodasse, quando a deixei no aeroporto.

– Se eu contar uma coisa, promete que não ficará histérico?

– Mas o que é? Agora terá de me contar.

– Hospedei-me num hotel, pois estava me sentindo mal no apartamento. É a mesma sensação de que você falou, como se vovó, de algum modo, ainda estivesse ali me vigiando.

Então seu pai não pôde evitar pronunciar a frase mais odiada por todas as filhas do mundo:

– Eu lhe disse.

Alícia salta como uma mola e eleva o tom da voz:

— E o que me disse, papai? Que eu iria me sentir mal vindo aqui, que iria me lembrar de vovó a cada dois minutos?

— Ora, ora, não fique assim... Agiu bem indo para o hotel, é o que talvez devesse ter feito logo de início. Descobriu alguma coisa, conversou com alguém?

— Quase nada. Conversei com o porteiro, que ficou deprimido, pois gostava muito de vovó. Ao que parece, achava que ela vivia em Berlim.

Diego pigarreia de leve.

— Hum... interessante. Só não consigo entender por que comprou esse apartamento. Você falou com o tabelião de Berlim? Se bem me recordo, o endereço consta da escritura de compra e venda, não?

— Liguei ontem para o escritório dele. Estará de férias por todo o mês de agosto. Seja como for, segundo a moça que me atendeu, vovó só foi ao escritório no dia da assinatura. Receio que, por esse caminho, não conseguiremos nada.

— E o proprietário anterior? Você o localizou?

— Papai, você não se lembra? Pesquisei durante algumas semanas e descobri que era um senhor bem idoso, já falecido.

— Ah, sim, você me contou...

— E fiz mais uma coisa: no domingo, fui almoçar com Iván Muñoz, lembra-se dele? É jornalista correspondente na Alemanha.

— Sim, claro, o irmão de Maria. Não foi seu namorado quando você frequentava a universidade?

— Não exatamente, mas eu gostava um pouco dele, sim. Que droga, pai, eu lhe contei muita coisa que não devia!

Diego deixa escapar uma daquelas risadas que sempre foram capazes de desarmá-la. É um médico amável, pronto a levar a vida com bom humor, e, embora já tenha idade para se aposentar, continua atendendo em seu consultório de ginecologia. Gosta de pensar que está tratando agora das filhas de suas primeiras pacientes, as mesmas mulheres que, há anos, ajudou a nascer.

Sua avó e seu pai – tão diferentes que parece incrível terem sido mãe e filho. Ela, sempre tomando as precauções de quem teme que a vida lhe desfira outro golpe; ele, capaz de abordar com franqueza até o assunto mais espinhoso, talvez como reação a uma infância marcada pelos silêncios e as cautelas da mãe.

– É disso que você precisa, Alícia. Se descontrair um pouco. Está passando por uma fase muito ruim.

– Nem me diga. Péssima – exagera. – Você vai ter que aturar sua filha divorciada e deprimida por mais algum tempo – acrescenta, rindo. – E por falar em fases ruins, não liguei apenas para dar sinal de vida. Quero lhe pedir um favorzinho.

– Então diga.

– Pode ligar para Marcos e pedir notícias do meu filho? Comigo ele não quer conversa, só me manda mensagens monossilábicas. Nunca fiquei tantos dias longe de Jaime. Isso está me deixando muito triste.

– Ligarei para ele, Alícia. Mas juro que não entendo por que vocês não conseguem se comportar como os adultos responsáveis que deviam ser e tratar essa situação com normalidade. O que estão fazendo não vai levar a nada.

– No momento, é impossível, papai.

– Sei que há algo que você não me contou sobre as razões do divórcio. Não sou bobo. Marcos se negaria a atender o telefone se o único motivo da separação fosse o fato de não estarem mais apaixonados, como você me disse? Ele é uma das pessoas mais sensatas e calmas que eu conheço. Não vejo nenhum sentido nisso.

Alícia fica calada. Não é capaz de ser sincera com o pai. Como não foi tampouco com Maria, sua melhor amiga há quase vinte anos.

Só confessou à sua avó o que havia feito, e ela levou o segredo para o túmulo.

– Não quero falar disso agora. Me dê um tempo, por favor. Só lhe peço que ligue para ele como se fosse por decisão sua. Nada mais normal no mundo que você querer saber como vai seu único neto, agora de férias.

– Não se preocupe, filha, farei isso – responde o pai com um suspiro. – E depois lhe conto. Embora, se você quiser, eu possa adiantar o que ele dirá: que Jaime está ótimo, que está se dando muito bem com os avós paternos e que o Escorial é maravilhoso no verão.

– Bem, se for isso o que ele lhe contar, conte também para mim que ficarei tranquila.

– Certo, certo. Outra coisa... Encontrou algo que lhe interessa no apartamento de Berlim?

Será possível que seu pai tenha sabido de alguma maneira sobre as fotos? Possui alguma informação que ela não tenha? Ocultou-a para que ela não ficasse alarmada?

– Como? O que quer dizer? – pergunta, por fim.

– Nada, é só uma bobagem que me ocorreu. Pensei que talvez sua avó tivesse deixado uma carta ou algum tipo de mensagem para você. Para lhe explicar por que comprou esse apartamento e o deixou em seu nome. Mas não leve isso muito a sério. É óbvio que andei vendo filmes demais!

3

Alícia sai para comprar um maiô numa das muitas lojas de moda do bairro. É vermelho, de corte retrô, e a favorece bastante: uma dessas roupas capazes de levantar o ânimo num dia ruim. Lembrou-se de que tem o romance de John Irving na bolsa e decide passar o dia numa das espreguiçadeiras da piscina do hotel, dormindo e lendo a intervalos. Depois de ouvir de seu pai que a avó tinha o mesmo livro na mesa de cabeceira, sente-se obrigada a terminá-lo. Sem contar o apartamento, esse romance seria o último dos muitos presentes que ganhou dela e que nem sempre coincidiam com datas comemorativas. Quantos livros foram, desde que era pequena? Dezenas, mais de cem?

Avança sem pressa pela história até chegar à página 356, onde Paulina interrompeu a leitura, a julgar pela última dobra no exemplar da Vila Manuela. Percorre o caminho traçado pelas frases que ela leu, sorri nas cenas onde ela deve ter sorrido e até sublinha os parágrafos de que, a seu ver, ela gostou.

E é justamente ao chegar ao trecho onde Paulina Hoffmann interrompeu a leitura que, pela primeira vez, compreende de fato que ela se foi para sempre. Assim, nunca poderá saber se as partes que marcou com caneta são realmente as que mais chamaram a atenção daquela leitora de 84 anos, de inteligência aguda, capaz de sempre encontrar no texto sutilezas que a ela escapam.

Mais que no dia em que abraçou seu cadáver já frio na cama; muito mais que quando viu seu corpo envelhecido, mas ainda esbelto, reduzido a uma ridícula urna de cinzas, percebe agora que jamais voltará a vê-la.

Há muitas formas de se despedir e cada pessoa deve procurar a sua. Nessa tarde cálida de verão sob um guarda-sol, junto à água com cheiro de cloro onde um montão de crianças brinca de bola, Alícia encontra por fim sua maneira de dizer adeus.

O Acordo

Madri, 1950

1

O cheiro enjoativo dos óleos, com sua doçura quase venenosa, entra no quarto pela porta entreaberta. Chegou o professor de pintura com sua carga de pincéis, tintas e lápis de cera. Paulina reconhece o perfume característico que anuncia sua presença no apartamento. Os passos rápidos do homem atravessam o corredor e chegam à sala de estar, onde, vestida com uma roupa velha e uma bata branca, tia Sofia o espera.

Paulina passa duas horas fingindo estudar, inclinada sobre o caderno de latim, enquanto pensa que não há como escapar da confusão em que se meteu. Está no meio da tarde, princípios de junho, calor pegajoso. Precisa sair do quarto. Levanta-se da mesa e chega até a porta da saleta, onde há um cavalete de madeira instalado junto à janela adornada com cortinas floridas. Descobre, com surpresa, que sua tia é uma pintora de certo talento: sobre a tela, esboça um retrato de seu primo Manuel, copiado de uma velha fotografia na qual ele posa de marinheirinho, com 3 ou 4 anos de idade, junto a um cavalo de papelão. Os traços de Sofia conseguiram captar a limpidez do rosto infantil, a ternura das mãozinhas apoiadas no brinquedo.

— Incomodo? Posso olhar?

— Se você não se importa, Carlos... – responde a tia.

Ele olha fixamente para Paulina. É um desses homens feios com personalidade. Magro, narigudo, muito alto. Mas com olhos penetrantes e profundos que a atravessam como um raio. Embora já tivessem conversado algumas vezes, ela não havia se fixado nesse olhar.

— Claro que não! Fique por aqui, quem sabe você não se anima?

— Obrigada – responde ela. Senta-se em um dos banquinhos de estilo francês que ladeiam a mesa e pensa que talvez essa ideia não seja de todo absurda. Talvez seja disso mesmo que precise.

Sofia continua pintando, acrescentando tons de pastel ao que, na fotografia, era apenas preto e branco. Em Berlim, costumava frequentar uma escola de desenho e agora está recuperando o velho gosto de juventude, movida, quem sabe, pelo enfado de uma vida de senhora recatada que, para sua sobrinha, parece insuportavelmente inútil e distante do mundo real. Carlos observa seu trabalho, dando-lhe conselhos e corrigindo seus erros de vez em quando. Consegue dissimular muito bem o aborrecimento – bastante óbvio para Paulina – que lhe causam essas aulas.

— Quando vai inaugurar sua exposição? – pergunta Sofia.

— Sexta-feira às sete. Mas a mostra não é só minha, dela participam muitos pintores da Escola de Madri: Luis García Ochoa, Menchu Gal, Agustín Redondela. Todos artistas consagrados. Eu sou, de longe, o menos conhecido! Ainda não entendo por que me convidaram para participar. É claro que alguém deve ter se confundido... – acrescenta, brincando.

Paulina gostou dele de imediato. É sincero e modesto sem ser inseguro. Seu tom de voz, grave e bem modulado, sua maneira de se movimentar: tudo revela que é muito consciente de seu próprio valor. Acontece apenas que não precisa alardear isso. Ao contrário da simpatia avassaladora e da amabilidade vazia de Manuel, de seu carinho repugnantemente falso. Afasta o olhar do retrato para não ver seu sorriso de menino, tão parecido ao de agora, capaz de desarmar qualquer pessoa.

– Que pena! – exclama Sofia. – Na sexta-feira temos um coquetel na casa do embaixador francês. Meu marido está arranjando um negócio importante em Paris, segundo me disse, e não podemos faltar. Além disso, Carlos, eu já lhe confessei que seu estilo é demasiadamente moderno para mim... – comenta com um sorriso.

– Eu irei com muito gosto – anuncia prontamente Paulina.

Ambos se viram para olhá-la. Sua tia, com surpresa, e o professor, com um ar forçadamente neutro que não consegue esconder o brilho cintilante de suas pupilas. Então a adolescente conclui que a ideia que acaba de lhe ocorrer, apesar dos muitos riscos, pode funcionar.

– Não sabia que se interessava por pintura – estranha a tia.

– Minha amiga Menchu gosta muito. Passa o dia no Museu do Prado. Outro dia, me falava justamente da Escola de Madri. Você nos apresentará a outros artistas, não? Onde é?

– Claro que sim. Esperarei vocês ali e as apresentarei a todos. Será na galeria Biosca, rua Gênova.

Finalmente chega a sexta-feira. Paulina experimenta metade de suas roupas até ficar satisfeita com sua aparência. Nunca havia dedicado tanto tempo para se arrumar, mas também nunca precisara ficar tão desesperadamente irresistível. Essa é sua única chance, o tempo urge. O azul é sua cor e o vestido estilo New Look, com decote em V, ressalta sua estatura e sua cintura fina. O toucado, combinando com o cabelo castanho, lhe dá um ar de sofisticação.

Sai de mansinho do apartamento, evitando encontrar-se com o primo. Aquele corpo grande, aquele sorriso... poderiam ainda dobrar sua vontade? Prefere não arriscar. Há dois meses, se esquiva alegando diferentes pretextos – o estresse dos exames, uma gastrenterite insistente –, mas sabe que ele está à espreita: não é bobo e pode supor que Paulina se aborreceu por sua ligação com Milagros.

Mas há uma coisa importante que ele não sabe.

Paulina conhece muito bem a dor para deixar de lado seu instinto, que, bem aguçado, a impele a afastar-se de Manuel. Agora, mais do que nunca.

2

Quando chega à galeria, às sete em ponto, depara-se com uma pequena multidão que tagarela em grupos, com um copo de vinho na mão, comentando as várias obras expostas. Caminha alguns minutos pela sala, ouvindo o murmúrio das conversas. Deduz que são artistas, *marchands*, críticos, escritores. As roupas são mais descontraídas, o ambiente é mais informal e boêmio que o das reuniões que ela costuma frequentar. Uma coisa é certa: muitas vezes tem a impressão de que a vida com seus tios transcorre dentro de uma redoma desconfortável.

A exposição é, toda ela, uma abertura para a melhor geração de pintores madrilenhos do pós-guerra – e o fato de Carlos estar ali demonstra o respeito a que, apesar de sua juventude, ele faz jus dentro da profissão.

Paulina examina as telas até encontrar uma com a assinatura de Carlos Blanco. Divide-se em duas grandes zonas cromáticas, o marrom árido da terra e o azul-cinzento de um céu tempestuoso. Apenas alguns detalhes – um conjunto de casas, duas figuras que parecem avançar por uma trilha – rompem a linha entre o campo e as nuvens. Tudo, na imagem, transpira solidão e nudez, tudo é sincero.

Sem perceber que alguns convidados da mostra já a observam com curiosidade, perguntando-se quem será essa garota tão alta, tão diferente, tão elegante, Paulina se concentra durante alguns minutos no quadro. Apesar dos traços intencionalmente pouco definidos, a imagem transmite uma forte sensação de autenticidade. Uma pequena legenda indica seu título: "Terra".

Uma mão em seu ombro interrompe essas reflexões. É Carlos, obviamente. Está elegante em seu traje já um tanto gasto, mas com bom corte. É difícil, porém, fixar-se em algo além desse olhar que parece capaz de trespassar tudo, de ver tudo.

– E sua amiga? – pergunta.

– Que amiga? – responde Paulina com atrevimento.

E agora é ela quem pode atravessar a obscuridade de seus olhos até chegar ao fundo, como uma mergulhadora que desce mais e mais, até o derradeiro negrume do oceano. Ao chegar ao final, quando seus dedos tocam por fim a revolta areia do fundo, percebe que ele, inteligente demais para perder tempo fingindo o contrário, já se rendeu.

Ele lhe pertence.

3

– Por quê? – pergunta Carlos, ainda ofegante, estirado na cama de seu estúdio.

Tudo foi muito rápido. Estava trabalhando havia umas duas horas diante do cavalete quando a campainha soou. Sua surpresa ao vê-la no patamar não durou muito. E também pouco importou que nenhum dos dois dissesse nada: bastou que ela avançasse dois passos e ele ficasse parado. Logo estavam enlaçados sobre o colchão, as mãos de Carlos arrancando a saia preta e a blusa branca de Paulina.

Por duas vezes, no calor do jogo, Paulina pôde ver a estranheza, a desconfiança no rosto de seu amante. Mas se dissipou rapidamente: no momento, a pele ocupava tudo, sem deixar espaço para outras coisas. E ela nem se deu o trabalho de fingir inexperiência ou timidez: não tem tempo para esse teatro, por mais suicida que seja mostrar suas cartas. Deixa que passem os dias sem fazer nada, pois, de uma forma ou de outra, vai se transformar numa prostituta.

Assim, toma coragem e procura responder sem magoá-lo, sem lhe contar uma série de mentiras. Depois do desencanto com as falsidades de Manuel, a sinceridade se converteu em algo muito importante para ela. Mas não encontra as palavras e seu silêncio começa a se estender muito, de modo que recorre a uma frase feita:

– É difícil de explicar.

O estúdio é um espaço grande e iluminado, onde a cama disputa lugar com uma dezena de telas, algumas são simples esboços, outras aparentemente estão terminadas, pelo menos do ponto de vista leigo de Paulina. Grandes paisagens exuberantes de força e um par de primeiros planos que inundam por completo o branco da tela. Sobre a mesinha de cabeceira, um exemplar de *As Vinhas da Ira*, o romance de John Steinbeck, e, por trás de um simples biombo, um fogão a gás. No dia da exposição, ele a convidou para vir um dia conhecer seu trabalho e Paulina não perdeu tempo.

O corpo desnudo de Carlos é mais forte do que ela havia imaginado. Deve ter uns 25 ou 26 anos. Agora, aproxima seu rosto do dela sem deixar de acariciá-la distraidamente. Ambos se estudam sem dizer nada, durante vários minutos que seriam embaraçosos caso não fosse evidente que estão fazendo a mesma coisa: tentar adivinhar, ou melhor, calcular, quem é na realidade o outro e quais são suas intenções. Parecem dois jogadores calculando suas apostas na roleta do cassino com ar concentrado.

Em outras circunstâncias, Paulina se interessaria por Carlos? Provavelmente não. Ele, ao contrário, confessaria mais tarde que havia meses a admirava, desde que a viu entrar pela primeira vez, como uma aparição, na saleta de pintura de Sofia. Foram apenas dois minutos, o tempo exato para que ela dissesse alguma coisa à sua tia e saísse – mas algo bem mais profundo que sua beleza o havia conquistado desde aquele instante.

Mas que importa isso agora? Carlos entrou em cena no momento certo. Ainda não é a paixão visceral, capaz de tudo sufocar, que Manuel lhe despertava; porém, aos poucos, Paulina vai se convencendo. Sim, em definitivo a coisa pode funcionar.

Quando pensa agora em seu primo, sente-se, além de traída e triste, profundamente estúpida. Por que não quis entender? A Manuel nada tem muita importância e ela não é exceção. Depois do suicídio de Júlia, e mesmo antes, Paulina se sentia tão sozinha, tão infeliz, que se apegou à circunstância mais parecida com carinho que encontrou à sua volta. E lá estava ele. O prazer foi sua anestesia, seu esconderijo para não pensar, não recordar.

Mas agora está diante de Carlos e é praticamente impossível ocultar alguma coisa a esses olhos que a perscrutam tão de perto. "No final das contas", diz para si mesma, "acabei tendo um pouco de sorte. Às vezes, só percebemos o valor de algumas coisas quando já as temos ao alcance da mão."

Carlos, então, encontra a resposta a algumas perguntas que vem fazendo desde que ela entrou no estúdio. A conduta de Paulina é tão inconcebível em uma garota de sua classe, tão inverossímil em uma estudante do Loreto que devia estar preservando sua virgindade para um militar de nome ou para um advogado, que existe apenas uma explicação.

– Entendi! Você está grávida!

"Que esperto! Agora só preciso decidir se me atrevo a contar-lhe ou deixo-o na dúvida", pensa Paulina. Isso é muito mais fácil. Então, admite, sem desviar o olhar.

– Ia me contar?

– Não ia esconder-lhe.

– Sou sua única opção?

– Poderia confessar tudo ao padre.

– E por que não faz isso?

– Se você não se interessar, terei de fazê-lo.

Ele fica calado, pensando. Em seguida, levanta-se da cama, veste-se, estende a Paulina sua roupa e desaparece atrás do biombo da pequena cozinha. Por alguns minutos, Paulina pensa que ele a está repelindo, mas, justamente quando começa a se fundir com a espessa lama do fracasso, ele regressa com uma garrafa de anis e dois copos pequenos.

– Você, não sei, mas eu preciso de um trago. Além disso, meu café acabou.

Não volta, porém, a se sentar no colchão; senta-se na cadeira da escrivaninha, medindo a distância.

– Conte-me tudo.

– Não sei por onde começar.

– Que tal do início?

Ela então lhe conta uma história iniciada em Berlim, com uma mãe que se maquiava para ir à ópera, com duas amigas que trocaram seus brinquedos favoritos uma noite. A história de um monstro que ia crescendo, nos sonhos de uma menina pequena, até finalmente cobrir, com sua sombra, tudo o que ela conhecia. A triste história de uma adolescente que numa manhã de verão arrastou sua mala por uma cidade tão destruída quanto ela mesma e escapou do inferno.

A Felicidade

Madri, 2011

1

Alícia está na casa de sua avó, experimentando o vestido de noiva pela primeira vez. Não é tão alta quanto ela e terá que cortar um pouco a parte dianteira da saia; mas, de resto, lhe assenta como uma luva. Alícia é uma versão discreta da beleza de Paulina, com cinco centímetros a menos e sem a perfeição de mármore polido que sua avó tinha quando jovem.

É um Balenciaga de 1950. Se os anos não houvessem amarelado sutilmente o tecido que um dia foi de um branco deslumbrante, ninguém diria que o vestido saiu do ateliê de costura há mais de setenta anos, apenas uma semana antes – o tempo era curto – do casamento de Paulina Hoffmann. O decote é em forma de coração, mas recatado o bastante para a moral da época, e as mangas são cobertas de renda. A saia de organza parece não ter fim: belíssima, irresistível. Foi o único luxo na celebração de um casamento apressado, que praticamente ninguém viu com bons olhos.

– Não acha um pouco exagerado? Olhe que a cerimônia vai ser no campo, com menos de quarenta convidados. Pobre Marcos, terá de comprar alguma coisa elegante! Você sabe que a ideia era fazer uma festa simples. Parece-nos um pouco ridículo organizar um evento solene a esta altura, quando já estamos vivendo juntos há seis anos.

– Se fosse para você mesma comprar o vestido, seria diferente. Mas, como ele é meu, você tem a desculpa perfeita para se apresentar do jeito que quiser. Aproveite, Alícia. Não vai ter tantas ocasiões para vestir uma roupa como esta. E além do mais já não se fazem vestidos assim.

– Isso é verdade.

– Aliás, meu casamento foi bem mais simples que o seu. Não havia nem vinte pessoas. Eu estava grávida de quatro meses e fiz tudo muito rápido para que não reparassem em minha barriga.

– Então você se casou na marca do pênalti? – Alícia não consegue conter uma gargalhada. – Em que ano?

– Em 1950.

– Caramba! Isso na época era um escândalo!

– Bem, seu avô era pintor, vivíamos num ambiente boêmio. Para nós não era uma coisa muito rara – mente Paulina.

– E como seus tios reagiram? Eram gente muito conservadora, não? Amigos de Franco e por aí vai...

– Não sei se chegavam a tanto, mas se relacionavam, sim, com a alta sociedade da época, que era aquilo que se sabe. Não gostaram nada, é claro, e só compareceram à igreja para manter as aparências. Depois, fomos tomar chocolate com churros, na companhia de alguns amigos, sobretudo gente do mundo da arte, e só. Mas eu estava o máximo com meu Balenciaga.

– Isso você nunca me contou!

A avó ri.

– Meu pai sabe?

– Sim, eu lhe contei há alguns anos, quando surgiu a oportunidade, como agora com você. Ele achou muita graça. Você sabe como meu filho é.

– Só não entendo para que um vestido destes, se você se casou quase às escondidas.

– Foi um presente de Manuela, a mãe de meu tio, uma mulher maravilhosa que fez muita coisa por mim. Uma verdadeira dama, como se dizia então. Estava com a saúde debilitada, mas mesmo assim insistiu em vir de Málaga para as provas com o modista. Infelizmente, não compareceu à cerimônia porque seu filho ficou uma fera ao saber que ela havia comprado o vestido para mim. Ainda me lembro dos gritos que ele dava. Eram ouvidos na casa inteira.

A lembrança mais forte que guarda daquele dia – mas isso, é claro, não iria contar à neta – foi o enorme alívio que sentiu quando seu primo Manuel saiu da igreja a toda pressa, com os tios, antes mesmo de os noivos receberem a tradicional chuva de arroz.

Naquela manhã, haviam saído os quatro do apartamento da rua Velázquez sem trocar uma palavra. No elevador, imóveis como estátuas para não se encostar uns nos outros na cabine apertada, a tensão podia ser cortada com faca. Ela então pensou que não voltaria a pisar naquela casa que havia sido seu lar durante quatro anos, o lugar onde sua mãe morrera. Manuel ficou durante toda a cerimônia na segunda fila (na verdade, os convidados eram tão poucos que ele não podia sentar-se mais longe), com um ar de absoluta indiferença. Ainda hoje, passados tantos anos, Paulina ignora se ele agiu assim para aborrecê-la ou porque realmente não se importava. Só três pessoas no mundo sabiam que o bebê não era de Carlos – e uma delas era ele.

– Alícia... – diz agora. – Se eu fosse jovem, não sei se me casaria. Antes fazíamos isso porque não havia opção, não podíamos morar com nossos namorados, como você fez. Mas nos dias de hoje... E devo acrescentar que você não está se casando por uma questão religiosa, pois sei que é tão ateia quanto eu.

A jovem vestida de noiva se senta em um banquinho de estilo francês e encolhe as pernas sob a montanha de tecido suavíssimo, vaporoso. Acostumada ao toque áspero dos *jeans*, surpreende-se ao notar a sensualidade do pano. Não é de estranhar que a moda fosse tão importante para as mulheres daquela época, ao menos as ricas, proibidas de desfrutar de muitos dos prazeres que ela tem a seu alcance. Alícia não poderia sair para uma noitada nem pegar um voo para qualquer parte do mundo sempre que quisesse, por isso o melhor seria refugiar-se na carícia de um vestido como este, no prazer de vestir algo tão belo e apropriado.

– Não acho que preciso de nenhum motivo especial para me casar – responde. – Já lhe disse que só gostamos de festejar o fato de sermos felizes juntos.

Mas a mulher que tem diante de si, vestida com uma simples camisa de linho cinza onde se destaca um elegante broche de prata, se recosta no sofá e a observa em silêncio, com aquele brilho no olhar que Alícia conhece desde pequena. Como esconder alguma coisa de quem sabe tudo? Paulina tem o dom, fascinante e irritante ao mesmo tempo, de adivinhar sempre seus pensamentos, às vezes antes mesmo de ela própria tomar consciência do que está pensando.

– Acho que Marcos anda pondo coisas na cabeça – confessa Alícia. – Vive se queixando de que eu o ignoro, de que não ligo para ele. Diz que só me importo com os problemas do escritório, que estou a toda hora disposta a pôr tudo de lado quando recebo um telefonema de um cliente.

– E ele tem razão?

– Suponho que sim. É que me empenho muito! Disseram-me que, se eu continuar trazendo novos casos e ganhando causas, dentro de alguns anos poderei chegar a ser sócia. A primeira mulher e a mais jovem a conseguir isso.

– Então vai se casar para que ele sossegue? O problema não persistirá quando, depois do casamento, você voltar a viver colada ao telefone?

A avó está um pouco aborrecida com a neta, que ultimamente vem se deixando absorver com uma intensidade absurda por seu trabalho. Faz três semanas que ofereceu o vestido a Alícia, tirou-o do armário e o preparou, mas só hoje ela teve tempo para experimentá-lo. "É só um escritório de direito trabalhista, pelo amor de Deus!", ouviu-a dizer há poucos dias a seu filho Diego, irritado com um novo plantão.

Alícia sabe que sua avó está certa, mas se nega a reconhecê-lo em voz alta. Além disso, por mais que a ame, ela nunca teve uma carreira profissional comparável à sua. É impossível que entenda o que a profissão significa para Alícia, quanto a absorve.

Mas parece que Paulina consegue outra vez ler seu pensamento.

– Eu nunca tive um trabalho com que me importasse tanto, devo reconhecer. Nem sequer terminei o curso de Filosofia e Letras. Matriculei-me, como sabe, mas logo nasceram seu pai e sua tia; com filhos pequenos e uma situação financeira precária, foi impossível continuar os estudos. Portanto, talvez eu não possa aconselhá-la nesse assunto, nem se você me pedir. Mas uma coisa lhe digo, *Schatz*, porque isso aprendi em várias ocasiões: na vida, há muitas coisas que em determinado momento parecem muito importantes e, mais tarde, descobrimos que não são.

Cai a tarde lá fora, mas nenhuma das duas se levanta para acender a luz. Ficam sentadas, cada vez mais às escuras, a avó contemplando o vestido que usou somente uma vez, quando tinha 18 anos, e a neta acariciando o tecido que forma um mar de dobras e ondas a seu redor.

Uma pensa no que está fazendo com sua vida; a outra recorda o que fez com a dela.

2

Paulina Hoffmann observa a brilhante umidade nas costas das crianças, seus pequenos corpos sobre a área, o rasto cinzento das ondas. Deteve-se diante de um dos quadros mais conhecidos da exposição de Sorolla no Museu do Prado. É meio-dia e há pouca gente. Uma chuva leve desanimou os visitantes, que hoje não enchem como em outros dias a pinacoteca mais deslumbrante do mundo. Um casal de japoneses se detém a seu lado, comentando as pinturas em voz baixa. O guarda consulta, distraído, a tela de seu celular. Respira-se uma calma maravilhosa.

A visita de sua neta, que no dia anterior apareceu para provar o vestido de noiva, deixou-lhe um insuportável sentimento de nostalgia. E hoje, ao acordar, sentiu outra vez o impulso de vir a este lugar. Quando tem muita saudade do marido, Paulina não vai ao cemitério para depositar flores em seu túmulo. Não, esse não é o seu estilo. O que faz é vir ao Museu do Prado. Ele gostaria de saber que é desse modo que ela se recorda dele.

Sua mente voa ao passado. Ultimamente, isso acontece com frequência cada vez maior. Tanto tempo lutando contra si mesma, esforçando-se dia após dia para ficar ligada ao presente, e, no entanto, agora se sente mais perto do que se passou há mais de cinquenta anos do que daquilo que fez no dia anterior. É a idade, claro. Dentro de dois meses, vai completar 79 anos. Anda fazendo coisas que surpreendem a ela própria, como a viagem a Berlim na próxima semana. Quando era jovem, nunca regressou à sua cidade natal, primeiro porque não tinha dinheiro para a viagem nem com quem deixar os filhos, e depois porque não lhe agradava ver divididos por um muro os bairros que havia conhecido quando criança. Isso sem falar que já não tinha mais ninguém ali, nem família nem amigos. Sua vida estava bem longe da Alemanha.

Mas, nos últimos anos, sentiu a necessidade de voltar. Voou quatro ou cinco vezes para Berlim, sempre sozinha. Por enquanto, preferiu não contar nada aos filhos nem à neta: é melhor que não a vejam tão frágil quanto ela se sente.

O quadro, a sala de teto alto e mesmo este museu, que foi tão importante em sua vida, desaparecem por alguns instantes de sua consciência. Retorna ao passado, como se as décadas fossem dias, minutos ou até segundos.

Lembra-se muito de Carlos.

Juntos, percorreram tantas vezes o Prado que chegou a guardar na memória a localização de mais de uma centena de quadros. Tempo houve em que se movia pelos majestosos corredores e as enormes salas com a desenvoltura de quem está na casa de uma velha amiga.

– Olhe este quadro em silêncio, daqui – pedia-lhe Carlos, postando-se às suas costas, diante de um Goya ou de um Ticiano. – Não se apresse e conte-me o que vê.

E só depois que ela terminava de transmitir suas impressões (a cor, a vivacidade, a tensão, o movimento) é que ele lhe explicava a técnica utilizada ou a importância real da tela.

– Eu não entendo mais de pintura do que você. Ninguém sabe mais que ninguém. Se um quadro não consegue convencer a um leigo, então o pintor fracassou.

– Se você continuar me ensinando tantas coisas, no fim deixarei de ser uma ignorante e perderei todo o encanto – brincava Paulina.

Teria gostado muito de viajar com ele, para conhecerem juntos a galeria Uffizi de Florença, o MOMA de Nova York, a Tate Modern de Londres, lugares a que foi sozinha muitos anos depois. Mas não houve tempo. Visitaram Paris apenas uma vez com um grupo de pintores bolsistas da Direção-Geral de Belas-Artes, em 1953. De manhã, percorriam o Louvre – os olhos dele muito abertos e fixos em cada quadro, como se soubesse que jamais voltaria a vê-los – e, à tarde, passeavam pela margem do Sena, bebiam vinho e faziam amor no quarto de um hotelzinho do Quartier Latin. Só se encontraram com os outros artistas umas duas vezes, em restaurantes. Foi uma espécie de lua de mel desfrutada com atraso.

Seu filho Diego estava então com 3 anos e Elisa, com 1. Ficaram em Madri, na casa de alguns amigos, que também tinham filhos e eram donos de uma editora especializada em arte. Paulina havia começado a traduzir para eles livros em alemão e, assim, contribuía para os escassos rendimentos de seu marido, que só vendia algum quadro de vez em quando e vira reduzirem-se drasticamente as aulas de pintura a senhoras respeitáveis, após o escândalo de seu casamento com Paulina. Quem iria querer contratar um sujeito que se aproveita de sua presença em uma casa honesta para engravidar a garotinha da família?

O antigo projeto de estudar Filosofia e Letras tinha sido totalmente descartado, embora ela já houvesse pago a matrícula do primeiro ano. As crianças eram ainda muito pequenas e ela dedicava seu pouco tempo livre às traduções, um trabalho que lhe agradou desde o primeiro momento. Como já não falasse com sua tia Sofia, não tinha mais ninguém com quem praticar seu idioma e gostava de mantê-lo vivo diariamente por meio do minucioso trabalho que fazia para seus amigos editores. Buscar o termo exato, encontrar um modo de não comprometer a musicalidade de uma frase: um trabalho apaixonante para alguém que amava as palavras. E ela fazia isso com tanto talento que logo começou a receber outros tipos de encomenda: romances, ensaios, poesias.

Fora repudiada pelos tios de tal modo que, apesar da farsa da igreja e do vestido de Balenciaga, no fundo não se diferenciava em nada da despedida de Milagros, a criada. Só faltara o maço de notas, um detalhe que, pensava às vezes meio por brincadeira, teria vindo a calhar em sua situação. Mas a verdade é que lhe haviam feito um grande favor. Uma ou outra vez esteve a ponto de ligar para a casa da rua Velázquez e agradecer-lhes (apenas pelo prazer de deixá-los embaraçados) e só não o fez por receio de que quem atendesse o telefone fosse seu primo Manuel.

Nunca, desde que começara a fazer uso da razão, tinha sido tão feliz. Os parcos quarenta metros quadrados em que viviam eram suficientes para eles. De manhã, saía com os filhos para a rua (a pequena em um carrinho emprestado, o menino seguro pela mão) para que Carlos pudesse pintar tranquilamente. Costumava levar as crianças ao Retiro, a dois quarteirões de sua casa, e ali passavam um bom tempo jogando bola ou brincando na areia. Paulina mostrava-lhes as árvores da calçada de Coches, as flores da Rosaleda, os barcos no lago, a fonte das tartarugas, a estátua do Anjo Caído: em qualquer canto havia sempre alguma coisa a ensinar ou uma história a inventar para Diego e Elisa.

Eles deram os primeiros passos no parque, ali aprenderam a correr e a pular, ali tropeçaram um milhão de vezes e foram se consolar nos braços da mãe. Depois, os três iam fazer compras no mercado de Ibiza e voltavam para casa a fim de comer todos juntos. À tarde, era Carlos quem se ocupava das crianças para que ela pudesse trabalhar em suas traduções, o modo principal de pagar as contas.

– Você está muito bonita – elogiava-a Carlos a qualquer momento.

– O que está dizendo! Olhe só para mim. Você se casou com uma mulher deslumbrante e a transformou numa mãe desgrenhada – respondia ela, entrando no jogo.

– Você me agrada tanto quanto no dia em que foi à galeria. Ou mais ainda. Acha que as crianças já dormiram?

E se aproximava do biombo que ocultava o beliche. Só a cozinha e o banheiro eram separados do único quarto, onde seus filhos brincavam,

Carlos pintava e Paulina trabalhava em uma máquina de escrever que tinha de tirar da mesa na hora das refeições.

Carlos se aproximava e enfiava a mão por baixo de seu vestido, gasto pelo uso e manchado de comida, acariciando a pele branca e macia de suas nádegas, puxando o elástico de sua calcinha. O sexo era fantástico, lento e silencioso no tépido esconderijo das cobertas, para não despertar os filhos.

– Paulina... – perguntou ele certa vez, depois do orgasmo. – Sempre fazemos a mesma brincadeira, mas você nunca me disse se tem saudade do luxo em que vivia na casa de seus tios. Não sei... estava acostumada a ser servida e agora moramos em uma espelunca. Seria compreensível.

– Não, Carlos. De verdade. Além disso, eu não estava realmente acostumada a viver assim. Meus pais nunca tiveram esse nível de vida em Berlim e, durante a guerra, passamos muitas privações. Quando penso nos anos que morei com meus tios, eles me parecem irreais, como um pesadelo. No fundo, nunca se preocuparam comigo.

– Me perdoe, eu não queria de jeito nenhum deixá-la triste – desculpava-se ele, com doçura, apoiando-se nos braços (aqueles braços fortes e mágicos, capazes de extrair coisas incríveis de um objeto tão vulgar quanto um pincel) e olhando-a de maneira divertida. – Além disso, a culpa de estar aqui, sem um tostão e num estúdio que cheira a restos de pintura, é toda sua. Por que foi se meter comigo?

– Isso é verdade – ria ela, um segundo antes de a língua de Carlos penetrar de novo em sua boca.

Quantas vezes se sentaram para fazer contas naquela agenda de capa preta, enquanto as crianças dormiam após o almoço! Como se apegou a esse caderno, que ela continua guardando numa caixa porque sente saudade daquela sensação que nunca mais voltou a ter: a de estar compartilhando verdadeiramente sua vida com outra pessoa.

Ficou só cinco anos casada com Carlos Blanco, mas ainda pensa nele todos os dias. Na memória de Paulina Hoffmann, há momentos ruins, muito ruins até, e outros bons. Mas o tempo que passaram juntos, quando Diego e Elisa eram pequenos, destaca-se entre todos os outros com um brilho ofuscante.

Uma tarde como outra qualquer, estava em casa preparando o jantar para as crianças. O cheiro de batata e cebola que emanava da frigideira enchia o espaço mal ventilado, embora houvesse aberto de par em par a janela do pátio interno. Carlos saíra para encontrar o dono de uma galeria, o qual poderia estar interessado em incluir dois quadros novos na exposição que organizava. Paulina consultou o relógio: "Que estranho, são quase nove horas e ele ainda não voltou!"

Por fim, a campainha soou. Teria esquecido as chaves? Mas não era Carlos quem estava diante da porta. O policial tinha o quepe na mão e o ar de alguém que quer preservar a compostura no momento de dar uma má notícia.

– Seu marido está no hospital – disse.

Carregando uma tela, Carlos não tinha visto um carro que se aproximava a toda velocidade, enquanto cruzava a rua Menéndez Pelayo. Já bem perto de casa, enquanto ela punha os pratos na mesa. Morreu naquela mesma noite, com as costelas partidas pelo impacto e os pulmões encharcados de sangue. Era o ano de 1955.

De todas as perdas que Paulina precisou suportar, a de Carlos foi sem dúvida a mais dolorosa. E não apenas porque a deixou sozinha ou provocou a derrocada de sua vida. Nem mesmo por causa do amor profundo que acabara sentindo por esse homem que havia surgido em seu caminho como por milagre. A verdadeira razão foi a ausência total de sentido, o absurdo desolador do destino. Sua família tinha morrido na guerra – ou como consequência da tragédia que lhe coubera, como no caso de sua mãe –, mas Carlos se foi quando só morriam os velhos e os doentes. Justamente quando ela pensava que tudo havia voltado ao normal e as pessoas tinham recuperado o direito de tentar ser felizes. Quando Paulina acreditava que conseguira sobreviver.

Dias depois do enterro, estava em casa com os dois filhos que perguntavam quando papai voltaria, cercada por um monte de telas que virara contra a parede para não ficar louca. Sem ninguém a quem recorrer, quase sem forças para ocupar-se das crianças. O cheiro das batatas ainda não desaparecera de todo e se mesclava ao tênue aroma de tinta a óleo que sempre pairava no estúdio. Havia encaixotado as coisas de Carlos pelo mesmo motivo que virara os quadros, mas a todo instante se deparava com algo: uma camisa no cesto de roupa suja, o livro que ele estava lendo – com uma página ainda dobrada –, seu último maço de cigarros.

Estava a ponto de enlouquecer. E justamente então chegou aquele telegrama: "Sinto muitíssimo. Venha à Vila Manuela. Enviarei passagens".

Pensava que não havia ninguém no mundo a quem recorrer, mas não contou com Manuela.

Os Olhos

Berlim, agosto de 2016

1

Alícia sai do hotel com a intenção de voltar ao apartamento, ao menos para pegar suas coisas, mas em seguida muda de ideia. Ainda não se sente capaz de voltar lá, de modo que aluga uma bicicleta e começa a pedalar como uma berlinense qualquer. Bem que precisa de um pouco de exercício. Pega o caminho da Ilha dos Museus, desfrutando do ar cálido enquanto avança, tentando não pensar em nada durante algum tempo. Afinal de contas, está em Berlim de férias e faz tempo que quer ver o busto de Nefertiti no Neues Museum. Naquela divertida e etílica viagem com as colegas da universidade, há quinze anos, não o visitaram. Sorri ao recordar que Maria, sempre a mais sensata do grupo, propôs pelo menos duas vezes que fossem, mas não conseguiu tirá-las das poltronas do albergue, onde curtiam a ressaca lembrando as peripécias da noite anterior.

Deixa a bicicleta encostada numa rua próxima, presa pelo cadeado que lhe emprestaram na loja, e entra no magnífico edifício. Passeia sob seus tetos altos, percorrendo os amplos espaços pontilhados de esculturas clássicas, até se deparar com uma sala circular, inundada por uma luz refletida. Ali, sozinha sob os focos, está Nefertiti. A beleza perfeita do busto, com seu rosto de linhas nítidas e pele morena, logo a atrai, isolando-a dos grupos de visitantes que se aglomeram ao seu redor. Estar diante de uma obra famosa, seja um monumento, um quadro ou uma estátua, às vezes provoca uma sensação estranha. Embora a tenhamos visto mil vezes em fotografias, a impressão muda por completo. Tudo é como nas imagens, mas, ao mesmo tempo, muito diferente. Há algo de misteriosamente poderoso, uma força especial que só percebemos quando estamos bem perto.

"Deveríamos ter vindo vê-la. Maria estava certa", pensa Alícia, que agora já não é a garota despreocupada que dormia nas poltronas do albergue, só pensando na boa vida. A passagem do tempo converteu-a em uma mulher com mil assuntos na cabeça, a começar pelo pequeno Jaime. Seu pai telefonou para Marcos e ela está mais tranquila, agora que sabe, ao menos por alto, o que seu filho anda fazendo. Não é que estivesse realmente preocupada, mas precisava dessa informação de uma maneira quase física, incontrolável.

Parece mesmo que ele está ótimo. Os avós o presentearam com uma dessas bicicletas sem as rodinhas de apoio e ele aprendeu a manter muito bem o equilíbrio. Fez amizade com um vizinho um pouco maior e brincam juntos, puxando seus carrinhos pela grama do jardim. Está satisfeito, mas sempre pergunta pela mãe, motivo pelo qual os avós colaram um papel na geladeira onde vai marcando os dias que faltam para que ela venha buscá-lo, em meados de agosto.

Alícia carrega tanta culpa desde o divórcio que, às vezes, teme não merecer o carinho incondicional do filho, sempre disposto a correr até a porta para recebê-la, embora ela tenha passado doze horas no escritório, ocupada em preparar um novo processo, em obter mais vitórias. O amor de uma criança é o mais indiscutível e absoluto, gerando ao mesmo tempo uma série de dúvidas, como um brinquedo valioso e delicado que tememos quebrar sem querer. Alícia se sente reconfortada ao saber que Jaime se lembra dela: parece recear que ele possa esquecê-la de uma hora para outra.

Do mesmo modo que ela própria esqueceu sua mãe.

Paloma era médica como seu marido. Uma noite, voltava dirigindo para casa após um plantão. O turno tinha sido monótono, quase sem pacientes de urgência naquele pronto-socorro a vinte quilômetros da cidade. Era bem tarde e, provavelmente, ela se sentia ansiosa para tomar um banho quente e enfiar-se na cama com Diego e sua filha, que, embora já com 4 anos, continuava se enfiando com frequência sob as cobertas dos pais. Ansiosa para beijar o rosto de Alícia e os lábios do marido, com cuidado para não despertá-los. Sem dúvida, o que queria era descansar, sentir o ritmo de suas respirações adormecidas e fechar ela própria os olhos.

Fechar os olhos.

Bastou um segundo. Um momento de distração, em que se deixou vencer pelo sono. A polícia explicou que ela saíra da pista. E seu pescoço foi atravessado por um caco da janela, que estava entreaberta e se estilhaçou com o choque. Um verdadeiro episódio de má sorte, disseram, pois o carro sequer havia tombado. A colega que viajava a seu lado saiu praticamente ilesa.

Agora é Alícia que tem um filho prestes a completar a idade que ela tinha quando ficou órfã. Acha difícil encontrar lembranças reais de Paloma, além das coisas que lhe foram contando. Que, afinal, não são muitas porque seu pai sempre foi bastante discreto com relação à sua mãe. E ela respeitou seu silêncio, sabendo que cada pessoa tem suas próprias formas para combater a dor.

Enquanto sai do museu, caminhando junto às colunas que dão para o jardim, pensa que o único relato do qual dispõe – a estrada, a sonolência, o plantão... – é o da tia Elisa, uma presença difusa em sua infância, sempre viajando de um lado para o outro, como convém a uma vida agitada de artista. Contudo, durante uma temporada em Madri, quando Alícia era adolescente, ela encontrou tempo para ter algumas conversas necessárias, que a garota nunca pudera ter com sua avó ou seu pai. Apesar de serem muito diferentes, os dois coincidiam no modo de abordar, ou melhor, de não abordar esse assunto. Paulina não era mulher de vasculhar o passado e Diego simplesmente não conseguia fazer isso.

Parece-lhe perturbador que apenas sobrem vestígios da mãe em sua memória, pois Alícia sabe quanto sua própria infância deve ter significado para Paloma. Os lábios minúsculos buscando desajeitadamente o peito, os balbucios, os primeiros olhares e sorrisos. Tudo isso, que ela já viveu com Jaime, se perdeu para sempre. Porque Paloma morreu há mais de trinta anos e sua filha já quase não consegue se lembrar dela.

Uma presença tranquilizadora à noite, quando despertava agitada por algum pesadelo. Uma mão segurando firmemente a sua quando iam para a creche. Canções de ninar.

E só.

2

No momento em que está tirando o cadeado da bicicleta, recebe uma mensagem. Abre-a imediatamente, pensando que talvez seja uma fotografia de Jaime, mas vê que o remetente tem o número de Iván. Fica estupidamente nervosa. De algum modo, ele a conecta com o passado, com aquela universitária que não queria saber de complicações na vida.

"Sei que ainda não se passou uma semana, mas, se você quiser, podemos nos encontrar hoje mesmo. Está uma tarde perfeita para umas cervejas."

"Vejo que sua vida social em Berlim não é muito animada", responde ela.

"Que posso fazer? Estou aqui há apenas dez meses e os alemães são muito esquisitos."

"Então, OK. Vamos a essas cervejas", concorda Alícia.

"Daqui a uma hora no Prater. É um *biergarten* em Prenzlauer Berg, acho que bem perto de sua casa."

Quando Alícia chega ao lugar combinado, um pátio interno repleto de castanheiros, encontra Iván esperando-a em uma das mesas de madeira com bancos, ao estilo cafeteria. Cai a tarde e a temperatura convida a uma jaqueta leve. Ele dobra o jornal que está lendo e faz um gesto de saudação com a mão. Alícia acha ótimo que, numa época em que todo mundo se fixa numa tela, ele se mantenha fiel ao jornal de papel. Pediu duas cervejas escuras. Das altas árvores, pendem fileiras de lâmpadas acesas, que brilham na luz tênue do final da tarde. Ela decide que chegou o momento de compartilhar com alguém suas preocupações.

– Que lugar bonito! – exclama Alícia.

– É o *biergarten* mais antigo de Berlim, pelo que dizem. Existe desde princípios do século XIX. A cerveja que fazem aqui é famosa, vamos ver se você gosta. Como vê, estou tratando-a como a turista que realmente é...

– Mas não se esqueça de que na verdade sou mais berlinense que você! É nesta cidade que tenho minhas raízes, enquanto você é um recém-chegado.

Iván ri e lhe pergunta:

– Como passou desde o domingo?

– Sinceramente, não fiz quase nada, mas poderia dizer que foram dias bem agitados. Para começo de conversa, hospedei-me num hotel.

– Mas o que aconteceu? Está tudo bem?

– Vou explicar: depois que saímos do restaurante, voltei ao apartamento e encontrei, em cima da mesa da sala de jantar, um velho álbum de fotografias e um espelho com o qual eu costumava brincar quando pequena.

– E daí?

– Acontece que não estavam lá quando saí do apartamento. Alguém entrou e os colocou em cima da mesa. Seja quem for, tem as chaves. E esse álbum é muito especial: são as fotos da infância de minha avó. – Fala tão depressa que precisa fazer uma pausa para respirar. – Sei que tudo isso soa muito estranho. E até fico com vergonha de contar.

– É mesmo assustador. Mas deve haver uma explicação lógica, exceto se você acredita que o fantasma de sua avó voltou para visitá-la – responde Iván com um ar irônico, tentando descontrair a situação. – E o que você fez? Saiu correndo para o primeiro hotel que encontrou?

– Foi mais ou menos isso. Não voltei nem para pegar minhas coisas. Sinto um pouco de medo, na verdade. Sei que parece absurdo, mas imagine que eu entre ali e dê de cara com alguém.

– Ou seja, no fundo você acredita que é o fantasma de sua avó – replica ele, conseguindo quebrar a tensão e fazer com que Alícia dê uma gargalhada um pouco histérica.

– Não sei... Mas estou realmente assustada...

– Se quiser, eu a acompanho agora mesmo. Subimos juntos.

– Ficaria muito grata, de verdade. Não demoraremos muito.

"Bom", diz ela para si mesma, "objetivo alcançado." Se Iván não se oferecesse para acompanhá-la até o apartamento da avó, ela pediria. Planejou isso desde que recebeu a mensagem, na saída do museu.

Terminam as cervejas e saem do *biergarten*, situado no mesmo quarteirão de seu edifício. Alícia traz na mão o chaveiro com a letra P inscrita em azul, o mesmo que há dois dias evita roçar com os dedos dentro da bolsa. Lança um olhar rápido a Iván, como se lhe pedisse perdão por envolvê-lo nessa loucura, e cruzam a entrada. Sobem em silêncio as escadas até o primeiro andar. O apartamento está silencioso. Percorrem os aposentos um a um. Não há ninguém, é claro. Alícia se arrisca a suportar as zombarias do amigo e olha embaixo da cama, dentro dos armários. Ele não ri e ela lhe agradece por isso.

– Vamos, pegue suas coisas.

– Um minutinho só.

Coloca na mala as roupas que havia pendurado nos cabides, os artigos de higiene e os poucos alimentos que guardara na geladeira. Entra sem fazer barulho na sala e vê que Iván está debruçado na sacada, aparentemente absorto contemplando as fachadas dos prédios da rua. "Bom", pensa Alícia, "ainda tenho tempo." Não consegue tirar da cabeça a última coisa que seu pai lhe disse sobre a possibilidade de Paulina ter lhe deixado uma "mensagem" em algum lugar. Vasculha as gavetas da cozinha e do quarto, mas não encontra nenhum envelope ou papel dobrado. Onde a avó poderia ter escondido uma carta para ela? Em vão, busca na memória alguma pista, alguma ideia. Mas não encontra nada.

Quando se aproxima de Iván, percebe que ele não está apoiado na sacada apenas para observar o que acontece na rua.

– O que está fazendo aí?

– Não é óbvio? – responde ele, oferecendo-lhe um cigarro de maconha.

– Sinceramente, acho que este não é o momento mais adequado para isso.

– Mas o que há com você? Não fuma mais?

– Já se passaram vinte anos desde a última vez que você me viu dar uma tragada num baseado.

– Não exagere! Só se passaram dezesseis desde aquela festa na casa dos meus pais. Você agora tem 35, não? Bom, quer um pouco ou não?

– Passe para cá, então – ela ri, tossindo com a primeira tragada.

Minutos depois, estão ambos sentados no chão, compartilhando uma magnífica garrafa de Ribera del Duero, que encontraram na despensa. Sua avó era grande apreciadora do bom vinho e não é de estranhar que tivesse estoques. Se, duas horas antes, alguém lhe dissesse que ia conversar e beber descontraidamente no mesmo apartamento onde, no dia anterior, não fora capaz de entrar nem para pegar sua mala, não teria acreditado.

– Espero que me agradeça – diz Iván.

– Por que tenho que agradecer você?

– Porque, em vez de sair correndo por aí de mala em mãos, graças a mim conseguiu ficar mais tranquila e concluir que não corre nenhum perigo neste apartamento. O que me contou sobre o álbum de fotos é a coisa mais estranha que já ouvi em muito tempo, mas não acredito que quem entrou aqui tenha a intenção de prejudicá-la. Se é que de fato entrou alguém...

– Acho que tem razão. Ainda assim, não posso evitar ficar assustada. Juro que não vi o álbum até que voltei depois de almoçar com você, mas não tenho certeza. Estava muito nervosa no dia em que cheguei a Berlim.

– Você precisa voltar a se instalar aqui de novo. Olhe, moro bem perto. Prometo deixar o celular sempre ligado e, se alguma coisa diferente acontecer, embora esteja convencido de que não acontecerá, virei correndo.

Alícia concorda e fica pensativa. Será este o momento certo para abordar o assunto que mais cedo ou mais tarde terão de discutir? Decide ir em frente, encorajada pelo álcool.

– Engraçado você ter mencionado antes, com tanta naturalidade, aquela noite na casa de seus pais. Seu comportamento não foi exatamente exemplar.

Iván ri com vontade, jogando a cabeça para trás.

– E o seu, Alícia? Não me lembro de que não tenha gostado...

– Por favor, nada de grosserias – replica ela, secamente. Sempre soube ser bastante antipático quando quer.

– Não fique chateada, mas é que não entendo o porquê disso agora.

– O que eu quero dizer é que você brincou comigo. E com a idade que eu tinha na época, uma coisa assim nos afeta muito. Senti-me mal comigo mesma. Olha, é ridículo falar disso tanto tempo depois, mas precisava contar-lhe para ficar aliviada. E vamos mudar de assunto.

– Não, não, agora sou eu quem quer continuar. Brinquei com você? Como pode dizer uma coisa dessas?

– Me desculpe.

– Na manhã seguinte à nossa transa, eu soube que você tinha namorado e não me contou nada. Estava tomando o café com minha irmã, antes de você entrar na cozinha, e ela me perguntou se na noite anterior um rapaz tinha vindo ali. Quase deixei a xícara de café cair. Ela suspeitava que você tinha ficado para receber o cara com quem estava saindo.

Um emaranhado de lembranças invade o cérebro de Alícia. Era isso, claro! Então o desdém de Iván tinha um motivo bem simples e ela teria poupado o desgosto e as lágrimas das semanas seguintes se tivesse sido um pouco menos estúpida.

– Entendo! De fato, naquela época, eu havia ficado duas ou três vezes com um colega de classe, mas não era nada sério. Entretanto, agora me lembro, é possível que exagerasse aquele casinho para me gabar diante de Maria – confessa rindo.

– Ou seja, fiquei sem repetir uma trepada absolutamente fantástica porque você teimava em querer impressionar minha pobre irmã com histórias de namorados imaginários. Fiquei chateado, pode acreditar nisso, pensando que você é que não me levava a sério.

Alícia ri de novo, perturbada pela alusão sexual feita por Iván.

– Então já não vale a pena continuar ruminando o desgosto, certo? De qualquer modo, acho incrível que Maria me julgasse capaz de trazer alguém para sua casa sem lhe pedir autorização. Que má impressão ela devia ter de mim!

– Pode estar certa de que eu não o deixaria entrar – replica Iván, deitando de costas no chão. Coloca os braços (morenos, musculosos, bonitos) cruzados sob a nuca, formando uma almofada improvisada.

Ficam os dois calados, com as janelas abertas para deixar a brisa noturna entrar, ouvindo o vozerio dos fregueses do Café Blume. Bem em frente, há um grande castanheiro de copa redonda e verde. Seus galhos se agitam com um rumor suave. Alícia esvazia o copo e também se deita no chão, que reflete a luz irradiada pelos postes. Fecha os olhos e respira fundo.

"Que estranho!", diz para si mesma, "já não tenho medo."

3

A luz da manhã desperta Alícia. Ontem, esqueceu-se de fechar as cortinas. Aproxima-se da janela e lança um olhar à rua. Uma idosa, de cabelo muito preto, caminha apoiada a uma bengala. O castão de prata brilha, refletindo o sol. A beleza às vezes se esconde nos detalhes mais insignificantes.

Paulina não precisava de bengala, mas sua figura, quando ela vinha a Berlim, não devia ser muito diferente da dessa desconhecida que, apesar da claudicação, se esforça para caminhar ereta. Seria o caso de se conhecerem? Resolvera perguntar aos vizinhos e às pessoas do bairro sobre Paulina Hoffmann, mas nos últimos dias lhe aconteceram tantas coisas imprevistas que não teve tempo.

Consulta a hora no celular: são quase onze. E está com uma tremenda dor de cabeça, a lembrar-lhe que, no dia anterior, a situação escapou por completo de seu controle. Iván trazia no bolso uma pequena quantidade de maconha e sua avó tinha uma verdadeira adega na cozinha. Depois do Ribera, abriram um Montepulciano, sentados os dois na sala quase vazia. Assim se travou uma animadíssima conversa, mistura de gargalhadas e confidências, com esse homem de sorriso inteligente e braços bonitos, o mesmo com quem transara, desajeitada e apaixonadamente, aos 19 anos.

– Tem namorada ou coisa parecida? – perguntou ela. – Deixou alguém em Madri?

– Pedi para ser correspondente em Berlim justamente para ficar longe de lá.

– Como? O que aconteceu?

– Estava havia quatro anos com uma colega do jornal. Planejávamos comprar juntos um apartamento e já acariciávamos a ideia de ter um filho. Mas lhe ofereceram um emprego excelente numa cadeia de televisão de Miami e ela não pensou duas vezes. Ficou bem claro quais eram suas prioridades.

– Não sugeriu que você fosse com ela?

– Bem, sim. Mencionou a possibilidade de eu ir também e continuar escrevendo como *freelance*, mas tive a impressão de que isso não era, em absoluto, o que mais lhe agradaria.

Alícia recriminou o golpe, embora Iván não pudesse saber até que ponto ela se identificava com essa garota incapaz de controlar a ambição e desejosa de provar a si mesma quem era dona da verdade.

– Meu Deus! E o que aconteceu?

– Ao fim de alguns meses, quando eu já estava farto de Madri e de ficar sozinho no apartamento que havíamos alugado juntos, o antigo correspondente em Berlim se aposentou. Pareceu-me então que não era má ideia candidatar-me ao cargo e tentar viver, eu também, minha própria vida. Enfim, confesso que esse não é um assunto sobre o qual gosto de falar – acrescentou (cabelo escuro, nariz um pouco aquilino, mais bonito agora que dez minutos antes), enquanto dava uma profunda tragada no baseado. – Mas agora é sua vez. Só sei que se divorciou e tem um filho de 3 anos.

– Não há muita coisa para contar – mentiu Alícia. – Me casei com Marcos há cinco anos, quando já namorávamos havia bastante tempo, e há três tivemos Jaime. No início, tudo ia bem, mas logo ficou claro que não fomos feitos um para o outro. Deixamos de nos amar, ficamos entediados. Então, de comum acordo, decidimos nos separar. Continuamos nos dando bem e nos entendemos sem problemas em tudo o que diz respeito ao meu filho. No fim das contas, isso é o mais importante.

* * *

Esta manhã, enquanto se lembra da conversa do dia anterior, quase sente vergonha de ter contado com tanta desenvoltura uma mentira atrás da outra, naquele discurso de pura enganação. Sobretudo porque sem dúvida seu relato meloso, empolado, não se encaixa com aquilo que Maria pode ter contado ao irmão.

Mas Iván não disse nada. Apenas se aproximou de mansinho e, baixando um pouco a voz, comentou:

– Acho difícil imaginar que você não goste de alguém.

Alícia sentiu um arrepio, algo parecido a uma lufada de vento na nuca. Um calor no meio das pernas, transformado de repente no centro de seu corpo. Do que aconteceu depois conserva apenas uma confusa sequência de imagens e sensações, como que passadas em câmera lenta. Uma língua quente com sabor de maconha, o roçar áspero e excitante de uma barba por fazer, mãos decididas puxando seus *jeans* para baixo. Começaram ali mesmo, no chão, e terminaram na cozinha, apoiados no balcão para lembrar os velhos tempos. Que deliciosa perda de controle!

De fato, tudo o que aconteceu ontem foi uma modesta celebração do descontrole. Com os vinhos, com os baseados, com o sexo. Mas ela também não controla (por que não reconhecer isso para si mesma?) muitas outras coisas em sua vida. Vai ao banheiro e se vê diante da imagem de uma mulher cansada, com os olhos ainda manchados pelos restos da maquiagem que não tirou antes de dormir. Alícia, confusa e pálida na frente do espelho. Com um copo de água e um comprimido de Ibuprofeno na mão, detém-se na soleira do quarto e contempla o corpo grande e nu de Iván, que dorme tranquilamente entre as cobertas revoltas. Pele branca e quente, músculos do torso relaxados.

É difícil explicar como se sente neste exato momento. Satisfeita por ter conseguido o que, no fundo, desejava desde que o viu novamente. Excitada ante a possibilidade de se deitar outra vez com esse homem do qual não consegue afastar os olhos. Arrependida por se permitir uma distração no momento em que precisa pôr muita coisa em ordem em sua vida. E envergonhada por acreditar que não o merece, não depois de todo o mal que causou.

Pega no guarda-roupa algumas peças e se veste apressadamente. Deixa um bilhete na mesa da sala de jantar, explicando que foi ao hotel apanhar suas coisas e pagar a conta. Fecha com cuidado a porta do apartamento e se precipita para a rua.

Conseguiu fugir antes de Iván abrir os olhos. De outro modo, não saberia o que lhe dizer.

4

Dois olhos observam fixamente a fachada do número 14 da Kastanienallee. São os olhos de alguém que, voltando para casa como faz todos os dias após o passeio matinal, viu pela janela algo que chamou sua atenção.

São os olhos de alguém incapaz de esquecer certas situações que viveu. Alguém que jamais conseguirá apagar o horror da memória. Alguém que, de certo modo, vislumbra outra vez um pouco de vida nesse apartamento e, assim, se reencontra com a pureza, com a inocência de suas primeiras recordações – as únicas que permanecem intactas e preciosas, apesar de todo o sofrimento posterior.

Pega na estante os óculos para ver de longe. Com a sacada aberta, vê-se muito bem o que acontece do outro lado da rua. Mais propriamente, o que acontece no primeiro andar do prédio à frente.

Sim, há mesmo uma pessoa lá dentro. Percebe-se uma silhueta andando pela sala.

Os olhos continuam observando.

Dois minutos depois, a porta se abre e sai uma mulher de trinta e poucos anos, de cabelos castanhos e pele muito branca, de *jeans* e tênis. Afasta-se pela rua, caminhando depressa e com expressão tensa.

Então, veio. Céus, como se parece com ela! Bem mais que nas fotos. Já está aqui.

A Decisão

Málaga, 1955

1

A última vez que Paulina pegou o Expresso de Andaluzia, tinha acabado de saber que sua mãe havia se suicidado. Agora viaja de novo no mesmo trem, oito anos mais tarde, depois de ter enterrado o marido. A mesma paisagem castelhana que parece extraída de um dos quadros de Carlos, o mesmo traçado verde dos olivais através das janelas. E a mesma desolação, a mesma sensação de que o destino volta a se insurgir contra ela, apesar de ainda não ter completado 24 anos. Tudo permanece, nada permanece.

Mas agora precisa se controlar diante dos filhos pequenos, sentados a seu lado no vagão, sérios e preocupantemente quietos. Ela não sabe até que ponto compreendem que seu pai está morto.

Na terça-feira à tarde, deixou-os aos cuidados de uma vizinha para ir ao cemitério. Um sacerdote apressado pronunciou junto à tumba umas palavras pouco eficazes, que serviriam para qualquer um, antes que o negrume da terra engolisse o horrível caixão barato, o único que Paulina pudera comprar. Dentro da odiosa caixa de madeira, o corpo ferido e esmagado de Carlos, tão forte e cheio de vida havia apenas uma semana. Os olhos que nunca mais poderão contemplá-la, as mãos que jamais segurarão de novo um pincel, a boca que não dará novamente o beijo de boa-noite a seus filhos.

Seus filhos. Duas crianças que agora, igual a ela mesma, olham pela janela com ar ausente. O pequeno Diego aperta com força um carrinho de brinquedo nas mãos, como se temesse que o roubassem. Com 5 anos há pouco completados, cada vez se parece mais com Manuel: a mesma pele dourada, o mesmo cabelo negro brilhante, o mesmo sorriso de dentes brancos. Quando ri, é claro, pois há dias que não faz isso. Às vezes, Paulina o observa e se lembra daquele retrato de seu primo vestido de marinheiro. São muito parecidos, não há como negar. É o tipo de menino que todos os comerciantes do bairro conhecem pelo nome e cuja cabecinha luzidia todas as senhoras acariciam.

No dia em que Diego nasceu, depois de mais de quinze horas de trabalho de parto, Carlos entrou por fim no quarto do hospital e a encontrou de camisola, com uma trouxinha envolta em cobertores nos braços. Ambos admiraram o rostinho ainda úmido, as pálpebras fechadas de seus grandes olhos, suas delicadas mãos de bebê. E foi justamente nesse momento que seu "trato", como o chamavam meio por brincadeira, ficou selado.

– Quero que você escolha o nome.

Carlos a fitou com estranheza, pois ela sempre dissera que queria chamá-lo de Otto, como seu pai e seu irmão. Mas em seguida compreendeu o que Paulina tentava lhe dizer. Ele não precisava de muitas explicações e ela não estava disposta a dá-las. Esse era um dos motivos pelos quais haviam sido feitos um para o outro.

– Será meu filho – declarou ele, limpando com o dorso da mão direita, sempre um pouco áspera devido às substâncias químicas das tintas, as lágrimas que começavam a descer pelas faces de Paulina. – Que tal Diego?

Dois anos depois nasceu Elisa, que com poucos meses já tinha a expressão inteligente do pai, o ar de quem não deixa escapar nada. Seu encanto era mais discreto, mais sutil que o do irmão. Ela também era mais pálida, menos sorridente. Desde muito pequena, ficou claro que havia herdado as inclinações artísticas de Carlos: com pouco mais de 1 ano, já passava horas desenhando nos cadernos com seus lápis de cor. O presente de seu segundo aniversário foi uma caixa de aquarelas. Seu passatempo preferido era sentar-se em uma cadeira diante do cavalete do pai, ouvindo-o explicar o que estava pintando, por que trocava de pincel, como fazer para que o céu assumisse a coloração azul de uma manhã de primavera.

Que fará Paulina com esses dois pequeninos, normalmente tão cheios de energia, que agora viajam num triste vagão de trem, sentados muito eretos e sem despir seus casaquinhos azuis? O que a preocupa não é tanto o dinheiro (seus amigos editores lhe comunicaram que não faltarão traduções, na verdade seu principal sustento), mas sua resistência mental, sua capacidade de não enlouquecer.

Sem família, repudiada pelos tios, condenada ao ostracismo pelas amigas do colégio depois de seu casamento apressado, não lhe restavam outras opções a não ser aceitar o convite de Manuela para não enfrentar sozinha esse pesadelo. No dia do enterro, ficou evidente que a família de Carlos, gente humilde que desde o começo havia olhado com desconfiança o casamento, não sentia grandes desejos de complicar a vida ajudando a nora e os netos. E Paulina, na verdade, ficou um tanto aliviada ao perceber que não contaria com eles. De qualquer modo, que poderiam fazer? Convidá-la e aos filhos para morar em seu vilarejo de Cuenca? De fato, foi melhor que não o propusessem, pois lhe pouparam o constrangimento de ofendê-los dizendo não.

A casa de El Limonar deixou de ser um lugar que lhe lembra Manuel: agora, simplesmente, não há outro lugar para onde possa ir. A viagem que faz, com a obrigação de salvar os filhos da tristeza, se parece muito com a que fez com sua mãe de Berlim a Madri, há muitos anos. Outra fuga desesperada para o único destino possível.

Quando já estão há mais de quatro horas no trem, Elisa desperta de um longo cochilo.

– Papai está em Málaga? – pergunta.

O mundo em volta de Paulina desmorona um pouco mais, ainda mais.

– Não, meu amor. Não está em Málaga. Seu irmão, você, eu e uma amiga minha, que se chama Manuela e quer muito conhecê-la, vamos ficar juntos. Iremos à praia.

– Vou poder nadar no mar?

– Claro que sim, Elisa. Por que não pinta um pouco?

A pequena se distrai com os lápis, mas Diego já tem 5 anos e prestou muita atenção à conversa. Olha fixamente a mãe com seus negros olhos redondos, que de repente parecem tão sábios e trágicos quanto os de um ancião.

– Ele morreu, não é verdade?

Existe uma resposta certa a essa pergunta, algum modo de tornar menos insuportável a realidade, de suavizá-la para que uma criança que ainda nem entrou na escola não descubra tão cedo quão impiedoso é o mundo? Decerto, não; ou, pelo menos, ela não a encontra. Só resta a verdade, não há escapatória.

– Sim, meu filho.

– Ouvi o que a vizinha disse para você.

– Eu sei, Diego. Mas você entende o que significa?

– Que papai não vai voltar mais. Só não sei por quê.

Paulina fica alguns segundos em silêncio. Não quer mentir para o filho, nem magoá-lo ainda mais. É bem difícil escolher as palavras.

– Nem eu, querido. Mas, veja, meu pai também morreu e, mesmo assim, você agora me faz muito feliz. Deve se lembrar apenas dos bons momentos que passou com papai.

E olha-o, sem saber ao certo que efeito terá nele esse discurso pobre que acaba de improvisar, até que o filho começa a ficar com cara de choro. Há um instante seu olhar era o de um adulto; agora, volta a ter a mesma expressão de quando era bebê.

– Mamãe...

– O que é, meu bem?

– Papai prometeu que iríamos ao Zoológico do Retiro. Disse que há um leão e um elefante lá. Não poderei mais ir com ele, não é verdade?

– Não, Diego.

Queria consolar o filho, mas começa a chorar com ele e se abraçam. Beija-o várias vezes, sentindo o gosto salgado das lágrimas do menino, que inundam suas faces quentes. A pequena Elisa ergue a cabeça do caderno e se une ao pranto. Paulina os embala, os acaricia, lhes dá as bolachas Cuétara que trouxe para a viagem, confiando em que o doce ajude um pouco a espantar a dor. O vagão está quase vazio, com exceção de um homem idoso que lhes pergunta, amável, se precisam de alguma coisa e permanece o resto do trajeto discretamente absorto num livro. Paulina se sente afortunada por ter seus dois filhos: graças a eles não pode perguntar a si mesma se a vida continua tendo sentido, pois, simplesmente, precisa ter.

Por fim chegam a Málaga, exaustos pela longa viagem e pelas lágrimas derramadas. Logo estão debaixo da grande marquise do século XIX, em meio a uma confusão terrível. Famílias inteiras esperam ao lado de um montão de malas, embrulhos e mochilas. O chefe da estação soa seu apito na plataforma e os vendedores ambulantes oferecem aos gritos sua mercadoria no meio da fumaça. Paulina deixa que um carregador, trajando um blusão azul não muito limpo, pegue sua bagagem enquanto ela segura um filho com cada mão. Seu companheiro de cabine se despede com uma cortês inclinação do chapéu. Paulina procura Manuela com o olhar até ver se aproximar um motorista uniformizado e de quepe.

– A senhora os espera no carro.

Vão até um elegante Seat 1400 preto.

– Manuela! Que alegria vê-la de novo!

– Eu também, querida! Perdoe-me por não ter descido para recebê-los. É que me movimentar está ficando cada vez mais difícil – se desculpa a anciã. – Acredite ou não, não pude voltar a Madri desde que fomos juntas ao ateliê de Balenciaga. A verdade é que mal saio de casa desde que fiquei viúva e andar me custa cada vez mais, apesar da bengala.

Abraçam-se demoradamente, sentadas no banco traseiro. Pela primeira vez desde que lhe deram a notícia, Paulina sente algum consolo, algum calor além do de seus filhos.

– Então estes mocinhos tão bonitos são Diego e Elisa! Eu queria muito conhecê-los! Vão ficar bem em minha casa, podem apostar. Há vários lugares para brincarem e poderão ir à praia com sua mãe todos os dias.

– Como você ficou sabendo? – pergunta Paulina.

– Uma amiga me telefonou, tinha lido no obituário do *Abc*.

– E meus tios? Não foram sequer ao enterro. Sabem que estou aqui?

– Não avisei a eles, mas quando souberem não terão outro remédio a não ser aceitar. As pessoas chegam a uma idade em que conquistam o direito de fazer o que devem, sem se importar com as críticas dos demais.

– Nem sei o que responder. Obrigada.

– De nada, Paulina. É o mínimo que eu podia fazer. Estou aborrecida pelo modo como a trataram.

Quando chegam à Vila Manuela, as crianças correm a explorar o jardim repleto de plátanos e palmeiras. Admiram a cor das buganvílias, contam os vasos de gerânios que adornam a varanda. Paulina nota que há algo novo no jardim: uma piscina ovalada e vazia. Com os olhos ofuscados pelo sol deslumbrante de primavera, vê Diego e Elisa correndo pelo gramado até a varanda, de onde finalmente se descortina o espelho infinito do mar. Como não se lembrar da primeira vez que o viu, daquele mesmo ponto? Há uma estranha poesia no fato de agora serem seus filhos que podem esquecer por um momento a confusão e a dor graças a toda essa beleza. Quando crescerem e pensarem nos dias terríveis que viveram, contarão ao menos com a alegria inocente desse instante.

— Mamãe! Mamãe! Olha, lá está o mar! — gritam alvoroçados.

— E esta piscina? — indaga Paulina.

— A última extravagância de seu primo.

Manuela se aproxima, apoiada à bengala, e pega a mão de Paulina. Pode contar com ela: em tudo.

— Paulina, a vida continua.

— Tem certeza? — pergunta, virando a cabeça para olhar a anciã.

Esta noite, dormirá em seu antigo quarto do primeiro andar, com a janela ornamentada de jasmins. A cama é grande o bastante para os três. Os pequenos dormem, vencidos pelo cansaço. Ela mergulha o rosto nos cabelos dos filhos, embriaga-se com o doce aroma de seus corpos. Abraça-os como se esta fosse a última noite na terra, como se flutuassem à deriva no mar que Diego e Elisa viram hoje pela primeira vez.

Na manhã seguinte, depois de conseguir dormir umas duas horas, acorda com a luz que se infiltra pelas venezianas e sente o cheiro do café recém-coado que sobe da mesa da varanda. Embora a primavera mal tenha começado, faz um dia tão quente que será agradável tomar o desjejum ao ar livre. Acorda os filhos com doçura e pensa que sim, que talvez possa sobreviver também a isso. Manuela tem razão, a vida continua.

Mas então Elisa abre os olhos sonolentos e pergunta:

— Hoje papai vem?

2

A praia da Malagueta está quase deserta. Paulina e os filhos escolheram a mesma parte que nos dias anteriores, perto do imponente cais do Hotel Miramar, um luxuoso edifício que foi hospital durante a Guerra Civil e agora atrai turistas ricos, aristocratas europeus e até estrelas de Hollywood. Sua grande silhueta amarela, com as copas das palmeiras assomando por cima do muro, preside a faixa de areia. Trouxeram uma grande toalha listrada e um carrinho cheio de brinquedos. Com as calças arregaçadas, o pequeno Diego vai várias vezes até a água para encher seu balde.

Ainda faz frio para nadar, mas o sol aquece a pele e a brisa marinha deixa no rosto de Paulina um gosto salgado que lembra seu pranto dos últimos dias. Agora que já não lhe restam lágrimas, é consolador sentar-se na areia, vigiar os filhos e pensar em Carlos.

Ao longe, alguns pescadores guardam suas redes em barcos pintados de branco e azul, depois de vender no cais a pesca do dia. São embarcações rudimentares, com nomes de mulher: Carmem, Rosário, Mercedes. Amanhã, voltarão a usar as mesmas redes para enfrentar outra jornada no mar, como Paulina, que terá de se levantar da cama para continuar sobrevivendo. Ambas as coisas são igualmente difíceis, não haver peixes e haver apenas tristeza: a luta deve continuar.

As crianças parecem contentes desde que chegaram a Málaga. A cada dia há momentos em que choram e sentem saudade do pai, é claro, e esses momentos abalam o coração de Paulina, mas o resto do tempo brincam felizes de pega-pega na praia ou esconde-esconde no jardim. A infância tem o poder de cicatrizar rápido até as feridas mais profundas, embora não as cure por completo: sempre voltam a abrir-se mais adiante.

Durante esses dias, estabeleceram uma espécie de rotina que os ajuda a suportar o luto: na praia de manhã, em casa à tarde, sem ter de se preocupar com fazer comida ou lavar roupa. Paulina procura se deixar levar. Depois do almoço, senta-se durante alguns minutos diante do grande maço de papéis que trouxe de Madri, com a janela aberta para ouvir as crianças entre as buganvílias e os gerânios.

– Consegue se concentrar, querida? – perguntou-lhe Manuela no dia anterior.

– É difícil, mas creio que me faz bem – respondeu ela, sem confessar que sua necessidade urgente é receber o dinheiro da tradução.

Mas essa tranquilidade está a ponto de acabar.

São quase duas da tarde quando põe os brinquedos e a toalha de listras no carrinho para voltar à Vila Manuela. A casa se ergue no alto de uma colina, de modo que a descida para a praia leva só uns dez minutos, mas a subida demora mais. Carrega nos braços Elisa, que está cansada depois de brincar e correr por mais de duas horas. Beija-a e ajeita por trás de suas orelhas as madeixas úmidas. Tocam a campainha e a criada que abre a porta avisa que a comida estará pronta em cinco minutos. Da sala, avistam Manuela sentada numa das cadeiras de vime da varanda. Ela lhes lança um olhar tenso, enquanto os recém-chegados percorrem os poucos metros que os separam.

Teria acontecido algo? Paulina se apressa e, ao dar a volta depois de beijar a anciã, não consegue reprimir um grito. Na varanda, oculta até então por uma coluna, está a última pessoa no mundo que desejaria ver.

– Vim para algumas reuniões em nossos escritórios de Málaga. Não sabia que você estava aqui – diz Manuel.

Sua avó esboça um gesto de incredulidade.

– Acabo de saber sobre Carlos. Lamento muito – acrescenta ele.

Paulina se sente morrer por dentro.

Convivem algum tempo na casa de El Limonar. Manuel fica fora o dia todo e volta quando ela já está deitada com os filhos. Paulina alega cansaço para não descer à sala na hora do jantar. Quem acusará de descortesia uma viúva tão recente?

Certa manhã, depois do desjejum, Manuela está arrumando a pequena Elisa, que permanece bem quieta em uma das cadeiras da sala, sentindo as mãos da anciã trançando seu cabelo. É um momento tranquilo, agradável, enquanto terminam a segunda xícara de café. De novo, um dia esplêndido.

– Pode me dar este espelhinho de estanho? – pede a anciã, colocando o espelho de modo que a pequena possa ver suas tranças.

– Sempre gostei desse espelho – comenta Paulina.

– Pode ficar com ele – oferece Manuela. – E, por falar em presentes, gostaria muito que você e as crianças comprassem algumas roupas. E três pares de sandálias, por favor. Vi que descem à praia com sapatos de inverno. Direi ao motorista que os leve esta tarde ao centro. Gostaria de acompanhá-las, mas já sabem que me custa muito sair de casa.

– Mas, Manuela, não posso aceitar... Você está gastando muito dinheiro conosco e não sei se poderei devolvê-lo.

– Paulina, eu a julgava uma mulher inteligente! Você já enfrenta muitas situações difíceis na vida para complicá-la ainda mais com questões de orgulho bobo. Faço isso com prazer. Sabe que sempre gostei de você e, além disso...

O pequeno Diego entra correndo na sala e interrompe a conversa. Imita o trote e os relinchos de um cavalo.

– Já acabaram? Quero brincar de índios e caubóis com Elisa no jardim. Como vocês são lerdas!

A pequena pula da cadeira para ir com o irmão e ele lhes dedica um sorriso triunfante, de dentes muito brancos, o tipo de sorriso com o qual, quando crescer, poderá conseguir quase tudo que tiver pela frente (sobretudo as mulheres). É exatamente a mesma expressão matreira com que Manuel se levantou da mesa do desjejum há menos de meia hora. O mesmo brilho negro nos olhos, as mesmas covinhas no rosto.

Manuela olha Paulina fixamente.

– Acho que você tem um assunto a resolver com seu primo. Ele não irá embora sem antes conversarem – diz. – E ambas sabemos que quanto mais cedo ele se for, melhor.

Paulina concorda. Não pode estar mais agradecida a Manuela: por entender, por não perguntar, por não julgar.

À tarde, percorre com os filhos algumas lojas. Dois pares de sandálias Gorila para eles e umas alpargatas simples, brancas, para ela. Roupas de banho azuis, de algodão, para Diego e Elisa, as primeiras que ganham. Embora saiba que a generosidade de Manuela é sincera, procura não gastar muito. Depois, vão tomar sorvete na Casa Mira, observando o movimento da rua Larios.

A animação da rua, os sorrisos dos pequenos, o sabor do creme de merengue, as sacolas apoiadas no balcão de metal. Se Carlos estivesse com eles agora, poderiam se dizer felizes.

Mas ele não está.

3

À noite, jantam juntos pela primeira vez desde que Manuel chegou a Málaga. Comem croquetes de panela, uma das especialidades da excelente cozinheira da casa. As crianças os devoram. Seu primo, com aquela naturalidade que Paulina não sabe se é autocontrole ou pura indiferença, brinca descontraidamente com elas, sobretudo com Diego, que lhe ensina os nomes de seus bonecos plásticos de vaqueiro, com chapéus de caubói e estrelas de xerife. Manuel finge pronunciar mal "Billy", para fazê-lo rir.

Logo depois, ela sobe ao primeiro andar para colocá-los na cama e entretê-los um pouco com uma historinha. Quer dar tempo a Manuela para se deitar também. Quando volta à sala, disposta a se encontrar com seu primo, não o vê. Sai para a varanda, mas ele não está lá. Por fim, avista-o na beira da piscina, observando a água escura. Desce os degraus até chegar perto dele.

– Ontem pedi que a enchessem – diz Manuel. – Estou louco para estreá-la.

Tem na mão um copo de uísque quase vazio. E Paulina nota que ele está muito embriagado. Deduz que esta deve ser a segunda rodada desde que ela subiu para o quarto. E agora pensa que ele talvez já estivesse um pouco alterado durante o jantar. Ria demais.

Decide ser direta.

– Por que veio a Málaga, Manuel?

– Tinha reuniões no escritório daqui, já lhe disse.

– Não acredito.

– Você está certa – confessa ele, com um ligeiro sorriso.

Paulina está perplexa. Como Manuel consegue ser tão imbecil?

– Confesso que minha mãe me falou sobre Carlos. Sei que eles não conseguiram lhe dar os pêsames, mas eu achava que devia conversar com você.

– Para isso não precisaria vir de Madri.

– É que seria bom combinar isso com o trabalho – diz Manuel, sentando-se na borda da piscina. Parece atordoado pela bebida. – Além disso, queria vê-la. Não falamos mais desde que...

– Desde que comecei a namorar Carlos.

– Exatamente.

– Porque você me deixou grávida, assim como fez com a criada.

– Então você continua aborrecida, Paulina? Não perdeu nem um pouco do rancor depois de tantos anos? Se parou para pensar um pouco, deve se lembrar de que nunca me contou que estava grávida nem me deu a oportunidade de assumir meu filho. O ofendido devia ser eu.

Paulina não consegue acreditar no que está ouvindo.

– Manuel, você me enganou! Dormia com aquela pobre garota ao mesmo tempo que comigo! Eu havia acabado de ficar órfã, estava sozinha no mundo e tinha 17 anos, pelo amor de Deus!

– Reconheço que não agi bem, Paulina. Mas fique calma, por favor.

– Quer mesmo que eu fique calma? – retruca ela, cada vez mais alterada.

Manuel se levanta, cambaleando.

– Olhe, vim para resolver esse assunto. Você deve saber que vou me casar daqui a dois meses com Isabel, a filha dos marqueses de Magariño.

– Sim, sei. Mas, que assunto você veio resolver?

– Quero cuidar do meu filho.

Paulina gostaria muito de questionar a paternidade de seu filho, mas a semelhança é tão contundente que não lhe resta alternativa senão se calar. É má sorte que o menino seja uma cópia quase exata do pai.

— Ele poderia morar com Isabel e comigo. Não é incomum que um parente em boa situação financeira se encarregue de uma criança quando a mãe dispõe de poucos recursos.

Paulina sente a raiva, escaldante como lava, brotar em seu íntimo.

— Nós o matricularíamos no Pilar, o melhor colégio de Madri. E você, é claro, poderia vê-lo com frequência.

O vulcão explode.

— Fala sério, Manuel?

— Meu Deus, não pensei que você fosse reagir assim!

— Está dizendo que quer levar meu filho? – diz Paulina, segurando o grito para que não a escutem na casa.

— Bem, eu...

— Como o desprezo, Manuel! Céus, como o odeio!

— Acalme-se. Entendo que não queira se separar dele. Eu deveria ter adivinhado.

— Deveria mesmo.

— Outra possibilidade seria que você e eu fizéssemos as pazes. Gostaria muito de ir algum dia à espelunca ao lado do Retiro onde minha mãe disse que você mora. Poderia ajudá-la, sabe... – diz com voz pastosa, enquanto se aproxima um pouco dela. – Você está bonita como sempre.

Nesse momento, Paulina percebe que ele está muito embriagado. Pôs a garrafa de uísque numa mesinha baixa e encheu o copo pelo menos duas vezes durante a discussão. Nem mesmo um cretino total como seu primo diria as coisas que disse se não estivesse muito bêbado.

Mas, para ela, isso pouco importa: não é desculpa. A fúria que a invade não lembra nada que ela tenha sentido antes. Achou que manteria o controle, mas já o perdeu.

Aproxima-se e o empurra. Ele recua dois passos para recuperar o equilíbrio.

— Filho da puta! – grita Paulina, cada vez mais ofegante.

– O menino é meu – balbucia Manuel. – Faça o que fizer, não conseguirá evitar que eu fique com ele. É meu.

A solidão e a dor se convertem em uma ira descomunal contra aquele homem, em um ódio que domina tudo.

– Amanhã falarei com ele. Vou lhe contar que sou seu pai – diz Manuel, estendendo a mão para a cintura de Paulina. – Venha cá, não seja boba.

Ela enfrenta seu olhar vidrado. Está cada vez mais furiosa.

– As coisas ficaram bem complicadas para você, não pode negar isso. – Manuel gagueja um pouco nas últimas palavras. – Deixe que eu a ajude...

Agarra-a, praticamente se atira sobre ela. E Paulina o empurra de novo, agora com mais força. Com mais ódio também, com mais desespero. E, dessa vez, ele não se limita a cambalear: tropeça na borda e cai na água, batendo um lado da cabeça. É uma queda imprevista e até um pouco ridícula.

Paulina logo o vê flutuando na água. O golpe o deixou inconsciente. Fez um giro estranho ao cair e está com o rosto submerso. Ela fica paralisada, rígida como uma estátua de sal.

O tempo se arrasta muito devagar, segundo a segundo, enquanto ela vê a silhueta de Manuel oscilar sobre o fundo azul-escuro. A vida de Paulina desliza diante dela como uma longa série de imagens.

A voz de seu pai, quando lia para ela histórias sobre animais exóticos e princesas antigas, antes de partir para sempre. O dia em que descobriu que sua amiga Ana não voltaria ao colégio e devorou todos aqueles biscoitos de Natal (a luz triste da tarde, a vasilha com adornos azuis, o silêncio de sua mãe). Seu irmão Otto resmungando antes de lhe dar espaço na cama nas noites em que, pequenina, sonhava com o monstro. A risada de Heinz, calada aos 14 anos. A umidade do porão durante os bombardeios, o tremor impossível de controlar. As silhuetas sinistras dos edifícios em ruínas, no dia em que fugiram de Berlim. A carta de despedida de Júlia, guardada no velho álbum de fotografias. A leve carícia em seu cabelo quando lhe mostrou suas boas notas. A traição do primo, o covarde abandono dos tios. A morte absurda de Carlos, atropelado a dois quarteirões de casa enquanto ela punha a mesa para o jantar. Os rostinhos de Diego e Elisa quando se puseram a chorar no trem que os trouxe a Málaga, dias antes.

Paulina não se lança na água, não puxa Manuel, não o vira para que possa respirar. Passam-se os minutos enquanto três palavras vão se formando em sua mente.

Ele ou eu.

Ele ou eu.

Ele ou eu.

Manuel poderia lhe tirar também o filho. E Paulina já perdeu muito.

Dessa vez o destino não a golpeia de novo, como sempre acontecia, mas lhe dá a oportunidade de decidir.

Ele ou eu.

E Paulina decide salvar-se.

Senta-se na borda e contempla novamente a água. O homem que há poucos minutos era o alvo de toda a sua fúria agora não passa de um fardo molhado.

Morto.

Começa a tomar consciência do que acaba de acontecer. Do que ela não impediu que ocorresse. Sua mente confusa vai se enchendo de perguntas, cada uma mais perturbadora que a outra, para as quais não tem resposta. Deve chamar um médico ou a polícia? Que vai dizer a Manuela? Serei acusada de assassinato? Se me prenderem, quem cuidará de meus filhos?

Começa a chorar histericamente, enquanto se balança na borda em posição fetal, até se deter de modo instintivo e olhar em volta para comprovar que está sozinha no jardim. Sim, sozinha. Ninguém viu o que aconteceu.

Talvez o que deva fazer é justamente não fazer nada.

Respira fundo e lava o rosto. Entra na casa, uma silhueta negra na obscuridade sem estrelas, procurando não fazer nenhum ruído. Deita-se na cama e busca o calor dos corpos de seus filhos. Passa a noite inteira acordada, imóvel sobre o colchão, até que, às primeiras luzes da manhã, começa a escutar os gritos.

Jamais contará a ninguém o que aconteceu.

A Culpa

Berlim, agosto de 2016

1

Alícia só volta ao apartamento depois do meio-dia, quando tem certeza de que Iván já foi embora. Passa no hotel para pagar a conta e pegar seus quatro objetos, toma o café da manhã em uma cafeteria e se distrai um pouco numa livraria, onde compra dois livros infantis ilustrados para Jaime. Tudo para passar o tempo. Tudo para não ver Iván ao voltar.

É o primeiro dia de chuva desde que chegou a Berlim. Com as janelas abertas de par em par, um ar fresco e úmido percorre toda a casa, varrendo o tênue odor de maconha e a recordação da noite anterior. Lava com cuidado os dois copos de vinho, coloca as garrafas no recipiente para coleta seletiva de vidros. Aspira o cheiro dos lençóis revoltos antes de colocá-los na lavadora.

Lembra-se do dia em que Paulina morreu, há dois meses. Foi Diego quem a encontrou de manhã, quando passou por sua casa para tomar o café da manhã com ela antes de ir para o consultório. Imediatamente Alícia correu para a casa de sua avó e estendeu-se ao seu lado, abraçando-a com força do mesmo modo que fazia quando era criança e dormiam juntas naquela mesma cama. Queria se consolar uma última vez, apenas uma vez mais, no refúgio cálido e seguro de seu corpo.

Mas o corpo de Paulina já estava frio.

Na verdade, nem sequer era mais seu corpo. Nada nos prepara para tocar a pele de uma pessoa a quem amamos de todo o coração quando ela perdeu o calor. É uma desolação que não se assemelha com nenhuma outra.

Permaneceram algumas horas no apartamento, resolvendo os procedimentos com a funerária e aguardando que viessem buscar o corpo.

Quando chegou, no primeiro voo de Londres, sua tia Elisa se sentou com Diego num dos sofás e deram-se as mãos, silenciosos e desamparados como se fossem duas crianças que acabassem de ficar órfãs, e não um homem e uma mulher de mais de 60 anos. A vitalidade de Paulina, sua força: existira nela algo de vagamente eterno, a ponto de nem seus filhos nem sua neta poderem imaginar até então o mundo sem ela.

Alícia se levantou para preparar café. Nos momentos que se seguem à morte, fazemos coisas de forma mecânica: lavar copos sujos, guardar um livro na estante, servir um café que ninguém deseja tomar. Ao entrar na cozinha, notou que a lavadora estava funcionando. Demorou alguns segundos para compreender que o que dava voltas e mais voltas dentro do tambor eram os lençóis entre os quais sua avó acabara de morrer.

Um mero detergente com aroma de pinho estava eliminando seu último cheiro, seus últimos vestígios.

Agora, apenas dois meses depois, neste apartamento que Paulina lhe legou, sente-se totalmente perdida. Terrivelmente só. Escreve a Marcos e recebe como resposta uma foto de Jaime num carrinho de trombadas, muito sorridente, agarrado com ambas as mãos ao volante e exibindo uma mancha (sorvete de morango?) na camiseta. Parece a festa de alguma aldeia de serra de Madri. Põe-se a chorar.

"Por que me comporto mal com todo mundo? Por que tenho a impressão de que nunca estou onde devo estar?" Nem mesmo o Ibuprofeno conseguiu curar a horrível dor de cabeça com que se levantou da cama.

Pobre Iván. Ficou, sem dúvida, furioso. Ela teria ficado.

"Perdoe-me por ter saído tão cedo esta manhã." Não é a melhor das desculpas, mas terá de bastar. Sente-se incapaz de enviar outra mensagem mais elaborada com essa ressaca, esse sentimento de culpa.

Espera alguns minutos com o telefone na mão, mas Iván não responde.

Fica por um bom tempo no chuveiro, acreditando que o calor da água a faça se sentir um pouco melhor. Soa o aviso da lavadora. Estende os lençóis num pequeno varal dobrável, que tem na cozinha.

Iván ainda não respondeu.

Ela arruinou seu casamento, seu filho está longe e, como se isso não bastasse, acaba de se comportar como uma autêntica imbecil diante de um homem tão maravilhoso que ainda lhe parece incrível ter tido a sorte de encontrá-lo.

Abre a geladeira e volta a fechá-la. Na realidade, não tem fome. "Quando foi que adquiri essa capacidade de estragar todas as coisas boas?" As horas do dia se arrastam, com o leve som da chuva golpeando as vidraças.

A vida, lá fora, continua sem ela.

2

Teria de retroceder bastante no tempo para encontrar o início da longa história de seus equívocos. Quando Marcos e ela se conheceram, na universidade de Direito, estava atravessando a temporada mais louca de sua vida. E também uma das melhores, por que não admiti-lo a esta altura?

Era imortal. Muitas vezes viu o céu se tingir de rosa sobre a Gran Vía enquanto voltava para casa, ao amanhecer, ouvindo música com fones de ouvido e fumando o último cigarro. Deus, quanta saudade!

Como eram divertidas aquelas noites tão compridas, que começavam sempre em Malasaña e podiam terminar em qualquer lugar. Achava delicioso percorrer as ruas brilhantes e solitárias em busca de um bar onde pudesse bebericar o último copo enquanto os outros locais já haviam fechado as portas, na tentativa de esticar um pouco mais essas horas mágicas durante as quais quase tudo era permitido. Tinha muito sucesso com os rapazes, apesar de não se preocupar muito com a aparência. *Jeans* e sandálias velhas lhe bastavam para reinar, satisfeita, nessas vagabundagens noturnas com sabor de rum com Coca-Cola.

Depois, já no fim da madrugada, estirava-se em sua cama de lençóis limpos e frescos, sabendo que, apesar da bebedeira, tudo estava em ordem, que em seu pequeno universo (as aulas, o pai, a avó) cada coisa tinha seu lugar.

Entretanto, no último ano do curso, quando suas amigas já pareciam mais tranquilas, começou a sentir-se um pouco culpada, apesar de, agora, achar absurdo que pensasse em ter muito juízo aos 23 anos de idade. Propôs-se ir à universidade todos os dias, em vez de sair à noite e depois dormir a sono solto até a hora do almoço.

– O que há com você? Ontem à noite os bares não abriram? – perguntou-lhe o pai no primeiro dia em que ela pôs o despertador para tocar às oito. – Que prazer inesperado! Já nem me lembro da última vez que você se levantou a tempo de tomar o café da manhã comigo.

– Irei às aulas todos os dias, papai, do contrário não concluirei o curso este ano. Me leva de carro?

– Claro que sim, filha. Vamos, tome um café, pois está com uma cara de sono espantosa. Nota-se sua falta de costume – respondeu ele, passando-lhe a xícara com o tom de reprimenda jocosa que usava sempre para se referir à sua desenfreada vida noturna.

Pai e filha se davam bem. Viviam os dois sozinhos no pequeno apartamento da Alonso Martínez. E, desde que ela ficara um pouco maior, desfrutavam de um fantástico caos compartilhado. Ele tinha muitas namoradas, conhecia todos os restaurantes da moda. Podiam passar semanas com a geladeira quase vazia. Mas todas as quartas-feiras, iam juntos, religiosamente, ao cinema. Às sete e cinquenta, estavam na porta do Renoir ou do Verdi para assistir a um filme em versão original, escolhido por Alícia. Depois, voltavam para casa e jantavam, quando um dos dois havia se lembrado de fazer compras, ou pediam um pedaço de torta e uma aguardente em alguma das tabernas do bairro. Aos domingos, Paulina Hoffmann convidava-os para almoçar na Velázquez. A cozinheira era terrível, de modo que eles costumavam comprar comida pronta no Mallorca da rua Serrano. Às vezes, quando estavam em Madri, sua tia Elisa também aparecia. Formavam uma família pequena e um pouco desastrada, mas eram muito felizes.

Nessa época, Alícia e Maria, que se conheceram no primeiro dia da universidade, eram inseparáveis. Estavam sempre na estação de metrô do mirante de Bilbao: de manhã, para ir à universidade e, à noite, para passear. Em certos dias, praticamente não se separavam. Nas semanas de exames, às vezes iam à residência da Velázquez para estudar. O apartamento era grande e podiam permanecer acordadas a noite inteira, com uma enorme cafeteira e dois maços de Marlboro – fumavam como se o tabaco fosse desaparecer do mercado, como só fumam os jovens –, sem receio de fazer barulho. Paulina nunca as repreendia, embora deixassem a sala na maior bagunça e cheia de fumaça. Nem sequer se aborreceu no dia em que Maria queimou por acidente, com uma ponta de cigarro, a grande mesa de mogno da sala de jantar.

– Venham sempre que quiserem. Gosto de dormir ouvindo suas vozes – dizia-lhes. – Mas da próxima vez tenham mais cuidado para que nós três não morramos queimadas – acrescentava com uma careta.

Um dia, em uma aula de matéria optativa, Alícia se encontrou com um rapaz que já vira pelos corredores da universidade. Bonito, sério, amável. Parecia o tipo de homem que sempre sabe o que dizer em qualquer situação. No começo da aula, sentaram-se lado a lado. Ele fez algumas piadas em voz baixa e ela sorriu.

– Por que não vem à minha casa no sábado? É meu aniversário – convidou ela, quando já se levantavam. E deu-lhe o endereço.

Diego sempre dava um jeito de ficar fora no fim de semana seguinte àquele em que ela fazia aniversário, de modo que pudesse dispor de toda a casa para comemorá-lo com os amigos. Gostava de fazer o papel de pai compreensivo.

Bebericava já o segundo copo quando a campainha soou. Estava ansiosa por saber se o rapaz moreno da chatíssima aula de Direito Mercantil se animaria a vir. Ele se animou, é claro. Era um pouco careta, com sua camisa azul de mangas arregaçadas, mas, principalmente, ainda mais bonito do que lhe parecera na universidade. Suas amigas riram ao vê-lo entrar, deixando-a um tanto envergonhada. Quando saíram para o terraço – a melhor parte do apartamento, com uma vista maravilhosa para a praça das Salesas –, não demoraram muito para começar a se beijar.

Marcos não tinha nada a ver com sua sinistra coleção de namorados noturnos. Adeus às bebedeiras e aos encontros apaixonados no escurinho da entrada do edifício. Naquele momento, pareceu-lhe perfeito – mas logo se deu conta de que, na verdade, era perfeito demais.

Contudo, por algum motivo, Marcos se apaixonou por ela. E nunca tentou mudá-la. Embora jamais tivesse dito um palavrão, ria muito quando Alícia dava rédea solta à sua veia destemperada. Todos os dias dizia-lhe que a amava, que ela era muito linda. Levava-a de carro até a entrada do prédio onde morava e não a censurava quando ela bebia, com muita frequência, um copo a mais.

É possível, embora essa seja uma análise que só conseguiu fazer anos mais tarde, que a sombra de seu pai, sempre muito sedutor, a influenciasse na hora de escolher Marcos. Aquele interminável desfile de conquistas, algumas excessivamente jovens, que nunca duravam o bastante para entrar em sua paisagem cotidiana... Maria, Júlia, Elena, Maica ou a última, Pilar. Uma parte de Alícia buscava estabilidade e fazia planos de formar uma família mais convencional. E essa parte sabia que encontrara o tipo de homem certo. Ninguém, em sã consciência, repeliria um amor tão sólido como o de Marcos.

O problema era a outra parte, que continuava saudosa das aventuras etílicas e solitárias pelas ruas de Madri, do sexo nos banheiros dos bares, da irresistível sensação de descontrole. Essa foi a parte de Alícia que logo começou a ficar entediada.

Passaram-se alguns anos. O apartamento de que ela nunca deixou de gostar, com piscina, despensa e duas vagas na garagem. Dois bons empregos. Viagens, restaurantes, um filme todas as noites. Poucas discussões. Um sexo plácido, mas satisfatório, um corpo forte – ele era grande desportista, é claro – do outro lado da cama. A uma rotina assim, é fácil se acostumar. Às vezes, Alícia fantasiava uma infidelidade ou uma mudança radical de vida, mas no fundo sabia que jamais faria isso ao doce e racional Marcos, tão paciente, tão mais-que-perfeito.

Não tardou a ficar obcecada pelo trabalho no escritório de advocacia. Essa foi sua patética escapatória, que no fundo era apenas outra forma de perder o controle. E foi então que realmente começaram os problemas.

Ele não entendia por que Alícia precisava voltar para casa tão tarde todos os dias. Na verdade, nem ela. Não era ambição, embora tentasse pensar que sim. Tratava-se, antes, de ter algo urgente em que pensar, uma distração, um objetivo para não fazer a si mesma perguntas a que não conseguiria responder. Atendia a longas chamadas de clientes nos fins de semana. Oferecia-se sempre para as causas mais difíceis. Seus chefes estavam contentes (e como não estariam?!); mas seu pai e sua avó, as pessoas que a conheciam melhor, estavam preocupados. Na época, dois colegas do escritório cheiravam cocaína para suportar as jornadas mais cansativas. Às vezes, ela se juntava a eles e, ao terminarem o trabalho em estado de euforia, acompanhava-os para uns drinques.

Era muito difícil discutir com Marcos, mas Alícia ultrapassou tanto os limites que, em algumas ocasiões, ele chegou a gritar. Conseguiu tirar do sério o campeão mundial do autocontrole. Houve caras feias, recriminações, bilhetes tempestuosos fixados com um ímã na geladeira. Contudo, depois de levar a extremos a situação, ela não foi capaz de permitir que essa vida, fadada ao fracasso, se rompesse em mil pedaços, como deveria ter acontecido. Sentiu muito medo de ficar sozinha.

Casou-se então com ele para consertar as coisas. Engravidou para consertar as coisas. E, é claro, as coisas não só não foram consertadas como pioraram.

3

Para Alícia, o momento exato em que seu casamento acabou foi a primeira noite na qual, após uma discussão, não sentiu mais necessidade de fazer as pazes com Marcos antes de ir dormir. Quando fechou a porta do quarto, acendeu a luz da mesinha de cabeceira e conseguiu se concentrar na leitura de seu livro, embora houvesse dado gritos na sala apenas cinco minutos antes, alguma coisa se quebrou e não tinha mais volta. Apesar de se questionar se era possível destruir algo que nunca havia funcionado.

Imediatamente, soa o aviso de mensagem no celular. *Piip!* É Iván. Enfim.

"Você não está bem."

"Não, na verdade não estou bem", pensa Alícia. Então liga para ele.

– Queria me desculpar por ontem. Sinto muito ter ido embora daquele jeito, antes de você acordar. Acho que ficou confuso quando se viu sozinho. Está chateado, não?

– Tem razão. Fiquei confuso e estou chateado.

Há pequenas coisas que se aprende com os anos, depois de administrar mal alguns conflitos com tanta gente. Irritar-se agora, numa discussão por telefone, seria um erro. Se quiser resolver o problema, deve forçar um encontro. A outra pessoa sempre acha mais fácil desligar que virar as costas e ir embora.

– Quer sair para jantar? Para conversarmos?

– Está bem.

Alícia sorri. Se ele pudesse vê-la, ela se esforçaria para parecer séria.

– Vou apanhá-la em meia hora, então – diz Iván.

Mas acabam não saindo para jantar, é claro. Vinte e cinco minutos depois, ele toca a campainha do apartamento da Kastanienallee.

– Vou pegar um casaco e já saímos.

Alícia caminha devagar para o quarto e ele a segue, cada vez mais próximo de suas costas, o hálito já quase em sua nuca quando atravessam a porta. Criou-se uma tensão difícil de explicar, puramente física, entre os dois, e logo estão deitados na cama, as mãos de Iván enredadas em seu cabelo, as mãos de Alícia apalpando, sobre o tecido dos *jeans*, os quadris delgados, nervosos, viris. Passo a passo, recriam o mesmo ritual da noite anterior. E, assim que transam, ficam estirados na cama por um momento.

– Você não está bem – repete ele.

Alícia ajeita com os dedos os cabelos emaranhados, para ganhar tempo, enquanto procura uma resposta adequada. Mas não a encontra. Só o que resta é a verdade.

– Não, não estou.

– Por causa de sua avó? Do divórcio?

– Sim, é claro, mas também por outras coisas. – E, após um breve silêncio: – Agi mal algumas vezes. Tenho muita saudade de meu filho.

– Mas vai vê-lo daqui a poucos dias!

– Vou me sentir muito culpada quando voltar, pois não tenho sido exatamente a melhor mãe do mundo.

– Por que diz isso? Olhe, todos nos ferramos alguma vez na vida, mas é preciso seguir em frente. Não é nada bom alguém se fechar em si mesmo, digo isso por experiência própria.

– Estou muito confusa.

Ele arqueia as sobrancelhas com um gesto interrogativo. Está bonito sem óculos.

– Estes dias têm sido um tanto surreais, Alícia. Você quis que eu a acompanhasse ao apartamento por causa do álbum de fotografias, dormiu comigo e fugiu antes que eu acordasse. Não sei, eu gostaria de continuar vendo-a, mas acho que há algo de errado com você.

Alícia fechou os olhos por um instante. Mereceu isso.

– Tudo aconteceu muito rápido para mim – admite. – E me faz sentir... Não sei se sou capaz de explicar...

– Sou o primeiro com quem você transa depois que se divorciou?

– Sim.

– Sente-se culpada ou algo parecido?

– Na verdade, sinto-me culpada, sim.

Iván franze o cenho.

– Não quero que me conte sua vida, mas, se você se sente tão culpada, não acredito que isso vá passar logo.

Entra um ar fresco, ainda purificado pela chuva de duas horas atrás. Ouvem-se risadas ao longe, o rumor de conversas, o som amortecido do trânsito. Na outra noite também ficaram assim, com as janelas abertas e uma nesga da paisagem de Berlim entrando por elas. Iván se levanta e começa a se vestir. As calças, a camisa azul-escura. Olha-a pela última vez antes de sair do quarto.

– Me avise quando estiver bem, Alícia. Se é que isso vai acontecer.

Ela continua na cama, nua. Poucas vezes se sentiu tão frágil quanto agora. E tão estúpida. E se houvesse em si algo capaz de repelir a boa sorte, capaz de assustar as demais pessoas?

Só restam cinco dias antes que tenha de retornar a Madri.

A Biblioteca

Madri, 1967

1

Paulina tranca a porta com duas voltas de chave e se apressa escada abaixo. Estava tão concentrada na tradução de um romance – muito ruim, mas com prazo curto de entrega – que não percebeu que eram quase duas horas da tarde. Tem de correr para não chegar atrasada.

As coisas mudaram bastante desde que saiu às pressas de Málaga no dia seguinte à morte de Manuel. Passaram-se doze anos desde então e agora vive num apartamento da rua Pez com seus dois filhos já adolescentes. Manteve-se fiel ao pacto de silêncio que fez consigo mesma: nem sequer nos momentos de maior fraqueza cedeu ao impulso de se abrir com alguém. Sua culpa era só sua e, pouco a pouco, Paulina foi aceitando que jamais conseguiria se livrar dela.

No saguão de paredes encardidas, mal iluminado por uma lâmpada amarelada, cruza com uma mulher jovem, que carrega uma grande sacola de compras.

– Olá, Charo! Estou correndo porque perdi a noção do tempo e tenho reunião com a professora de minha filha dentro de cinco minutos.

– Pode passar, eu seguro a porta para você. Depressa! Essas freiras são terríveis, se chegar tarde elas serão enérgicas com você – responde a outra, piscando-lhe um olho.

Com um vestido barato e sem maquiagem, Charo não se distingue em nada das outras moças que, com dois filhos pequenos, fazem coisas pelo bairro a qualquer hora, arrastando-se pelas ruas deterioradas do centro de Madri. E apenas Paulina lhe dirige a palavra no prédio.

O motivo é que, quando o sol se põe, Charo se transforma em Susi para receber, irreconhecível com sua peruca loira ao estilo Marilyn

Monroe e seus lábios muito vermelhos, uma vasta clientela no segundo andar C. Mas Paulina não se importa com o modo como alguém ganha a vida. Quando esteve vários dias acamada com uma gripe fortíssima, Charo foi a única que se deu ao trabalho de bater à sua porta para perguntar se ela precisava de ajuda com as crianças. Ora, quem conhece a solidão sabe apreciar esse tipo de gesto.

Paulina se apressa.

Passa rápido diante do açougue, onde deve mais de cem pesetas. Percebe de longe a figura do dono, com seu avental verde manchado de sangue. Uma das razões pelas quais esteve tão absorta na tradução é que precisa receber o pagamento quanto antes para saldar suas dívidas em vários estabelecimentos comerciais. Nesse bairro barulhento, a meio caminho entre o espírito tradicional e a modernidade da Gran Vía próxima, ainda impera o costume de vender fiado para clientes habituais, mas o crédito tem limite. Pela porta de um restaurante da rua Luna escapa o cheiro de sopa de carne. É quarta-feira, o dia em que muitos restaurantes do centro a servem em três rodadas, como manda a tradição.

Chega na entrada do colégio das Mercedárias, na rua Velarde, justamente quando o portão se abre e as meninas uniformizadas começam a sair. Logo avista Elisa, abraçada à sua pasta e conversando com duas amigas. A saia plissada é a mesma do ano passado e agora está um pouco curta, mas Paulina acha que servirá até o fim do curso.

Os filhos vão crescendo e consumindo cada vez mais dinheiro, mas ela não consegue aumentar seus ganhos. Por isso, além das traduções, começou a dar aulas particulares a dois irmãos que estudam no Colégio Alemão, onde gostaria muito de matricular seus próprios filhos se a mensalidade não estivesse absolutamente fora de cogitação. Odeia, as tardes em que tem que ajudar esses pirralhos malcriados nos deveres de casa, que além de tudo moram na rua Velázquez, motivo pelo qual sempre receia encontrar-se com seus tios quando passa diante da porta tão conhecida.

Paulina tem uma relação complicada com o dinheiro: possuí-lo nunca a fez feliz, mas agora, depois de tantos anos passando necessidade, deixou de pensar que ele não é importante. Na verdade, dedica um bom tempo do dia a fazer contas para poder se organizar. Não é nada fácil manter uma família, sem nenhum tipo de ajuda, para uma mulher nos anos 1970.

Elisa se aproxima e beija-a no rosto.

– Vou entrar, sua professora está me esperando. Compre o pão e nos vemos em casa – despede-se ela.

Mais tarde, se encontram de novo. Sentam-se sozinhas à mesa da sala de jantar pequena e escura. Paulina sente saudade da luz do estúdio da rua Menorca, de onde se mudou pouco depois da morte de Carlos. A lembrança do marido estava demasiadamente presente e, como já não precisasse de um lugar adequado a um pintor, achou um aluguel mais barato no centro da cidade. Só conservou duas telas, suas preferidas – a paisagem que adorna o vestíbulo minúsculo e um retrato de seus filhos, quando Elisa era quase uma recém-nascida –, penduradas bem em cima de sua cama.

– Como foi com a irmã Elena?

– Muito bem, filha. Insistiu de novo em que você vá para uma academia de pintura. Disse que, há anos, não vê uma aluna com tanto talento. Prometo-lhe que, quando nossa situação melhorar um pouco, você começará as aulas. Está bem assim?

– Não se preocupe, mamãe. Posso trabalhar no verão para eu mesma pagar. E Diego, não vem comer?

– Não, seu irmão me pediu ontem permissão para ir de novo à casa de Pedro.

Paulina sabe bem por que seu filho, que faz o colegial no Instituto Cardeal Cisneros, perto da praça de Espanha, passa tantas tardes na casa do amigo. Não é para estudarem juntos, mas para mergulharem na magnífica biblioteca de temas médicos que o pai de Pedro, um conhecido neurologista, tem em seu consultório.

Paulina passa todo o seu tempo traduzindo, lendo ou com os filhos. Só sai de casa para entregar os trabalhos à editora e fazer compras. Antes acompanhava as crianças à escola, mas, desde que ficaram maiores, há dias em que não sai à rua. Às vezes se surpreende por ter apenas 35 anos. Apareceram alguns pretendentes, é claro, mas que só lhe causaram irritação. Lembra-se ainda de quando, há menos de um ano, um vizinho do bairro – feio, vulgar e viúvo recente – convidou-a com certa condescendência para jantar uma noite. Obviamente, considerava-se um bom partido, capaz de arranjar a vida de uma pobre mãe solitária.

– Senhor Martínez, se você fosse tabelião eu iria pensar... – respondeu ela só pelo prazer de ver sua expressão ofendida. – Mas se a única coisa que pode me oferecer é um salário de escriturário, acho que prefiro conservar minha cama só para mim.

Como riu com Charo/Susi quando, dias depois, chamou-a para tomarem juntas o café da manhã, como faziam duas ou três vezes por semana! A tradutora e a prostituta são boas amigas, embora para Paulina isso signifique resignar-se aos olhares de reprovação das outras vizinhas e das mães do colégio. Mas, se aprendeu alguma coisa de tudo quanto viveu, é que não quer perder tempo relacionando-se com gente que não lhe interessa.

A verdade está no sorriso de seus filhos, na luz do entardecer no parque do Retiro, no prazer de devorar sozinha, roubando horas ao sono, todos os romances que pega na biblioteca. Gostaria muito de colecionar os livros que lê, mas não tem dinheiro para adquiri-los nem lugar para guardá-los, de modo que se contenta em anotar os títulos e o nome dos autores numa caderneta de capa marrom, que fica em sua mesinha de cabeceira, com o caderno no qual ela e Carlos faziam contas aos domingos, na rua Menorca. No fundo, são dois modos de organizar sua vida.

Duas vezes no ano, em seu aniversário e no Natal, costuma trocar cartões-postais com Manuela. Nenhuma das duas voltou a mencionar seu primo. Naquela manhã, há doze anos, depois da descoberta do cadáver na piscina, a casa se encheu de prantos e agentes de polícia. Uma criada levou as crianças à praia para lhes poupar o espetáculo. Passada a confusão das primeiras horas, a anciã foi procurar Paulina em seu quarto. Acercou-se com passos curtos, apoiada na bengala. Parecia infinitamente frágil, triste e cansada.

– Já falei com a polícia – disse Manuela. – Viram pegadas de mulher na borda da piscina.

Paulina não soube o que responder.

– Não precisa se preocupar. Eu lhes disse que vocês conversaram por algum tempo, mas que eu logo apareci para dar boa-noite a Manuel e vi que você já tinha ido dormir.

– Manuela...

– Vocês partirão no primeiro trem. Prepare as malas, Paulina. E compreenda que isso tem que acabar aqui.

Assim, regressou a Madri e iniciou a tarefa de reconstruir sua vida. Achou muitas vezes que não seria capaz, mas logo descobriu que era. E este ano, pela primeira vez, Manuela não lhe escreveu no Natal. Paulina supõe que ela tenha morrido, mas não ousa telefonar para saber. Não suportaria que seu tio, com aquela voz tão parecida à de Manuel, atendesse.

Muito tempo se passou desde aquela noite, mas Paulina continua tendo com frequência esse horrível pesadelo. A calma noturna, o aroma de jasmim, Otto e Heinz na água, de mãos dadas e com seus uniformes marrons... Ela salta para salvá-los, mas descobre que já não estão lá. Logo é Manuel quem flutua inerte na escura superfície da piscina.

Toda vez que acorda, sobressaltada por esse pesadelo, vai fumar debruçada na janela do apartamento que dá para um pátio atravessado por varais. Esse ritual tem para ela um incompreensível efeito tranquilizante. Jamais fuma em público, é um vício solitário, uma das poucas fraquezas que se permite. Descobriu que a encarregada do vestiário do cinema da esquina vende cigarros avulsos e todas as semanas vai lá comprar alguns.

Quem não se vale de pequenos truques para sobreviver? Os de Paulina são essas tragadas clandestinas e os livros nos quais submerge à noite, com tanta voracidade que acabou por se tornar amiga íntima da bibliotecária.

– Você atrasou quatro dias. Deveria tê-lo devolvido na segunda-feira.

– São mais de setecentas páginas, Consuelo! Tenha um pouco de compaixão com uma pobre mãe que trabalha muito.

E riem.

Gostou muito da leitura de *Doutor Jivago*, de Boris Pasternak. Virava as páginas encolhida na cama, enquanto Diego e Elisa dormiam. Para Paulina, só por esse romance o autor russo mereceu com vantagem o Prêmio Nobel que lhe concederam há nove anos.

– Tenho lista de espera para esse livro – acrescenta Consuelo. – Desde que o filme passou no Soria, é o romance mais solicitado de nosso acervo. E li no jornal que, este ano, há inúmeras meninas espanholas batizadas como Lara, igual à protagonista.

– Não me surpreendo, é uma história maravilhosa. E nossas vidas são tão chatas...

– Se um Omar Sharif aparecesse por aqui, não seria nada mal, hein? – replica a bibliotecária, viúva como ela, piscando um olho.

Paulina ri de novo e sai com um livro novo: *Últimas Tardes com Teresa*, de Juan Marsé. Será sua leitura dessa semana. Assim como, durante as últimas noites, viajou para a Rússia de começos do século, atravessando de trem a interminável estepe coberta de neve, hoje mesmo, quando seus filhos acabarem de jantar, se transferirá para uma Barcelona dividida entre burgueses e espanhóis residentes na Catalunha.

Paulina sempre gostou de ler, mas nos últimos anos os livros se tornaram seu principal esconderijo, seu recurso secreto para não ficar louca a cada madrugada e poder continuar lutando na manhã seguinte para cuidar dos filhos. Sua vida tem sido orientada para um objetivo muito concreto: fazer o possível para que cresçam felizes, sem luxos, mas sem privações, sabendo que sempre poderão contar com ela. E agora, com o passar dos anos, começa a se dar conta de que conseguiu.

Diego quer ser médico. O pai de seu amigo Pedro prometeu interceder junto ao diretor da universidade para lhe conseguir uma bolsa. Todas as tardes, ele se concentra em seus livros. Sempre tirou notas excelentes, tal como Paulina antes de abandonar os estudos. Em dois meses terá que fazer os exames e poderia iniciar a carreira depois do pré-universitário. Sabe que precisará procurar um trabalho de fim de semana para ajudar em casa e não é um garoto com medo de desafios. É um vencedor nato, que herdou o melhor de seus dois pais: o carisma de Manuel e a inteligência de Carlos.

Quanto a Elisa, é a definição perfeita de artista. Sensível, um pouco introvertida e com um enorme talento. Gosta tanto de pintar que Paulina se arrepende às vezes de ter trocado o estúdio bem iluminado da rua Menorca pelo apartamento escuro da rua Pez. Costuma colocar o caderno de aquarelas ou a tela junto à janela da sala de jantar e, quando o tempo está bom, leva o cavalete para o Retiro. Em certos domingos, preparam sanduíches e passam o dia juntas no parque, a filha com seus pincéis, a mãe com seu romance. Como gostaria que seu marido estivesse com elas!, pensa sempre Paulina antes de enxugar rapidamente uma lágrima e obrigar-se a curtir o presente.

Considera-se uma mulher feliz, apesar das muitas dificuldades que a vida lhe impôs. No fim, tornou-se realidade o que sua mãe escreveu na nota de suicídio: ela é forte e conseguirá vencer. E a consciência de que, lutando com unhas e dentes, conquistou uma felicidade para a qual ninguém contribuiu com uma migalha sequer é profundamente satisfatória.

O certo, porém, é que o romance de Boris Pasternak a tornou um pouco romântica. Em sua disciplinada rotina dos últimos anos, não houve espaço para nada além de seus filhos e livros, tanto os que traduziu para ganhar a vida quanto os que leu para se dar algum prazer. E sua única experiência de liberdade foi uma sensação agridoce, na verdade muito mais acre que doce.

2

Há uns dois anos, um escritor alemão cujo romance ela havia traduzido para o espanhol visitou Madri para tratar de alguns negócios e se pôs em contato com seus editores, insistindo em conhecê-la. Aparentemente, tinha algumas noções de castelhano e ficara muito impressionado com seu trabalho. Embora sem muita vontade, Paulina aceitou o convite para não desagradar seus chefes. Tanto tempo trabalhando sozinha e sem nenhum tipo de vida social – suas únicas amigas eram a bibliotecária e a prostituta – haviam fomentado sua misantropia.

Marcaram o encontro na Cafeteria Manila, da Gran Vía, e quando ela o viu sentado num banquinho junto ao balcão, a pressa com que viera desapareceu de imediato. Markus era um homem com um atrativo sexual magnético, ao menos para uma mulher ainda jovem que só havia usado a cama para dormir nos últimos doze anos. Alto e forte, cabelos loiros grisalhos e um pouco compridos, trajando um belo paletó de *tweed* – Paulina sempre gostara desse toque cálido, mas ligeiramente áspero – e um inteligente olhar azul-celeste.

– Seu romance me impressionou muito – confessou Paulina, que se lembrava bem daquela história de amizade entre dois garotos na Alemanha dos anos 1930.

Logo percebeu que a rejeição mental ao encontro não se devera apenas a seus hábitos solitários, mas ao fato de o livro de Markus ter lhe lembrado muito Otto e Heinz.

Mas já era tarde demais.

Havia muitos anos Paulina não se encontrava com alguém que tivesse vivido as mesmas coisas que ela, quando criança. Esforçara-se tanto para relegar aquele passado ao mais recôndito de seu coração que se sobressaltou ao notar como ele voltava rapidamente à sua memória enquanto apertava a mão do escritor.

Os olhos fechados de Otto, fingindo que dormia, na noite antes de partir com seu ridículo uniforme marrom de soldadinho. O olhar de Heinz no momento de sair pela porta.

Naquela tarde, conversaram muito, primeiro debruçados no balcão do Manila e mais tarde, já bêbados, no do Chicote. Ele, alguns anos mais velho que ela, contou-lhe que também havia sido recrutado pelas SS a fim de participar da batalha de Berlim, mas em seu caso, obviamente, a história teve um final feliz. Falando com Markus, Paulina pôde imaginar pela primeira vez o que viveram Otto e Heinz em seus últimos dias.

As lágrimas e o álcool, ao fim de quase quatro horas, haviam criado uma estranha intimidade entre eles. Já na rua, ela procurou uma cabine telefônica e ligou para os filhos avisando-os de que não dormiria em casa. O adolescente Diego teve a delicadeza de não perguntar à mãe onde nem com quem estava.

O que aconteceu entre ela e Markus nessa noite foi inevitável, delicioso e amargo. Fazia muito tempo que não sentia o calor de mãos ávidas subindo por suas coxas; estava bem longe a lembrança do cheiro da pele quente de um homem nu. O romancista alemão, tão alquebrado por dentro quanto ela mesma, proporcionou-lhe um par de orgasmos sobre a cama de seu quarto no Hotel Rialto.

– Minhas lembranças são horríveis, mas acho que a pior parte ficou para os homens – disse Paulina enquanto fumavam cigarros sobre os lençóis revoltos. – Nós, pelo menos, não precisamos remoer algumas coisas que vocês viram na frente de batalha.

— Não concordo... E os estupros? Quantos anos você tinha? Talvez fosse pequena demais para entender isso.

— Não... Eu tinha 13 anos quando a guerra terminou. Recordo as conversas das mulheres do bairro: contavam coisas terríveis. Uma vizinha que morava alguns andares acima no prédio onde vivíamos foi estuprada por vários soldados russos. Puseram seu bebê dentro de um guarda-roupa para que não os incomodasse. Essa é a imagem que ficou gravada em minha mente. Subimos para ajudá-los e não ouvíamos o bebê até que o encontrei amordaçado dentro do guarda-roupa. Senti um alívio enorme. Imagine só, sentir alívio por algo assim!

— Você e sua mãe estavam sozinhas?

— Sim.

— Então tiveram muita sorte. Sua mãe, que certamente ainda era jovem, e você, uma adolescente... eram as vítimas perfeitas. Você mora na Espanha e não vivencia a situação de perto, mas estão vindo a público muitos casos semelhantes. Fala-se em 2 milhões. Parece que muitas mulheres ocultaram o fato durante anos. Algumas das que falaram afirmam que ficaram envergonhadas e que mereceram aquilo por terem sido cúmplices do nazismo.

— Sim, tivemos sorte. Que coisa! Fazia anos que eu não pensava nisso!

Imediatamente, Paulina compreendeu por que não voltara a pensar em algo que, era óbvio, devia tê-la impressionado profundamente. Um nome esquecido reapareceu em sua mente como se acabasse de ouvi-lo naquele mesmo instante.

Butnitsky. Tenente Butnitsky.

A roupa de passeio de Júlia e as misteriosas festas em uma cidade destruída. O soldado que trouxe o embrulho com meias de seda e chocolate. O grupo de militares russos com que cruzaram no dia de sua partida de Berlim, quando um deles fez um gesto obsceno para Paulina e um companheiro lhe disse alguma coisa ao ouvido que o fez deter-se de imediato.

Teria sua mãe achado um protetor?

Confiou seus pensamentos a Markus.

– Isso faz sentido. Parece que algumas mulheres, vendo o que acontecia à sua volta, preferiram tornar-se amantes de oficiais do Exército Vermelho a ser violadas de uma maneira muito mais brutal pela tropa. Era a proteção mais eficaz. Se sua mãe agiu dessa maneira, foi inteligente e conseguiu evitar algo que marcaria você por toda a vida.

Paulina pensou no suicídio de Júlia, no modo com que foi se apagando desde sua chegada a Madri, quando cumpriu sua missão de pôr a salvo a filha que lhe restava.

– Na verdade, eu sabia e agora me dou conta de que, na época, tinha elementos de sobra para sabê-lo. Mas não quis aceitar o fato até hoje – confessou a Markus. – Talvez tenha sido isso que a destruiu de vez. E o fez por mim.

À primeira luz do dia seguinte, em um amanhecer tingido por um passado impossível de apagar, se despediram com um olhar triste, sem que nenhum dos dois se sentisse capaz de dizer mais nada, embora fosse com palavras que ambos ganhassem a vida.

3

Agora, dois anos depois daquela noite, enquanto caminha de volta para casa com o romance de Marsé na bolsa, detém-se diante da vitrine da Manila e se visualiza por um instante com a blusa de jérsei de colarinho alto que vestia quando, sentada num banco, conversava com um homem loiro de aspecto interessante. Talvez aquela Paulina tenha morrido para sempre. Está cada vez mais segura de que nunca poderá se apaixonar de novo.

Ela, que se deixou levar pelos sentimentos em relação a seu primo Manuel a ponto de quase arruinar sua vida; ela, que tanto desfrutou com Carlos de suas transas silenciosas na rua Menorca, ocultos pelo biombo e cuidando para não despertar os filhos. Desde que entendeu o sacrifício da mãe, não conseguiu pensar mais em sexo do mesmo modo.

Júlia a poupou do trauma que abatia muitas alemãs de sua geração. Decerto, se com 13 anos houvesse sido estuprada por um bando de russos bêbados, sua vida teria sido muito diferente. Mas desde que, já adulta, conheceu a realidade, não é capaz de apagar da mente a imagem de sua mãe, de sua pobre mãe, tirando de um velho baú a roupa mais elegante que possuía e aplicando aos lábios um resto de batom ressecado para torná-los apetitosos ao tenente Butnitsky.

Pensou muito no que Júlia devia sentir, até compreender que ela também faria o mesmo por Diego ou Elisa, se necessário. O amor aos filhos pode transformar em heróis as pessoas mais comuns – e, por si só, basta para dar sentido a muitas existências. É o que nos leva a enfrentar tudo e justifica qualquer delito. Não há outra força mais poderosa entre as que fazem girar o mundo.

Paulina sai da calçada barulhenta da Gran Vía e chega à rua Pez. As crianças já devem estar em casa, estudando há um bom tempo. Logo ela terá de começar a preparar a comida. Antes de subir, abre a caixa de correio com um gesto mecânico e pega duas ou três cartas. Entra no apartamento, deixa o casaco sobre uma cadeira e se apoia na mesa da sala de jantar. Um dos envelopes traz o timbre elegante de um tabelionato da rua Ortega y Gasset. Retira duas folhas e começa a ler. Deixa escapar um grito. Os papéis caem no chão.

– Você está bem, mamãe? – exclama Elisa, assustada. – Que aconteceu?

Fica pálida e muda. Não consegue articular sequer uma palavra.

– Alguma coisa ruim? – intervém Diego, levantando-se da mesa onde se espalham seus cadernos de apontamentos.

– Não... quer dizer, sim...

Jamais lhe ocorrera que isso poderia acontecer.

4

Na manhã seguinte, depois de passar a noite revirando-se na cama, vai ao bar mais próximo, onde os garçons a conhecem pelo primeiro nome e os vizinhos se atualizam sobre as fofocas do bairro enquanto tomam café com leite. Dali, liga para o número que consta no timbre da carta e lhe dão, para que chegue ao meio-dia em ponto, um endereço no bairro de Salamanca. À noite, pedira aos filhos que a acompanhassem. Embora sempre tenha sido muito rigorosa com o horário, para que não faltassem às aulas, essa convocação é importante o bastante para que compareçam os três. Agora, é ela que precisa deles a seu lado.

Saem do metrô na estação de Lista. Caminham em silêncio, tensos. Os adolescentes, vestidos com sua roupa mais formal, não têm informação suficiente para entender bem o que está acontecendo. Ela sempre foi muito econômica em palavras no que diz respeito à sua vida antes do nascimento dos filhos e, como Diego e Elisa pressentem que a lembrança é dolorosa para a mãe (só sabem que seu avô e seus tios morreram na Segunda Guerra Mundial e que sua avó faleceu logo depois em Madri), respeitam seu silêncio. O amor, às vezes, consiste em não perguntar, em desistir de saber.

Paulina tenta ocultar a gola gasta de seu único casaco com um lenço de cores vivas, bem na moda. O nervosismo que aperta seu estômago com a força de uma garra é muito mais difícil de esconder.

Depois de alguns minutos de espera numa saleta decorada em estilo luxuoso e antiquado, o tabelião os recebe em uma sala de reuniões.

– Você é Paulina Hoffmann, sobrinha de Sophie, a falecida senhora Montero?

– Sim, sou eu. Até ontem, ignorava que meus dois tios haviam morrido.

– Seu tio faleceu há alguns meses, de infarto. O obituário saiu em todos os jornais.

– Não li. E suponho que, como ele se chamava Montero e eu Hoffmann, ninguém pensou em me informar...

– Devo entender então que você não tinha nenhum contato com sua tia, pois ela também nada lhe comunicou.

– Não, nenhum. Deixamos de nos falar há mais de dezessete anos.

– É curioso...

– Por favor, me explique em detalhe o que me antecipou na carta.

– Ela faleceu na terça-feira passada. Eu a conhecia havia muito tempo, neste escritório acertamos inúmeros negócios de família. Ficou bastante deprimida desde o horrível acidente com seu filho Manuel, e a morte de seu marido deixou-a ainda mais arrasada. Foi se consumindo sem que ninguém pudesse ajudá-la.

Paulina fica em silêncio, tentando assimilar o que o tabelião está lhe contando. Seus tios haviam deixado de existir para ela fazia muitos anos, mas agora estavam mortos de verdade.

– Seu tio Manuel Montero era filho único e, portanto, dono de toda a fortuna. Como não tinha descendentes, sua esposa se tornou sua única herdeira.

– Então Sophie herdou as casas, as empresas, o dinheiro...?

– Tudo. Entretanto, o mais curioso é que, poucos dias depois de ficar viúva, veio aqui para mudar o testamento... Lembro-me de suas palavras: "Manuel jamais me deixaria fazer isto".

– Fiquei muitos anos sem falar com meus tios, pois eles não se portaram nada bem comigo. Tudo isso me deixa surpresa.

Diego e Elisa estão sentados em duas cadeiras incômodas e antigas, sem saber ao certo como se comportar. Atrás deles está pendurado um quadro muito feio, uma cena de caça em tons marrons. Quando Paulina recordar esse dia, virão à sua mente os traços desajeitados do pintor, os cães perseguindo o cervo, as expressões sérias de seus filhos. Sem eles, nunca encontraria a força necessária para percorrer o caminho desde aquela noite distante, junto à piscina da Vila Manuela, até este escritório da Ortega y Gasset. Na verdade, deve-lhes tudo.

– Sua tia Sophie a nomeou herdeira universal de seus bens. Depois de assinarmos estes papéis, você se tornará proprietária de um apartamento na rua Velázquez com tudo o que há lá dentro, uma porcentagem de participação em meia dúzia de empresas, uma avultada carteira de ações, uma casa no bairro de El Limonar...

– A casa de Málaga! – exclama Paulina.

– Sim, e o resto. A partir de hoje, você é uma mulher rica. Muito rica. Como é a descendente mais direta, isso está em perfeita conformidade com a lei. Há dois primos de segundo grau da família Montero que herdam algumas ações dos negócios familiares, mas a maior parte dos bens é sua.

Paulina olha para os filhos. Elisa dá uma risada nervosa.

– Então, aceita a herança? – pergunta o tabelião. – Tem de dizê-lo expressamente.

– Acho que sim... Ora, claro que sim!

– Vou proceder à leitura do testamento.

Depois de assinar a documentação, Paulina se despede e anota o número de um advogado, do qual vai precisar para resolver os muitos trâmites que tem pela frente. Seus filhos já a esperam no vestíbulo. Quando enverga de novo o casaco de gola surrada, pensa que, ao pôr o pé na rua, sua vida não será necessariamente melhor, mas, sem dúvida, muito mais fácil.

— Você tem um autocontrole invejável — observa o tabelião. — Se realmente não esperava herdar nada, acho assombroso que tenha conseguido manter a calma. É muito dinheiro.

— Estou nervosa, sim.

— Outras pessoas, em seu lugar, teriam chorado, gritado... Sei lá.

— E quem lhe disse que não vou berrar depois de sair por aquela porta? — responde ela com o primeiro sorriso desde que entrou no escritório. Isso faz com que, de repente, pareça mais jovem. — Seja como for, não consigo entender por que...

— Quando sua tia veio aqui para mudar o testamento, disse mais uma coisa... Talvez eu esteja exagerando, mas não me pareceu prudente mencioná-la diante de seus filhos.

— E o que ela disse? — pergunta Paulina, sentindo que, embora o tabelião a ache tranquila, seu coração poderia lhe sair pela boca na pulsação seguinte.

— Disse: "É o mínimo que posso fazer por meu neto". Curioso, não? Seu neto? Estranhei muito, porque seu único filho morreu antes de torná-la avó. Mas, quando lhe perguntei, se limitou a replicar: "Paulina vai entender".

Ambos olham para o adolescente alto e bonito, de cabelos negros e covinhas nas bochechas, que espera no vestíbulo.

— Obrigada por sua discrição — despede-se Paulina. — Ele não precisará nunca saber de tudo isso.

O homem estende-lhe a mão.

Descem em silêncio no elevador de mogno e logo estão na calçada. É um dia frio e deslumbrante, com a luz de inverno que só existe em Madri. Paulina pega os filhos pela mão, como se ainda fossem pequenos.

— Vocês percebem o que isso significa?

— Vamos mudar de casa? — pergunta Diego.

– É claro! E você poderá estudar Medicina com ou sem bolsa, não vai precisar trabalhar nos fins de semana. E você, Elisa, terá um estúdio de pintura e aulas particulares para se preparar para o vestibular de Belas-Artes.

– E você poderá comprar outro casaco... – acrescenta Elisa.

Os três riem.

– Já comeram ostras alguma vez? Vou levá-los ao restaurante preferido de minha tia. Será nossa maneira de agradecer-lhe.

Ergue a mão para chamar um táxi e dá o endereço, que quase havia esquecido.

Duas horas depois, após o festim de ostras de Sorlut, alcachofras com *foie* e lombo Wellington com uma garrafa de bom champanhe francês, Paulina ouve, um pouco sonolenta por causa do álcool, seus filhos planejando o que vão fazer, agora que ficaram ricos. Embora não sejam mais crianças, tudo isso é para eles uma espécie de jogo.

Lembra-se de quando tinha 17 anos, como agora Diego, e costumava vir a este mesmo lugar. "Se os negócios correm bem, vá ao Jockey uma vez por semana; se correm mal, vá duas", costumava dizer seu tio Manuel. Curiosamente, naquele breve tempo, chegaram a parecer uma família feliz: um casamento prestigioso entre seu filho simpático e sua sobrinha alemã bonita. Agora, quase vinte anos depois, tudo continua exatamente igual: a mesma decoração de estilo inglês, o mesmo ambiente elitista do qual nunca se sentiu parte.

Custou-lhes pouco pô-la de lado, foi muito fácil para eles expulsá-la de suas vidas. Sophie sabia que ela não tinha mais ninguém no mundo, mas isso não lhe pareceu importante o bastante. Não fosse Carlos, naquele momento teria desabado por completo.

Lembra-se da pobre criada que foi embora com um maço de notas e uma maleta de papelão. Embora, na época, houvesse sentido um ciúme miserável e raivoso, agora sabe que a jovem foi apenas outra vítima, mais até que ela própria. Dois ou três meses depois que a despediram, Paulina a encontrou no bairro. Ia de coifa e uniforme, carregando a sacola de compras. Não havia sinal de sua gravidez. O dinheiro da tia de Paulina bastara para acabar com o problema em alguma clínica clandestina. No fim das contas, as duas não eram muito diferentes: cada qual havia encontrado uma solução.

Existiriam mais filhos de Manuel espalhados pela cidade? Jamais o saberia. Ele fora o tipo de homem convencido de que tinha direito a tudo, um produto de educação indulgente e caráter amoral.

Paulina havia odiado muito Sophie, que em todos esses anos nunca fora capaz de entrar em contato sequer nos piores momentos; agora, porém, lastima a irmã de sua mãe. Era uma dessas mulheres incapazes de contradizer o marido e por certo não achou nada fácil atrever-se a mudar o testamento poucos dias depois de ficar viúva. Sem dúvida, sofreu muito por não conhecer o neto, a única coisa que lhe restava de seu filho Manuel, e seguramente também por ter sido tão mesquinha com a própria Paulina.

Pobre tia Sophie! A vida inteira tentando esconder-se da realidade por trás da imagem de senhora respeitável – para acabar daquela maneira.

5

Na manhã seguinte, Paulina vai a uma loja de móveis, onde compra modelos diferentes de estantes. Escolhe uma sóbria, de madeira escura, e combina a ida do carpinteiro ao apartamento da rua Velázquez para daí a uma semana. Resolveu instalar uma enorme biblioteca na sala de visitas.

Depois, caminha até a Casa do Livro da Gran Vía. Detém-se um instante em frente à vitrine, onde os livros, com suas capas coloridas, lutam para atrair a atenção dos transeuntes. Entra e passeia o olhar pelas longas fileiras de romances, poemas, ensaios, histórias infantis... O universo inteiro cabe em uma livraria.

Sempre pensou que era exatamente isso que faria se alguma vez tivesse dinheiro e agora vai tornar esse desejo realidade. Tira da bolsa o caderninho de capa marrom que guarda na gaveta da mesa de cabeceira, onde há mais de dez anos anota o título e o nome do autor de todos os livros que leu desde então. O único critério é sua vontade de momento: Dickens, Dumas, Steinbeck, Highsmith, Delibes, Harper Lee, Agatha Christie, Chandler, Lorca, Marsé, Pasternak...

Aproxima-se de um vendedor.

– Bom dia. Gostaria de encomendar esses livros. – E estende-lhe o caderninho.

– Desculpe-me, senhora, mas não entendo...

– Quero todos os dessa lista.

– Todos? – espanta-se o vendedor, virando as páginas. – Mas aqui há pelo menos trezentos!

– Poderiam me entregar em um endereço de Madri dentro de duas semanas?

– Acho que sim, pelo menos a maioria.

Combinam o pagamento e a entrega, e Paulina se dirige para a saída. Mas, antes de regressar à movimentada rua, vira-se e diz ao vendedor:

– São exatamente 516.

A Mentira

Berlim, agosto de 2016

1

Que magnífica palavra é "imbecil"! Alícia enche a boca repetindo-a em voz baixa, com desdém: "Imbecil, sou uma imbecil". Seus lábios, cheios de desprezo por si mesma, fazem vibrar o "b" várias vezes. "Imbecil!"

Correu para a rua depois que Iván foi embora ("Avise-me quando estiver bem", disse-lhe ele antes de cruzar a porta), são quase dez horas e os terraços de Prenzlauer Berg começam a esvaziar-se. Os garçons do Café Blume varrem a calçada e colocam as cadeiras sobre as mesas antes de fechar.

Ela precisava sair do apartamento, estar ao ar livre, respirar. Não suporta a si mesma.

Lembra-se da época em que ficou grávida, do pouco tempo que ela e Marcos levaram para tomar a decisão, pensando que isso endireitaria as coisas. Seu pai preparou tudo na clínica, mas declarou que preferia não fazer o parto.

– Não estou certo de poder atuar profissionalmente quando a vir de pernas abertas, gritando e sangrando – confessou-lhe Diego Blanco enquanto deslizava um instrumento parecido a um microfone por sua barriga, tensa como um tambor e coberta por uma substância gelatinosa. Era o dia do primeiro ultrassom.

– Que bela imagem! Obrigada por se expressar dessa maneira, já tenho material para meus pesadelos durante os próximos nove meses – respondeu ela. – Mas, falando sério, eu também acho melhor assim. Poderei então insultar à vontade o ginecologista caso a anestesia demore a fazer efeito.

– Veja, filha, consegue distinguir as partes do feto? – Diego mostrou uma figura com forma de feijão que flutuava meio indistinta na tela. – Como é bonito! Está claro que esse bebê vai ser como o avô, isto é, eu.

– Papai, mas ele só tem oito semanas! Nem sabemos se será menino ou menina.

Diego sorriu.

– Escute seu coração, Alícia.

Alícia sabia, é claro, que estava grávida, mas só nesse momento tomou realmente consciência de que havia uma vida se avolumando dentro dela. Nunca antes se sentira tão forte.

– Por que Marcos não veio? Não está animado? – perguntou seu pai.

– Não conseguiu se organizar – mentiu ela. – Mostro-lhe o ultrassom esta noite. Você vai imprimi-lo para mim, não vai?

Envergonha-se de lembrar, mas o fato é que fizera coincidir o exame com uma viagem do marido. Na época, obviamente, não era tão inflexível consigo mesma: arranjava desculpas como "Não me lembrava do dia da viagem" ou "Não é tão importante, virei com ele da próxima vez".

Faz uma noite bela e fresca, embora se esteja em meados de agosto. Alícia se alegra por ter pego seu casaco de couro. Desce toda a Karl Liebknecht Strasse, passando diante da altíssima torre de televisão, símbolo de Berlim Oriental durante os anos do Muro e o lugar de onde, pelo que dizem, se descortinam as melhores vistas da cidade. Ela bem que gostaria de subir até lá para comprovar se isso é verdade antes de voltar a Madri. Parece mentira que só restem cinco dias para seu voo de regresso. "O tempo passou e não resolvi nada. Achei que aqui poderia aclarar minhas ideias e volto ainda mais confusa do que quando cheguei", pensa.

Passeia durante quase uma hora até chegar à margem do Spree, tentando pôr em ordem seus sentimentos. Não consegue, é claro. Dos embarcadouros da Ilha dos Museus zarpam navios noturnos. Parece romântico navegar pelo rio numa noite tépida como esta, deslizar pelas águas silenciosas e secretas, passar por baixo das pontes. Berlim se orgulha de ter mais pontes que a própria Veneza, cerca de mil, algumas muito bonitas, por exemplo a Monbijou, com seu toque francês, ou a Oberbaum, com seu típico desenho gótico alemão.

Pensa na discussão que teve com Marcos por causa daquele ultrassom.

– Mas o exame não era amanhã? – protestou ele, quando se encontraram à noite em casa.

– É que meu pai teve um horário livre e me pediu para passar lá hoje.

– Estou de saco cheio de você e de seu pai.

Se Marcos empregava uma expressão tão vulgar e insultuosa era porque se sentia a ponto de explodir.

– Como pode dizer isso, Marcos? Ser filha de médico tem vantagens e desvantagens. O importante é que o bebê está ótimo. Olhe, imprimimos o ultrassom para você poder vê-lo. Está tudo em ordem.

– Não se vê nada... – comentou ele, já mais calmo.

– Logo aparecerá o rostinho e, nesse dia, você estará lá.

– Então amanhã à tarde vamos escolher o berço?

– Combinamos amanhã?

– Sim, combinamos.

– Impossível. Droga, eu havia esquecido! Tenho uma reunião muito importante às seis.

E Marcos entrou no quarto, batendo a porta. Ela ficou sozinha no sofá do apartamento caro e iluminado, com jardim e piscina comunitária, do qual Alícia continuava não gostando. Muitas manhãs, ao despertar, perguntava-se o que realmente estava fazendo ali.

Mas, nesse agosto berlinense, passeando pela Unter den Linden entre as fileiras de frondosas tílias iluminadas pela luz das lâmpadas, Alícia se arrepende de ter sido tão má com Marcos. Ele nunca mereceu isso. Sua relação durante os últimos meses da gravidez foi apenas uma fuga para diante. Conforme ia engordando, ela se sentia cada vez mais como uma mosca estúpida que voou por vontade própria até a teia de aranha mais emaranhada e asfixiante.

Na manhã em que voltou para casa depois de dar à luz, fazia um frio tremendo. As gotas de chuva gelada, a ponto de converter-se em granizo, fizeram-lhe mal quando saiu do carro. O céu estava cinzento e hostil. Marcos correu para a porta com Jaime envolto numa pequena manta azul, protegendo-o da chuva. Alícia seguiu-os como um robô. O parto a transformara em outra pessoa. Uma mulher flácida, esgotada, presa a uma criaturinha incompreensível que demandava atenção infinita.

Voltou ao trabalho antes de cumprir os quatro meses de licença, alegando que preferia reservar as semanas restantes para o verão. Ninguém acreditou nela, é claro. O escritório era seu esconderijo; escolhia sempre as causas mais complicadas, as que mais a escravizavam. Isso não passava de uma maneira covarde de evitar o confronto com algo que, obviamente, não estava funcionando como deveria, nem com seu marido nem dentro de sua cabeça.

Sua promoção a sócia do escritório parecia cada vez mais tangível e para isso ela trabalhava obsessivamente, desviando a atenção do resto dos problemas. No fundo, queria se convencer de que era capaz de controlar as coisas. À noite, contemplava o bebê dormindo no berço, embalado por Marcos.

Ele passava mais tempo com Jaime do que ela. Às vezes, quando o filho chorava e Alícia o abraçava, quase sempre tinha de deixar que Marcos o pegasse no colo ao fim de alguns minutos – e só então ele se acalmava. Alícia se sentia cada vez mais ausente, mais desnecessária. Nos fins de semana, passeavam por Madri, esforçando-se para parecer normais. Uma luz suave de final de inverno banhava o Retiro, o passeio do Prado, o bairro de Áustrias. Marcos brincava com Jaime, fazia-o rir, tirava mil fotos dele.

Agora, quase três anos depois, nesse passeio noturno por Berlim, Alícia está consciente de que havia algo de masoquista em sua atitude. Quando alguém não gosta de si mesmo, costuma fazer coisas aparentemente difíceis de explicar, coisas que o prejudicam e não condizem com a realidade de seus sentimentos.

Passaram-se os meses. A primeira papinha, os primeiros brinquedos, a primeira palavra – "papai", obviamente. Chegou o dia do primeiro aniversário: o bolo com uma só velinha, os balões, os sorrisos e ela interpretando seu papel como uma má atriz numa peça da qual achava que não merecia participar.

– Alícia, por que não vai a um psicólogo? Está triste, sempre a vejo tensa com o menino. Você não anda bem, não é? – disse-lhe um dia seu pai. – Mal conheceu sua mãe, é bastante normal que ache difícil se adaptar a uma situação nova.

Mas ela não estava preparada para encarar a mesquinharia repugnante de seu coração. Evitava olhar-se ao espelho, não se reconhecia. Evitava também ver a avó: envergonhava-se de confessar sua angústia a uma mulher que ficara grávida quando ainda era adolescente e fora capaz de criar dois filhos pequenos sozinha, com vinte e poucos anos. Além disso, Paulina Hoffmann tinha sido a única a adverti-la de que estava cometendo um erro ao casar-se com Marcos. E um erro assim não é fácil de admitir.

Jaime aprendeu a andar logo e se dirigia para a porta, em passinhos desajeitados, quando Alícia regressava do trabalho, quase sempre já de noite. Ver seu sorriso inocente era como pisar em cacos de vidro com os pés descalços. E ela ia se enredando cada vez mais naquela teia de aranha.

Muita coisa aconteceu até chegar a essa longa e solitária noite de verão. "Tenho de vir com Jaime a Berlim neste outono", pensa. "Iremos ao Tiergarten ver os leões e as girafas, alugaremos uma bicicleta com carrinho para bebê. Comeremos *bratwurst* e *apfelstrudel*." Os dois precisam passar bons momentos juntos. Precisam muito.

No final da avenida já se avista a silhueta da Porta de Brandemburgo. A quadriga de bronze da deusa Vitória, que Napoleão levou para Paris como troféu de guerra, coroa a grande construção de arenito cinza. De onde está, Alícia vê a deusa de costas, segurando com firmeza as rédeas de quatro cavalos a galope. Por aqui desfilaram, com grandes tochas, as tropas das SS e das SA quando Hitler foi nomeado chanceler. Muitos anos depois, o muro que dividia a cidade em duas deixou o monumento isolado, em uma espécie de terra de ninguém a que só tinham acesso os guardas de fronteira. É um lugar que transmite uma energia quase elétrica, fascinante e aterradora ao mesmo tempo.

Alícia caminha até a ampla esplanada para ver a Porta de frente. Os cavalos se empinam ameaçadores e, por um momento, ela sente que a deusa lhe fala com seus lábios de pedra. Diz-lhe que ela não é nada, apenas uma vida a mais, como todas as que já viu passar a seus pés ao longo de tantas décadas. Que os problemas de Alícia não são diferentes nem piores – são simplesmente os problemas de Alícia. Que outras mulheres e outros homens, antes dela, empenhados em vencer na vida, se rebelaram contra o destino quando puderam fazê-lo e, apesar de insignificantes, como agora a própria Alícia, se sentiram muitas vezes culpados.

A existência humana é apenas um jogo absurdo que termina sempre da mesma maneira: com um montão de ossos no fundo de uma tumba, um rosto esmaecido do qual quase ninguém mais se lembra, um retrato antigo em um álbum de capa marrom.

2

Como era intenso o sentimento de desamparo que a assaltava de súbito, sem nenhum motivo aparente! Como era forte o medo! Como era vertiginosa a sensação de estar a ponto de precipitar-se, volteando, no abismo! E sem ninguém que segurasse sua mão de menina, sem nada que a salvasse do vazio...

Desde que sua mãe morrera, quando ela tinha 4 anos, Alícia havia crescido temendo que seu pai e sua avó desaparecessem de modo igualmente trágico e repentino. Foram necessárias várias visitas ao psicanalista para identificar, já adulta, a origem desse pânico.

Quando era pequena, ligava várias vezes para o consultório de Diego na mesma tarde, com as desculpas mais esfarrapadas. Estava fazendo os deveres ou vendo televisão e, sem motivo nenhum, sentia o coração disparar a mil por hora. E só conseguia se acalmar quando ouvia a voz do pai do outro lado da linha.

Tudo ia bem. Não estava só.

O terror foi se atenuando, mas nunca desapareceu por completo. Continuava escondido em seu íntimo. Sempre que visitava Paulina Hoffmann e se despedia dela, sobretudo nos últimos anos, pensava que aquela poderia ser a última vez que a veria. Quando a silhueta da avó (com seu perfume inconfundível e seu leve sotaque alemão) desaparecia por trás da grossa porta e ela escutava o ruído familiar da fechadura (*clic, clic*), Alícia começava a despencar no abismo de sempre, exatamente como quando era menina. A angústia era tão forte que, muitas vezes, rompeu a chorar no elevador. Absurdo, mas inevitável. Nunca, é claro, falou com seu pai nem com sua avó sobre aquela vertigem.

No fundo, são muito poucos os temores que nos acompanham durante a vida inteira, mas justamente por isso é tão difícil nos livrarmos deles. E o medo do abandono, de ver-se sozinha de repente, teve muito a ver com o fato de Alícia não se sentir capaz de romper com Marcos quando isso seria a coisa certa a se fazer. Na verdade, esse medo explicava muita coisa.

3

Alícia abre os olhos e fica contemplando o teto branco do quarto da rua Kastanienallee, decorado com molduras. Apesar de seu desenho clássico, o mais provável é que esses adornos de gesso sejam modernos. Não é provável que os antigos, se existiram, resistissem aos bombardeios da guerra e à escassez da Berlim comunista, dos quais Prenzlauer Berg foi parte quando não havia as lojas caras e os cafés modernos que agora povoam o bairro.

A caminhada do dia anterior deixou-a esgotada. Saiu de casa às dez e só voltou às duas da madrugada, embora, depois do choro diante da Porta de Brandemburgo, perdesse a vontade de continuar andando e chamasse um táxi para regressar. Dormiu mais de nove horas seguidas.

Marcos acaba de lhe mandar uma foto de Jaime na sala de seus ex-sogros, com todos os trilhos e vagões de seu trenzinho de madeira espalhados pelo chão. Marshall, seu cachorro preferido da Patrulha Canina, sorri na camiseta do pijama.

Lembra-se da manhã em que, há dois anos, um táxi a deixou na frente de um chalé da Arturo Soria. No vestíbulo, cruzou com uma adolescente que caminhava apoiada em uma mulher de expressão contrariada, seguramente sua mãe. Por um momento, sentiu inveja da garota, apesar das lágrimas que banhavam seus olhos ainda infantis. Ela não podia apoiar-se no ombro de ninguém. Ela não tinha outra opção a não ser fazer aquilo sozinha.

Temia que o pai, muito conhecido em seu círculo profissional, acabasse sabendo de tudo, mas o médico lhe havia prometido discrição absoluta. O relacionamento com Marcos havia se deteriorado tanto e a promessa de sociedade no escritório estava tão perto... Como pudera ser tão imprudente naquela noite em que, depois de uma discussão particularmente amarga, fez as pazes com o marido do modo mais fácil, na cama? Agora, o único remédio era corrigir o erro, o último de sua lista.

Entrou decidida na clínica. Quando, sob o efeito de sedativos, puseram-na em uma maca, sentiu que seu corpo não era realmente seu. Parecia que estava contemplando a cena de algum canto da sala de cirurgia, como se aquela mulher de pernas abertas fosse outra pessoa. Como se a massa sanguinolenta que o ginecologista retirava por meio de um tubo não tivesse nada a ver com ela.

– Vai doer? – atreveu-se a perguntar.

– Agora, não – respondeu o médico.

Passou algumas horas repousando em um quarto e, apesar de a enfermeira lhe sugerir que alguém viesse buscá-la, saiu sozinha, como tinha entrado. A desculpa estava preparada: no escritório, pensavam que ela pegara uma gripe e Marcos supunha que tivesse ido a Londres para se reunir com um cliente. Havia reservado quarto em um hotel próximo para se recuperar durante a noite e voltar no dia seguinte à rotina, como se nada houvesse acontecido.

Prometeu a si mesma não contar a ninguém o que fizera.

Mas, depois daquilo, nada voltou a ser como antes. Foi como se houvesse mergulhado no meio de uma tormenta densa e escura. A teia de aranha ia ficando cada vez mais pegajosa. Nos dias que se seguiram, mal ficou em casa, tentando evitar o olhar desencantado de Marcos e o sorriso de Jaime. A ideia de que pudessem descobrir seu segredo não parava de atormentá-la. Sobretudo Jaime, o doce Jaime.

Foi nessa época que, após quase dez anos, ofereceram-lhe sociedade no escritório. O acerto seria em janeiro, dentro de alguns meses. Aquele fora seu único trabalho desde que saíra da universidade e, entre as paredes das salas da rua Zurbano, havia enterrado milhares de horas. Apanhada em sua nuvem cinzenta, não sentiu prazer algum em obter finalmente o que tanto havia perseguido, a meta que achara tão importante e que, agora, não era nada. Absolutamente nada.

Nesse exato momento se deu conta de todo o tempo que tinha desperdiçado. Quantos livros bons deixara de ler? Quantos beijos, quantas risadas havia perdido? Ninguém jamais lhe devolveria as noites em que não chegara a tempo de dar banho em Jaime, as canções que deixara de cantar para ele.

Seus chefes nem sequer lhe perguntaram se aceitava o cargo. Os sócios do escritório recebiam uma suculenta porcentagem da repartição dos lucros. Poderia alguém dizer não a algo assim? Muito menos o faria Alícia, que com tanto afinco se esforçara para alcançá-lo.

Virar a página do trabalho foi incrivelmente fácil. De um dia para o outro, pareceu-lhe tão óbvio que as coisas de fato importantes eram outras que, pura e simplesmente, fez o que devia fazer. Com Marcos foi mais difícil: mas, embora ele passasse a odiá-la, Alícia sente que pelo menos se portou de maneira honesta.

4

Pouco depois de sua visita à clínica da Arturo Soria, Jaime ficou doente. Tinha febre alta, vômitos constantes e ninguém acertava o antibiótico adequado. Precisaram interná-lo no Hospital Menino Jesus e Alícia passou a noite com ele. Os passos das enfermeiras ressoavam no corredor. A atmosfera estava repleta de inquietude e pequenos ruídos: uma porta que se abria, o ronco de um pai que conseguira conciliar o sono no quarto ao lado.

Alícia se revolvia na poltrona reclinável das visitas, muito incômoda apesar da manta e da almofada que ela havia trazido de casa. Perto, em um berço de plástico transparente, o bebê dormia, agitado. Ainda não era capaz de dizer o que tinha e o que lhe doía. Com pouco mais de 1 ano, seu limitado vocabulário não lhe deixava outra saída a não ser chorar, o que fez a tarde inteira, cada vez com menos forças conforme passavam as horas.

Embora o pediatra dissesse que provavelmente se tratava de uma infecção viral de pouca importância, qualquer mãe que tenha visto um filho tão pequeno assim doente e indefeso sabe que, em certos momentos, essas mensagens tranquilizadoras não servem para nada. Jaime mal havia comido nos últimos dias. E não sorrira sequer uma vez. A agulha afiada da sonda atravessava a tenra pele de seu bracinho.

Abriu-se a porta do quarto. A enfermeira era jovem o bastante para que os plantões extenuantes e o hábito de ver dezenas de crianças enfermas, noite após noite, não prejudicassem ainda sua doçura.

Alícia se levantou da poltrona, cuidando para não despertar Jaime, e afastou uma mecha de sua testa molhada de suor. Contemplou os suaves olhos fechados do menino, seu minúsculo corpo coberto pela manta azul do hospital. Estava mais preocupada com ele do que jamais tinha estado com alguém. Desejou que fosse ela própria a enferma, que o vírus resistente aos antibióticos se transferisse para seu corpo de adulta, deixando em paz o pobre garoto.

– Parece que a febre baixou, finalmente – sussurrou a enfermeira.

– Isso quer dizer que a medicação está funcionando?

– Converse amanhã com o pediatra, mas em minha opinião ele está bem melhor que há algumas horas – respondeu a moça antes de sair de novo, procurando não fazer barulho ao andar sobre o chão de linóleo com seus sapatos brancos.

Alícia voltou a ficar sozinha com Jaime e percebeu que o filho ia mergulhando por fim em um sono tranquilo e sem febre. Mas ao alívio se misturava um sentimento de culpa. Visualizava uma e outra vez sua própria imagem, vestida com uma bata de hospital parecida com a do pequeno esta noite, deitada naquela maca e fitando as lâmpadas fluorescentes do teto, espantosamente alheia ao que acontecia.

Naquele quarto de hospital infantil, percebeu com clareza o motivo de sua angústia. Se estava se sentindo tão mal não era, em definitivo, por ter interrompido uma gravidez de poucas semanas. O errado, o absolutamente errado, fora ter escondido o fato de Marcos – e se refugiado no trabalho, descuidando de Jaime para não reconhecer que seu casamento não iria funcionar mais. Seus verdadeiros pecados, ela entendeu por fim, tinham sido a mentira e a covardia.

Na manhã seguinte, quando seu marido veio substituí-la, Jaime já estava quase bom, encostado aos travesseiros e tomando um iogurte como desjejum. Alícia parou um táxi na porta da Menéndez Pelayo para ir à sua casa da Majadahonda, tomar um banho e descansar algumas horas. Mas acabou dizendo ao taxista:

– Velázquez, esquina com Jorge Juan, por favor.

A que outro lugar iria?

Ao abrir porta e ver o rosto abatido de sua neta, Paulina Hoffmann soube imediatamente que não deveria lhe perguntar ainda o que havia acontecido, como ela própria não gostava que lhe perguntassem nada quando, pequena, saía triste do colégio. Jaime estava no hospital, sim, mas Alícia se apressara a escrever ao pai e à avó que ele já se recuperava bem. Então certamente havia algo mais.

Paulina assentiu sem dizer nada quando Alícia forjou uma desculpa por chegar tão cedo e sem avisar. Levou-a para a sala, iluminada pela claridade limpa da manhã, e deixou-a estirada numa poltrona perto da grande biblioteca de estantes de madeira.

— Acho que vou tomar um chocolate quente, como nos velhos tempos. Quer uma xícara? Merecemos um café da manhã especial, não é?

Alícia aceitou em silêncio, sem poder controlar as lágrimas que desciam por suas faces. Sua intenção de não contar nada acabara de ir pelos ares. Nesse dia, voltou a esconder-se entre os braços da avó. As mãos de Paulina acariciavam seu cabelo, como haviam feito tantas vezes, sempre que a jovem a procurava para ouvir uma verdade ou pedir um bom conselho.

— Não desperdice mais sua vida, *Schatz*. Ela é mais curta do que parece.

5

As horas passam com uma lentidão insuportável. Alícia vaga de camiseta e roupa de baixo pelo apartamento da Kastanienallee, nervosa como um gato acuado. Bebeu mais de meia garrafa de vinho branco do Reno desde o meio-dia. Se continuar nesse ritmo, acabará com o estoque da adega de sua avó antes de voltar a Madri. Pálida, sozinha e meio embriagada, sente-se como a protagonista de um filme ruim nas cenas em que o espectador deve ser convencido de que ela chegou ao fundo do poço.

Tem duas chamadas perdidas, uma de seu pai, a outra de sua amiga Maria, mas não quer improvisar mentiras para acalmar a preocupação do primeiro nem averiguar se a segunda sabe alguma coisa daquela relação fracassada com seu irmão Iván. Terão de esperar um pouco para falar com ela.

Está loucamente ansiosa para abraçar Jaime, sentir aquele amor infantil e incondicional que tantas vezes julgou não merecer. Assim que se reunirem, pegarão o trem para Málaga, onde os espera Diego. Acaba de comprar os bilhetes. Ali, naquele jardim que sempre teve um efeito balsâmico sobre ela, perto do mar, dormindo em seu antigo quarto, poderão ficar juntos os três e recuperar uma certa normalidade.

Mas ainda faltam dois dias para chegar finalmente o momento em que pegará um táxi até o aeroporto e ela não poderá passá-los como está agora, encerrada entre essas quatro paredes. Está prestes a enlouquecer.

— Por que me trouxe aqui, vovó? — murmura.

Decide então pôr uma calça *jeans* e sandálias, e sair à rua para um passeio. Será bom desanuviar a cabeça da embriaguez que o vinho lhe provocou. Ocorre-lhe que pode caminhar de novo até a torre de televisão e comprovar se a paisagem é de fato tão impressionante como dizem. O plano não a entusiasma, mas alguma coisa ela tem de fazer.

Quando já está colocando o celular e as chaves na bolsa, alguém toca a campainha. Quem será? Iván, talvez? Corre a passos rápidos para a porta. Mas, quando espia pelo olho mágico antes de abrir, descobre que quem está do outro lado não é Iván e sim uma mulher que nunca viu.

Abre a porta. De pé no patamar, uma idosa de cabelo tingido de um preto intenso tamborila no chão com uma bengala de castão de prata. Observa fixamente Alícia durante longos segundos, quase atravessando-a com dois olhos penetrantes e ágeis, não condizentes com a idade que seu aspecto denuncia.

– Meu Deus, como você se parece com ela! – diz por fim a desconhecida.

Olha-a como se estivesse maravilhada por encontrá-la, como se a presença da jovem, despenteada e de *jeans* amarrotados, fosse pouco menos que um milagre.

– Os mesmos olhos, a mesma pele...

Após alguns minutos de espanto, Alícia reage:

– Perdão, mas quem é a senhora?

– Ah, sim, me desculpe... Estou me comportando de uma forma um tanto bizarra, não? – responde a anciã com um esboço de sorriso. – Sou uma velha amiga de sua avó.

– De minha avó? – Alícia continua sem entender nada.

– Posso entrar? De pé, fico cansada – explica, apontando para a bengala.

– Sim, claro, perdoe-me por não a ter convidado antes...

Conduz a senhora até a sala, onde se sentam em poltronas uma diante da outra.

– Gostaria de tomar um café?

– Um copo de vinho seria melhor. Vamos precisar disso, pode acreditar...

Cada vez mais desconcertada, Alícia traz da cozinha a garrafa de vinho branco do Reno, ainda pela metade, e dois copos. Jamais lhe teria ocorrido oferecer bebida alcoólica, no meio da tarde, a uma senhora tão idosa.

– Muito bem, me conte – pede.

– Meu nome é Ana Löwe.

O nome aciona uma mola adormecida na memória de Alícia, mas ela ainda não o identifica muito bem.

– Talvez sua avó tenha lhe falado sobre mim.

– Parece-me bastante familiar...

– Antes de qualquer coisa, devo pedir desculpas pelo susto que sem dúvida lhe dei.

– Susto?

– Sim. Quando deixei nesta mesa o álbum de fotografias. Você não achou estranho encontrá-lo?

A Amiga

Berlim, 1938

1

Uma menina de 6 anos com duas brilhantes tranças negras se despede dos pais na estação de Friedrichstrasse. Foi de mãos dadas com eles, um de cada lado, desde que saiu de casa. Assim, sem se soltar, percorreram as silenciosas e escuras ruas de Berlim. É uma das noites mais frias do inverno. As partidas desses trens são sempre de madrugada, sem dúvida para que passem o mais despercebidas possível.

Não é permitido acompanhar os filhos à plataforma, de modo que devem se despedir no vestíbulo, onde as famílias se abraçam com o sombrio pressentimento de que essa pode ser a última vez. No rosto dos adultos se adivinha o esforço desesperado para manter a calma. Advertiram a todos de que não devem chorar: só assim as crianças, de 3 a 17 anos, subirão tranquilas aos vagões. De vez em quando se ouve até um riso infantil, que rasga o ar com sua ingenuidade.

É muito difícil escolher as palavras para se despedir de uma criança. "Lá você poderá andar a cavalo", diz uma voz que tenta soar otimista. "Logo iremos buscá-lo", promete outra. Algumas mães ajustam com cuidado os casacos e os cachecóis. Quem cuidará de seus filhos se sentirem frio durante a viagem? Alguns pais apoiam as mãos nos ombros dos que já são adolescentes e escolhem as palavras que os acompanharão durante a jornada.

Depois de subirem ao trem, ficarão sozinhos. Os menores são quase bebês.

Muitas crianças seguem no mesmo vagão, ao mesmo tempo assustadas e emocionadas pela aventura de cruzar o mar, ir a outro país. Em um porto da Bélgica, pegarão um barco. A maioria, é claro, não sabe que jamais voltará a ver suas famílias. Desde a Noite dos Cristais, a Operação Kindertransport conseguiu evacuar cerca de 10 mil crianças, quase todas judias, com destino à Inglaterra. Ultimamente, as saídas de comboios se multiplicam. É possível que dentro de alguns meses já ninguém mais possa partir.

Quando o trem se põe em marcha, a menina de tranças negras cola o rosto na vidraça, tentando ver pela última vez seus pais, e começa a soluçar.

– Por favor, tente se acalmar – pede-lhe uma mulher da organização. – Não queremos que os menores a vejam assim, não é?

Ela obedece, mas, poucos minutos depois da partida, muitos começam a chamar suas mães, desconsolados. Do pescoço das crianças, por cima das jaquetas bem abotoadas antes de saírem de casa, pende de dois cordões um crachá com o número consignado a cada uma. O da menina é o 182.

Amanhece. A paisagem desliza veloz pelas janelas. A neblina da manhã, os infinitos campos nevados. As árvores nuas, erguendo-se como silhuetas cinzentas e fantasmagóricas. A menina só sabe o que os pais lhe contaram enquanto arrumavam sua bagagem (ela mesma devia ser capaz de carregá-la, de sorte que leva apenas duas mudas de roupa limpas, sua boneca preferida e uma fotografia do papai e da mamãe): que ficará na casa de alguns senhores muito amáveis durante alguns meses, o tempo justo para que todos se reúnam de novo.

Doem-lhe as pernas por ficar muito tempo na mesma posição. Viaja o tempo todo com a boneca nos braços. Quando cruzam a fronteira da Alemanha e entram na Holanda, ouvem-se os gritos de alegria das crianças maiores, que compreendem ter vencido já o primeiro obstáculo. Acham que logo estarão a salvo.

Horas depois, chegam à cidadezinha onde devem desembarcar do trem para pegar o navio no dia seguinte, mas os adultos lhes dizem que terão de passar mais uma noite nos vagões. É a primeira vez que a menina ouve aquela palavra: "*Flüchtlinge*".* Embora não entenda bem o que significa, sente-se triste. Mas então escuta uma voz alvoroçada:

– Olhem ali, à direita!

No outro extremo da plataforma, um grupo de mulheres distribui chocolates e biscoitos pelas janelas. Quando, por fim, chegam a seu compartimento e ela degusta a doçura da bebida quente na boca, pensa na frase que sua mãe havia repetido muitas vezes ultimamente: "Apesar de tudo, a maioria das pessoas é boa".

Pouco depois, deixará de acreditar nisso para sempre.

No dia seguinte, sobem ao navio. A travessia é difícil, as ondas estão muito altas. A menina sente enjoo e vomita várias vezes. Quando chegam ao porto de Harwich, são conduzidos a um acampamento de férias. Os barracões foram planejados para o verão e todos passam o dia nas áreas comuns, as únicas onde há um pouco de calor. Muitos adoecem. Ana fica ali umas duas semanas, até que a enviem para a residência de um casal numa cidadezinha do condado de Dorset. Ela não fala uma palavra de inglês. A estranheza e a solidão são tão insuportáveis que chega a sentir saudades dos dias da viagem, quando ao menos tinha a companhia de outras crianças. Precisa ajudar nas tarefas do campo, ordenhar as vacas com as mãos doloridas pelo frio. Passa muito tempo brincando com o cachorro dos fazendeiros, lançando-lhe de vez em quando uma bola velha. O cachorro sempre volta. Ela também gostaria de voltar.

Ao fim de alguns meses, deverá partir de novo, dessa vez para Londres. Ali encontrará abrigo junto a uma família com filhos pequenos, que ao longo de alguns anos se tornarão algo parecido com seus irmãos. Por fim, Ana conseguirá escapar do monstro, embora nem sempre de sua sombra longa e inevitável.

---

* "Refugiados", em alemão.

Quando a guerra terminar e ela for grande o bastante para entender, saberá, anos depois, que seus pais morreram em Auschwitz. Mas, para Ana, sempre serão os dois rostos sorridentes da única fotografia que conserva deles, colocada em sua maleta no dia em que se despediram em Berlim.

O Círculo

Berlim, 2011

1

Ninguém na família, nem seus filhos nem sua neta, sabe que ela está em Berlim. Continuam em Madri, alheios a essa decisão que tem um pouco de loucura e muito de nostalgia. Paulina Hoffmann pegou um voo no aeroporto de Barajas, no dia anterior, e passou a noite em um hotel de Prenzlauer Berg. Prefere não dar explicações no momento. Se a chamarem, talvez minta dizendo que está em Málaga.

Agora se acha diante de um edifício de cor marfim, com janelas enormes. Tudo é bem diferente de suas lembranças. No lugar onde estão as cadeiras e as mesas coloridas do terraço do Café Blume, antes só havia medo, fome e escombros. A destruição só persiste na memória daqueles que, como ela, não conseguem esquecer o que viveram.

A lembrança daquele porão úmido e escuro, onde passou tantas noites encolhida com sua mãe durante os bombardeios, acompanhou-a ao longo de toda a sua existência. Ainda hoje pode recriar cada detalhe – o cheiro dos cobertores mofados, o tremor impossível de controlar, o choro do bebê de sua vizinha – quando fecha os olhos por um só momento. O sibilar dos projéteis caindo, o estrondo das explosões. Há terrores que nunca ficam para trás, ainda que permaneçam trancafiados em nosso cantinho mais secreto.

Passaram-se quase setenta anos desde então. Tanto tempo que parece mentira ter voltado ao mesmo lugar. A adolescente assustada se transformou numa anciã. Regressar aqui é como, após um pesadelo interminável, abrir os olhos e descobrir que o horror se dissipou.

– Por fim – disse para si mesma.

O funcionário da imobiliária, jovem e de aspecto distraído, espera-a na entrada. No momento em que ele coloca a chave na fechadura, ela precisa apoiar-se à parede. Confia em que o rapaz atribua sua fraqueza à idade e não perceba seu nervosismo.

Depois que a porta se abre, ela fecha os olhos por alguns segundos. Kastanienallee, número 14, primeiro B.

Aqui morou até os 15 anos, aqui foi feliz com seus pais e seus irmãos até que todos partiram, restando apenas sua mãe e ela, destroçadas pela dor e aterradas pelos bombardeios. Pisa o mesmo chão onde brincavam seus irmãos, por onde seu pai se apressava todas as manhãs para não chegar tarde ao consultório, onde sua mãe estendia no inverno uma manta vermelha e verde para que Ana e ela deitassem suas bonecas. Voltou ao lugar onde tudo começou, ao lugar onde terminou tudo.

Voltou para casa.

Passou anos tentando comprar o apartamento e agora terá a oportunidade. A decisão está tomada. Por fim, vai fechar o grande círculo de sua vida. As tardes em que via as antigas fotos do álbum com a pequena Alícia eram o começo de uma longa viagem de volta ao passado que agora chega ao fim.

O apartamento mudou muito. Os filhos do dono fizeram uma reforma completa para, supõe Paulina, poder vendê-lo por um preço maior. A pequena sala de jantar e o quarto de Otto e Heinz estão agora unidos, formando um salão amplo e iluminado com três sacadas para a rua. O fogão a carvão de sua mãe desapareceu, a cozinha tem agora um desenho moderno, de bom gosto. Paulina sente uma decepção absurda, como se houvesse esperado encontrar tudo do jeito que deixara, congelado nos anos 1940.

– Estou achando o preço um pouco alto. Se esperar alguns meses, há grande possibilidade de os proprietários fazerem um abatimento. No caso de herança, é sempre a mesma coisa – comenta o empregado da imobiliária com ar de entendido.

Paulina percorre os aposentos tentando lembrar a localização de cada móvel, de cada quadro, mas tudo está vazio. Então descobre um objeto familiar junto a uma das janelas. É um velho termômetro, um aparelho antigo, de madeira e metal, com os números e a palavra "Thermometer" em caracteres góticos. Ficou ali, no mesmo lugar onde seus pais o colocaram antes mesmo de ela nascer, ao longo de décadas. Quase escondido, tão insignificante que ninguém se deu o trabalho de tirá-lo.

– Não importa. Pago o preço pedido, mas quero comprá-lo quanto antes. Acredita que seja possível fechar o negócio esta semana? – pergunta ao rapaz.

– Entendo. Não acredito que haja nenhum problema, eles ficarão felizes – responde o empregado antes de acrescentar com inesperada delicadeza: – Talvez a senhora queira ficar sozinha por alguns minutos, Frau Hoffmann. Espero-a na porta.

Enfim só, Paulina passeia devagar pelos aposentos. Sonhou mil vezes com este lugar, com esta rua, com estas paredes. Viveu mais de quarenta anos no apartamento da rua Velázquez, amou muito a Carlos e seus filhos naquele estúdio com cheiro de tinta, mas, na realidade, este nunca deixou de ser seu único lar.

Lembra-se das palavras escritas por seu pai antes de morrer, doente e aterrorizado nas trincheiras da frente russa. O bilhete de despedida da mãe, Júlia, antes de cortar os pulsos com o vidro que emoldurara a foto de Otto e Heinz em seus uniformes marrons. A mesma mensagem: lembre-se de que foi feliz, não se esqueça nunca do que houve de bom no passado.

Imagina-se pequena, antes do início da guerra, disparando pelos corredores desse apartamento. Uma criança que cresceu em um mundo carinhoso e terno, sabendo que seus pais a amavam e acreditando que nada de mau poderia acontecer-lhe. E se dá conta de que nada do que veio depois – o terror, a traição, a perda e a solidão – conseguiu arrebatar-lhe aquele calor íntimo e profundo, origem única de toda a sua força.

A primeira felicidade não se desvanece nunca.

2

Paulina se apoia na borda da sacada. Observa os terraços dos cafés da Kastanienallee, apinhados de fregueses que desfrutam o sol tímido do meio da manhã, e dá uma profunda tragada num daqueles cigarros que seu médico já desistiu de recomendar-lhe que não deve fumar.

De que adianta, em sua idade?

Hoje, assinou o contrato de compra do apartamento, pegou as chaves e veio diretamente do escritório do tabelião. Estava impaciente.

O imóvel é um presente que dá a si mesma por ter chegado viva e, depois de tudo o que aconteceu, razoavelmente inteira ao final de uma história – a sua – que não foi nada fácil. Muitas vezes, pensou que não aguentaria mais; no entanto, sempre encontrou forças para continuar lutando. Por isso, agora sente uma satisfação profunda enquanto vê a fumaça do cigarro elevar-se rumo ao azul quase primaveril.

Passeia o olhar pelas paredes cor creme, o teto com molduras de gesso, as luxuosas portas de cerejeira. Em sua mente, essa realidade se sobrepõe a outra, que nunca se desvaneceu por completo: os muros cinzentos e rachados, o pânico e a tristeza.

Pensa em sua neta. Observa as mulheres sobrecarregadas de sacolas que percorrem as lojas da moda de Prenzlauer Berg. Algumas têm pressa, falando ao celular. Qualquer delas podia ser Alícia. Não entende bem a maneira como a jovem está se comportando ultimamente. Uma pessoa tão inteligente e carinhosa, tão dura na aparência e, todavia – ela, que a viu crescer a seu lado, dia após dia, ano após ano, sabe disso muito bem –, no fundo tão frágil. Essa absurda obsessão pelo trabalho no escritório de advocacia e depois esse casamento obviamente condenado ao fracasso... Marcos parece um bom sujeito, mas Paulina precisou apenas de cinco minutos para perceber que aquilo jamais funcionaria. Por que Alícia vem se enganando tanto? Deve haver um modo de ajudá-la.

Apaga o cigarro e permanece alguns segundos com o olhar perdido, seguindo o movimento da rua debruçada em sua sacada.

3

Dois olhos se fixam na fachada do número 14 da Kastanienallee. São os olhos de alguém que jamais conseguirá esquecer aquilo que viveu. Alguém que, de certa maneira, ao vislumbrar de novo um pouco de vida nessa casa também reencontrará a pureza e a inocência.

Ana Adams tem o costume de chegar perto da janela da cozinha quando toma café, para olhar o outro lado da rua, onde as sacadas do primeiro andar ficaram alguns meses fechadas hermeticamente. Acredita que o proprietário anterior era um senhor de aspecto mal-humorado, com quem uma vez trocou algumas palavras na padaria. Não o conhecia, como também não conhece nenhum vizinho desse bairro, que foi seu durante a infância e voltou a sê-lo quando decidiu regressar de Londres depois de ficar viúva, já faz quinze anos.

Passou-se quase uma vida inteira desde que fugiu, ainda tão pequena que todas as suas lembranças da época, sem ninguém para corroborá-las, são como débeis estremecimentos de luz, tímidos clarões que mal rompem a neblina de sua primeira memória.

Observa atentamente o apartamento, tentando vislumbrar o que acontece lá dentro, quando uma mulher chega à sacada, apoiando com força as mãos nas bordas. Seu ar é pensativo, de preocupação. Tira do bolso da calça um maço de cigarros e acende um. Está com os cabelos brancos presos num coque, uma blusa de jérsei preta de colarinho alto e calça de veludo cotelê.

Se cruzasse com ela na rua ou até ficassem sentadas frente a frente por acaso, em um restaurante ou na sala de espera de um médico, Ana jamais teria reconhecido Paulina. Mas vendo-a na sacada de sua antiga residência, mais ou menos como quando tinham 5 ou 6 anos e se cumprimentavam com um aceno de mão por trás das vidraças para se despedir até o dia seguinte, é difícil não a reconhecer. Tudo se encaixa: a idade, o talhe delgado, a pele clara. Tem de ser ela.

Faz setenta e dois anos desde que se viram pela última vez. Ana caminhava pela Kastanienallee quando seu olhar cruzou com o de Paulina. Seus pais, ao perceber o que acontecia, arrastaram-nas imediatamente em direções opostas. Ainda recorda a tristeza e a confusão nos olhos de sua amiga. Embora não o soubessem então, os pais tinham motivos de sobra para temer que as meninas se abraçassem em plena rua: o doutor Hoffmann estava sob suspeita por compartilhar o consultório com Löwe, ao passo que este queria passar despercebido, até pôr sua filha a salvo. Movera todos os pauzinhos para incluir a pequena Ana na evacuação batizada como Kindertransport e não desejava criar problemas quando faltavam poucas semanas para a saída do trem.

Isso foi há tanto tempo que, aos olhos de Ana Adams, nem parece sua própria vida. É como um filme que só recordamos aos pedaços, como uma história que nos contaram há muitos anos e volta, fragmentada e irreal, à nossa mente.

Mas agora atravessou a rua, entrou no prédio e está diante da porta do apartamento onde, outrora, moravam os Hoffmann, disposta a confirmar se a mulher da sacada é sua amiga de infância ou, caso não seja, a improvisar uma desculpa e ir embora antes de agravar o ridículo.

4

Paulina, na sacada, volta à realidade quando ouve o som da campainha. *Ding, dong.* Dirige-se para a porta, achando que deve ser o porteiro (quem mais seria?), e abre sem perguntar.

A mulher à sua frente tem o cabelo tingido de preto azeviche e anda com a ajuda de uma bengala de castão de prata. Tem por volta de 80 anos, como ela própria. Embora ache que jamais a viu, há na anciã algo que lhe parece muito familiar – talvez a maneira de arquear as sobrancelhas, esperando que a outra diga alguma coisa.

– Boa tarde. Posso ajudá-la? – pergunta Paulina.

Passam-se alguns segundos de um silêncio incômodo.

– Não se esforce mais – diz por fim a desconhecida. – Eu não esperava mesmo que me reconhecesse. Não saberia nunca que era você se não a tivesse visto justamente na sacada deste apartamento.

– Como?

– Chamo-me Ana Adams, embora esse nome talvez não lhe diga nada.

– Sinceramente, não.

– Mas, antes de me casar, meu nome era Ana Löwe.

O coração de Paulina salta dentro de seu peito, o sangue corre loucamente por suas veias, seus pulmões se aceleram, exigindo mais e mais oxigênio. Sente que está a ponto de desmaiar. Impossível! Ana morreu há mais de setenta anos! Embora, quando criança, acariciasse frequentemente a fantasia de revê-la em Londres (para percorrerem juntas as lojas, os museus, as confeitarias de uma cidade que em sua imaginação era quase mágica), quando cresceu chegou à conclusão de que aquela fora uma história inventada por seus pais a fim de suavizar a realidade insuportável. Então simplesmente acrescentou o nome de Ana à sua lista mental de pessoas queridas e desaparecidas. Relegou a lembrança de sua amizade infantil à gaveta do que já não existia.

Apoia-se ao umbral para não cair. Suas pernas tremem.

– Ana? É você, de verdade?

E ambas se põem a chorar, fundindo-se num abraço longo, muito longo. Um abraço que espera desde 1939, quando se viram na rua pela última vez.

Por fim se separam, com as faces úmidas e a roupa amarrotada, e entram de braços dados no corredor. A luz esbranquiçada da tarde penetra pelas janelas sem cortinas. O apartamento está vazio, com exceção de uma poltrona velha na entrada, sobre a qual se veem estendidos um casaco preto, um cachecol marrom e um exemplar de *As Correções*, de Jonathan Franzen.

– Fico contente ao ver que continuamos tendo coisas em comum – diz Ana, apoiando a bengala na parede.

Apertam-se as mãos já ossudas, de pele fina e quebradiça. Tornaram-se duas anciãs. O círculo se fechou. Chegou o momento de contarem tudo uma à outra, dia por dia, ano por ano.

– Vamos para o meu apartamento – propõe Ana. – Ali estaremos mais confortáveis.

Atravessam juntas a mesma rua onde brincavam quando crianças. Tal como antes, estão de mãos dadas.

– Como duas velhas loucas – comenta Paulina. E ambas riem.

Sentam-se no sofá macio de Ana. O apartamento cheira a livros velhos. No chão, há um esfarrapado tapete persa e, das paredes, pendem algumas antigas aquarelas com cenas que parecem tiradas de um romance de Jane Austen. Nas estantes, numerosos títulos em inglês e alguns em alemão.

– Quase me arruinei para trazer de Londres este montão de livros. Não consegui me desfazer deles. Teria sido como me separar outra vez de John.

Ana fala de como ia assustada naquele trem, de sua chegada ao porto de Harwich e dos primeiros meses em uma casa de acolhida antes de ser adotada por uma família inglesa. De como, pouco a pouco, foi compreendendo que seus pais nunca apareceriam para buscá-la. De todas as vezes que contemplou a única fotografia que ainda conserva dos dois em sua carteira e sem a qual teria esquecido há muito como eram seus rostos. Conta também que teve a sorte de frequentar a universidade e estudar Literatura, que montou uma livraria em Londres com seu marido – um homem bonito e culto, cujo nome era John Adams – e decidiram vendê-la a uma grande cadeia quando chegou o momento da aposentadoria. Que não puderam ter filhos, mas viveram felizes entre o cheiro dos livros, rodeados de intermináveis estantes repletas de grandes histórias.

E que, há alguns anos, quando ficou viúva e embora pensasse que jamais o faria, sentiu um impulso muito forte, nascido no íntimo do seu ser, que a obrigou a regressar a Berlim. O edifício onde havia crescido já não existia, de modo que se instalou em outro do mesmo quarteirão, bem em frente de onde vivera sua melhor amiga de infância.

Paulina também repassa minuciosamente sua vida. Conta que seu pai e seus irmãos morreram na frente de combate e que sua mãe, com ela, conseguiu escapar para Madri no fim da guerra. Fala sobre Manuel e Carlos. Da paixão, da confiança, dos quadros. Do filho, que herdou o melhor de ambos. Do talento de sua filha Elisa, agora uma artista consagrada. E da neta Alícia, seu último grande amor. Só não menciona o que aconteceu aquela noite na piscina de El Limonar. Esse segredo irá com ela para o túmulo.

Não lhes restam mais lágrimas, uma estranha calma as invade. Pela primeira vez em muitos anos, já não se sentem tão sozinhas. A tarde caiu e Berlim está escura lá fora.

– Lembra-se da última vez que estive na casa de seus pais, Ana? Minha mãe precisou ir comprar alguma coisa e aproveitei para escapar. Disseram-me que você não voltaria à escola e eu estava com saudade. Há pouco, quando atravessávamos juntas a rua, esse dia me voltou à mente com uma nitidez assombrosa. A força com que nos abraçamos, o nervosismo que tomou conta de nós por sabermos que iam nos separar a qualquer momento... Ao menos para mim, nesse dia alguma coisa se partiu. Se não soasse tão piegas, diria que foi minha inocência. Continuei sendo criança por muito tempo, mas já não da mesma maneira.

– Tem razão. Fazia séculos que eu não pensava nisso. Acho que fiquei com muita raiva quando sua mãe veio buscá-la. Que idade tínhamos, 6 anos?

– Sim. Você desapareceu poucos meses depois.

– Como tudo mudou rapidamente, Paulina! Naquele dia, pensei que o mundo estava se acabando porque teríamos de nos separar. No entanto, o que veio depois foi muitíssimo pior...

– Sabe qual foi a última coisa que você me falou, Ana? Eu me lembro porque durante uma temporada a escrevi, como se fosse uma espécie de juramento, na parte de trás de desenhos ou na primeira página de cadernos...

– Não. Qual foi?

– "Nunca nos separarão."

Ana sorri com amargura.

– Parece que eu estava errada.

– Oh, não, no final das contas estamos aqui, certo? – replica Paulina.

Ficam um instante em silêncio, como quem acaba de colocar a última peça de um quebra-cabeça enorme e está encantado por tê-lo concluído, mas ao mesmo tempo confuso porque não sabe o que fazer em seguida. Até Paulina reagir:

– Mãe do céu, estamos falando sem parar há quatro horas!

– E ainda resta muita coisa a dizer... – acrescenta Ana. – Estou morrendo de fome, e você? Há um restaurante japonês muito bom na esquina. Vamos descer para jantar?

– Boa ideia. Eu trouxe de Madri uma garrafa de um vinho excelente para comemorar a compra do apartamento. Posso subir rapidinho até lá e buscá-la. Acha que no restaurante nos deixarão abri-la?

Já sentadas à mesa, a emoção do encontro vai cedendo espaço à cumplicidade. Lembram-se, entre risos, das tardes com Otto e Heinz, das canções que entoavam quando pulavam corda no pátio do colégio, da voz de Fräulein Weber, capaz de tornar doces até as árduas lições de gramática alemã.

– No fim das contas você também acabou voltando – diz Ana.

– Sim, e justamente hoje me entregaram as chaves. Por fim consegui comprar meu apartamento. Levei anos tentando convencer o antigo proprietário, que não queria vender de forma alguma. Cheguei a me perguntar qual dos dois morreria antes, ele ou eu. Contei-lhe muitas vezes que havia crescido aqui, que estas paredes eram tudo o que restava de minha infância, mas não adiantou. Até lhe ofereci mais dinheiro do que o razoável. Creio que era um homem amargurado pelas lembranças. Mas, como vê, sou uma velha teimosa. E acabei vencendo a parada.

– E você, está amargurada pelas lembranças? – pergunta Ana.

Paulina fica um instante em silêncio antes de responder.

– Fui uma sobrevivente.

– E continua sendo.

– Como você.

– Sabe de uma coisa, Paulina? Faz alguns anos, uma boa amiga minha faleceu em Londres – continua Ana em seu alemão com sotaque britânico. – Seu filho, que conheço desde que ele era bebê, estava arrasado. Minha amiga, uma mulher que sempre fora admiravelmente forte, chamou sua mãe durante mais de duas horas enquanto agonizava. Aplicaram-lhe então uma dose enorme de morfina, que a calou para sempre. A mãe havia morrido quando ela era pequena, em um bombardeio durante a guerra. Minha amiga mal se recordava dela e, no entanto, seu rosto foi o último que viu.

Paulina toma um trago de seu vinho enquanto escuta.

– Lembro-me de que, naquele momento, essa história me desgostou profundamente. De certo modo, manchava a imagem de minha amiga, a quem eu admirava por conseguir deixar para trás toda a sua dor. Mas agora, quando sou eu quem logo completará 80 anos, creio que começo a entendê-la.

As duas amigas se fitam e em seus olhos brilham as pupilas das meninas que nunca deixaram de ser. E em seus olhares há tristeza, mas não há derrota.

Em seus olhares há vida.

O Presente

―•―

Berlim–Málaga, agosto de 2016

1

Alícia abre tanto os olhos que eles poderiam saltar das órbitas. A desconhecida sorri, nervosa, quase envergonhada. Do outro lado das sacadas, os ramos verdes do grande castanheiro se movem ao sabor da brisa.

– Como? Você deixou o álbum em cima da mesa?

– Sim, o que sua avó me mostrou na última vez que esteve em Berlim. Nós nos encontrávamos com frequência desde que ela comprou o apartamento, há alguns anos. Víamos as fotos juntas e nos emocionávamos um pouco... isto é, bastante!

– Estou um pouco confusa, vamos ver se consigo entender – responde Alícia. – Há alguns dias, voltando do restaurante com um amigo, encontrei o álbum em cima da mesa. Então foi você quem o colocou ali?

– Acredito que a explicação é a mais simples possível. Quando você chegou?

– Há três dias.

– Aí está... as datas se encaixam.

– Me desculpe, mas ainda não consigo entender. Você tem as chaves do apartamento?

– Sim, sua avó me deu, faz algum tempo, um jogo de chaves para alguma emergência, pois não conhecia mais ninguém nesta cidade. Uma tarde, quando ela já havia regressado a Madri depois de sua última visita, lembrei-me das fotos e, num assomo de nostalgia, vim pegar o álbum emprestado e o levei para casa. Quando voltei para devolvê-lo não reparei se tinha alguém no apartamento, mas acho que você já devia estar aqui havia alguns dias. A verdade é que fui direto para a sala, sem olhar o quarto ou a cozinha. Se você não deixou nenhum pertence seu à vista, é normal que eu não me desse conta de que se instalara aqui.

– Então não foi imaginação minha...

– Como?

– Quando vi o álbum, me assustei tanto que fui dormir num hotel. Não sabia quem pudesse ter entrado. Cheguei a pensar que o álbum estava aqui desde o princípio e eu não notara... Não achava outra explicação.

– Oh, sinto muito... Meu apartamento é bem em frente e, da minha janela, posso ver estas sacadas. Alguns dias depois de devolver o álbum, olhei outra vez pela janela e notei que você estava no apartamento. Sua avó me disse que um dia eu a veria por aqui. Bem... Suponho então que Paulina tenha falecido.

– Você não sabia, Ana?

– Não. Quem poderia ter me avisado? Ela me disse que não falava a ninguém sobre suas viagens a Berlim.

Alícia absorve a informação que Ana está lhe dando.

– E por que não falava?

– Talvez não quisesse que você a julgasse uma velha melancólica. Ou desejasse viver seu reencontro com o passado sem ter de dar explicações.

– Isso parece bem próprio dela.

– Um dia me disse: "Se, de repente, você não receber mais notícias minhas, saberá o que aconteceu. Vou deixar o apartamento para minha neta, é a única que compreenderá". Foram essas, mais ou menos, suas palavras. Disse também que eu ia ficar encantada por conhecer você.

Alícia fica pensativa, segurando o espelho de estanho. Por um momento, julga distinguir em seu próprio reflexo a imagem de uma Paulina jovem. É curioso: pensava conhecer perfeitamente a avó e, no entanto, já são muitas as coisas que vem descobrindo sobre ela depois que morreu.

– Eu brincava com este espelho quando era pequena.

– Sua avó me contou. Foi presente de uma senhora malaguenha de quem se lembrava com muito carinho, a avó de Manuel, creio eu. O álbum foi deixado para Paulina por sua bisavó, quando esta se suicidou, pouco depois de as duas terem chegado a Madri.

– Minha bisavó se suicidou? Eu sabia que o pai e os irmãos de minha avó haviam morrido durante a Segunda Guerra Mundial, mas isso, não. Devia se sentir muito sozinha!

– Paulina era uma sofredora solitária, assim como eu. Ambas tentamos sepultar as lembranças, mas, no final, sempre voltávamos a elas. Por isso sua avó precisava comprar este apartamento, onde havia morado desde menina.

De repente, Alícia compreende.

– Então este apartamento pertencia a ela!

– Este era seu lar.

– Falava-me muitas vezes de sua infância, mas sempre dos momentos felizes.

– Então já sabe por que ela quis que o apartamento fosse seu.

Alícia deixa escapar um soluço. Então foi esse o motivo! Tudo condiz com a lógica perfeita de Paulina, é claro.

– Sua avó me pediu que conversasse com você quando viesse. Achei esse um encargo demasiado importante para uma pessoa da minha idade e lhe disse: "E se alguma coisa me acontecer, quem falará com Alícia?". Por isso, incluí uma nota para você em meu testamento, explicando tudo. Mas foi desnecessária, como vê. Curiosamente, ela estava convencida de que eu viveria mais. E no final das contas acertou... Afirmava que havia fechado seu círculo.

– Você se parece muito com ela... – comenta Alícia.

– Quem se parece com ela, na verdade, é você... – replica Ana.

Ambas acabam de encontrar algo de que sentiam imensa saudade. A anciã, uma parte de sua amiga mais querida, a quem nunca pensou que voltaria a ver. A neta, um fragmento da vida de Paulina, uma chave para conseguir entender quem foi essa mulher tão próxima e, ao mesmo tempo, tão cheia de silêncios.

Passam horas e horas conversando sem parar, comentando uma para outra como era a Paulina que haviam conhecido: a menina que cresceu numa Berlim cercada de ameaças, a mulher madura que encontrou em sua neta a maneira de voltar ao passado.

– Nunca, em todos esses anos, tive uma amiga tão querida quanto ela – confessa Ana. – Recuperá-la, embora só nos víssemos poucas vezes, foi uma das melhores coisas que já me aconteceram: um presente maravilhoso e inesperado. De algum modo, pude assim me reconciliar com minha própria vida. Você não entenderá isso, pois ainda é muito jovem. Entretanto, é horrível ficar velha sem ter feito as pazes com o passado.

Dois dias depois, quando sai de seu apartamento a caminho do aeroporto, Alícia atravessa a rua e toca a campainha de Ana.

– Voltarei logo – promete à anciã quando se despede.

O voo de regresso parece não ter fim. Embora tenha evitado ligar para seu pai, temendo que o distanciamento do telefone deturpasse sua narrativa, agora deseja chegar logo a Málaga e contar-lhe tudo o que fez nesses últimos dias. Sabe que Diego não está aceitando bem a morte de Paulina e espera reconfortá-lo.

A história de sua avó foi uma grande história, mas tinha ficado de certo modo inacabada até o surgimento em cena de Ana. A intensa satisfação que Alícia agora sente lembra a de alguém que põe o ponto final numa frase ou fecha um círculo com a ponta afiada do lápis.

2

— Levantem-se, já são nove e meia! – chama Diego na porta do quarto. – Temos pão quentinho.

Alícia sorri. A seu lado, Jaime ainda descansa entre as cobertas, agarrado a seu ursinho preferido. É o garoto mais bonito do mundo. Através das persianas, ela visualiza a luminosidade de um novo dia e as cores do jardim de Vila Manuela.

— Pequenino... – diz-lhe ao ouvido. – Vamos tomar o café, pois temos de ir à praia. Acho que podemos levar seus carrinhos e fazer uma estrada na areia. Que tal?

Jaime abre os olhos e logo corre para a cozinha. Alícia lava o rosto, veste a calça do pijama e desce também. Pouco depois, estão na varanda com suas grandes canecas de café e fatias de pão fresco tostadas, com azeite.

— Parece que hoje teremos de novo muito calor. Se vão à praia, será melhor que se protejam para não voltar queimados – aconselha Diego.

— Você não vai?

— De modo algum. Fico aqui, tranquilo e fresquinho.

Alícia veste o maiô vermelho que comprou em Prenzlauer Berg, pega a grande bolsa de pano com um par de toalhas e um arsenal de brinquedos, e caminha segurando Jaime pela mão até La Malagueta. Passam duas ou três horas ali, brincando com os carrinhos e as ondas, jogando pedras na água e tomando sorvete.

Voltam na hora do aperitivo. Nadam na piscina e ela toma um vermute estendida na espreguiçadeira. Se o verão existe, tem de ser assim.

Jaime avança pela água agitando os bracinhos e pescando os brinquedos que Alícia lhe atira da borda. Seu corpinho cintila sob o sol.

Após o almoço, deitam-se para descansar. O menino adormece no quarto. A luz deslumbrante do exterior se filtra em forma de raios pelas persianas de madeira escura. O ventilador do teto corta ritmicamente o ar com suas pás. A vida será mesmo tão simples e prazerosa ou apenas chega a parecê-lo em certos momentos?

Alícia pensa que, se quiser, poderá ficar por mais três semanas em Málaga. Agora que não precisa voltar ao escritório no dia 1º de setembro, como costumava fazer, há a possibilidade de aguardar até que as aulas de Jaime comecem. Será seu primeiro ano de escola. Um outono diferente para todos, com uma rotina nova para ele e para Alícia, que ainda não decidiu o que vai fazer. Sabe apenas que não voltará ao escritório quando terminar a licença de dois anos que pediu depois de se divorciar de Marcos. Também têm de se acostumar com a nova residência, uma casa maravilhosa e antiga, de teto alto e pisos em desnível na praça de Olavide, sem garagem, piscina ou quadra de tênis. Alugou-a já faz alguns meses, mas só tiveram o tempo de aclimatar-se.

Há uma semana, foi buscar Jaime em El Escorial. Combinou com Marcos esperá-los no Miranda Suizo, o clássico café da rua Floridablanca, para evitar um péssimo encontro com seus ex-sogros. Estava sentada a uma das mesas junto às janelas quando os viu entrar. Jaime soltou a mão do pai e pôs-se a correr em sua direção. O melhor abraço de sua vida. Marcos se mostrou amável e até simpático. Alícia concluiu que as coisas começavam a entrar nos trilhos.

No dia seguinte, pegaram o expresso para Málaga. "Espero vocês na estação e vamos direto para a praia", escreveu seu pai quando já estavam no trem. Jaime, muito feliz, admirava a paisagem que deslizava a toda velocidade pela janela. Aproveitaram a viagem para folhear juntos as histórias que Alícia havia trazido de Berlim. A lembrança da manhã em que esteve naquela livraria infantil, quando se sentia tão confusa que fugiu do apartamento antes de Iván acordar, anuviou um pouco esse instante de felicidade quase perfeita.

Agora Alícia sai para a varanda com um café e senta-se num dos sofás de vime. Tem um romance nas mãos, mas não chega a abri-lo. Basta-lhe estar assim, com o olhar perdido no verde do jardim.

Nesse momento aparece seu pai, ainda com cara de sono depois da sesta. Beija a filha na testa e se acomoda na poltrona preferida de Paulina.

– Sente muita saudade dela? – pergunta Alícia.

– Todos os dias – responde Diego.

A tristeza finge que se dissipa, faz-nos acreditar que se foi, mas, de repente, *zás!*, sai de seu esconderijo para nos subjugar de novo.

3

Ainda não são sete horas da manhã quando Diego acorda Alícia. O céu clareia sobre o mar, em meio a uma neblina que vai desaparecendo à medida que avança o dia.

– Deixe o menino dormir. Não ficaremos fora muito tempo. Ponha uns *jeans* e desça que a espero lá embaixo.

Alícia lava o rosto, veste-se e se reúne com o pai na cozinha.

– Não se preocupe com Jaime, a empregada acaba de chegar e cuidará dele – tranquiliza-a Diego.

– Por que tão cedo? Aonde vamos?

– As cinzas – responde ele. – Eu as trouxe na mala.

– Verdade? E a tia Elisa?

– Pediu que eu me encarregasse de tudo. Ela é muito sentimental, você sabe, e prefere não participar.

– Certo. E o que vamos fazer?

– Pensei em espalhá-las pela água aqui perto, na praia. Ela nos levava lá para brincar, quando éramos pequenos, depois que meu pai morreu. Naquele momento, eu estava muito triste, como você bem pode imaginar, mas sabia que podia contar com ela. Gostaria de me lembrar dela assim. Acho que faz sentido.

– Claro que faz, papai. Vamos até lá.

Pai e filha caminham em silêncio durante alguns minutos, até chegarem à areia. Ele segura nas mãos uma simples urna metálica. O sol, cada vez mais brilhante, se ergue acima da linha do horizonte. O dia será de novo muito quente, mas ainda sopra uma brisa fresca.

Diego olha para Alícia, que acena com a cabeça. O pai abre a tampa redonda e, impulsionando o braço, dispersa o conteúdo sobre a água da orla. Um pó cinza-escuro se mistura com a espuma das fracas ondas.

É difícil saber se nessas partículas enegrecidas ainda resta alguma coisa de Paulina Hoffmann.

A verdadeira Paulina desapareceu em uma noite qualquer. Uma última pulsação e seu coração parou de funcionar. A verdadeira Paulina se sentava nessa mesma praia, à sombra do edifício branco do Hotel Miramar, que agora se ergue atrás de Diego e Alícia, e chorava em silêncio enquanto via o filho encher repetidamente de água salgada seu pequeno balde.

Alícia e seu pai também choram em silêncio, postados diante do mar. Começam a aparecer os primeiros corredores, e os pescadores que se levantaram cedo lançam suas varas antes que a temperatura suba.

Depois de alguns minutos, voltam para casa a fim de tomar o café da manhã com Jaime.

4

Dois dias depois, Alícia recolhe os brinquedos que Jaime deixou espalhados pelo chão da varanda na noite anterior, enquanto seu pai e ela tomavam um gim-tônica. Logo escuta o toque do celular. Quem estará ligando tão cedo num dia de agosto?

O número que aparece na tela tem o prefixo da Alemanha. Será Ana Löwe ou mesmo Iván? Não, Iván não pode ser. Com toda a certeza, não.

Atende, intrigada.

– Frau Blanco? Sou Herr Mauer. Espero não estar ligando cedo demais.

Demora alguns segundos para desempoeirar seu alemão a fim de entender as palavras que escuta do outro lado da linha. É o porteiro da Kastanienallee, amável e educado como sempre. Alícia lhe deu seu número para o caso de ele precisar entrar em contato com ela. Supõe que se trate de alguma avaria ou assunto prático relacionado ao apartamento.

– Não, não se preocupe. Algum problema?

– Não... É que acaba de acontecer uma coisa um pouco estranha.

Estranha? Essa chamada, sim, é que começa a ficar estranha.

– Que aconteceu, Herr Mauer? Já estou ficando preocupada.

– Encontrei uma carta endereçada à senhora.

– Na caixa do correio?

– Não. Isso não seria estranho.

– Então?

Herr Mauer tem dificuldade em explicar-se, como se houvesse digitado o número de Alícia antes de pensar no que lhe diria.

– A carta estava no poço do elevador.

– Como?

– Sim... Curioso, não? Há pouco, um vizinho deixou cair as chaves pela fresta entre o elevador e o poço. Desliguei o motor para poder entrar no poço e pegá-las.

– E...

– Quando fui pegar as chaves, vi que lá embaixo havia um envelope, sujo e coberto de pó. Endereçado a "Alícia". Suponho que seja a senhora, pois aqui não há ninguém com esse nome.

– No poço do elevador?

– Sim. Como terá caído lá?

– Não faço a menor ideia... Seja como for, é melhor o senhor mandá-la para mim. Pode anotar o endereço? Estou em Málaga.

Depois de desligar, Alícia fica parada alguns minutos na varanda com o celular na mão, procurando uma explicação, até escutar os passos de seu pai na cozinha. Acaba de se levantar e vai preparar o desjejum. Enquanto põem o pão para tostar e ligam a cafeteira, ela lhe fala sobre a desconcertante ligação de Herr Mauer.

– Se o vizinho deixou cair as chaves pela fresta, o mais provável é que sua avó também tenha deixado cair o envelope ao entrar no elevador. Ou você... Procure se lembrar.

– Peguei aquele elevador poucas vezes, o apartamento é no primeiro andar. Só no dia em que cheguei com as malas e...

Logo uma imagem lhe volta à lembrança. Um clarão que havia ficado preso em alguma dobra de sua memória. No dia em que encontrou o álbum na mesa da sala descera realmente de elevador enquanto fugia do apartamento. Estava parado no primeiro andar e ela entrou às pressas, de forma automática. Nesse momento, enquanto seu coração batia a mil por hora e seus dedos comprimiam o botão do térreo, teve o vislumbre de algo branco deslizando para o chão.

Seu cérebro, totalmente ocupado com assuntos mais urgentes, não deu atenção a esse detalhe, mas o arquivou naquele lugar misterioso onde se escondem todas as lembranças que ignoramos estar conosco. Como o fragmento de uma conversa que nos surpreendemos a recordar, palavra por palavra, depois de anos ou uma peça de roupa que prontamente voltamos a ver com tanta clareza como se a tivéssemos diante dos olhos quando a descobrimos numa fotografia antiga.

Foi nessa ocasião, claro. Na pressa, nem percebeu que o envelope, guardado entre as páginas do álbum, se desprendeu e caiu na fenda.

– Já sei! – exclama Alícia. E explica tudo a Diego.

O pai sorri e pousa a mão em seus ombros.

– Eu lhe disse que sua avó sem dúvida havia deixado, em algum lugar, uma mensagem para você.

5

Nas noites seguintes, quando Jaime já está na cama, Alícia e seu pai se sentam nas poltronas da varanda e tecem hipóteses sobre o conteúdo da carta. Poderia ser uma explicação sobre a história do apartamento, embora isso não fizesse muito sentido depois da conversa com Ana Löwe. Ou uma mensagem de despedida. Quem sabe? Só com a chegada do carteiro as dúvidas desaparecerão.

Todas as manhãs, ao acordar, Jaime corre para ver se o envelope chegou. Ouviu-os falar sobre o assunto e vivencia-o como uma aventura. Pode haver algo mais excitante para uma criança do que esperar uma mensagem misteriosa? Alícia se sente da mesma maneira, mas tenta manter a calma. Precisa conter-se para permitir que seja Jaime quem, com suas mãozinhas, se esforce desajeitadamente para abrir a caixa do correio. A impaciência de Alícia é tamanha que sua vontade é tirar-lhe a chave e abrir ela própria a caixa, mas resiste. Aos poucos, vai aprendendo que ser mãe implica detalhes como esse.

Por fim, na manhã do oitavo dia, chega a carta registrada.

Dentro, um pequeno envelope em seu nome escrito com a letra cuidadosa e um pouco irregular da avó.

O papel é pequeno, uma simples folha.

E só há três palavras escritas nele.

Mas são as únicas que Alícia precisa ler. As palavras que terá de levar em conta porque são as últimas de Paulina Hoffmann.

Seu último presente.

6

Alícia compra duas passagens no primeiro voo Málaga-Berlim.

– Tem certeza de que não quer que eu os acompanhe? – pergunta seu pai.

– Tenho, obrigada. Não me leve a mal, mas acho que precisamos fazer essa viagem sozinhos.

Diego se despede deles no terminal de embarque do aeroporto. Jaime está muito animado, uma das mãos segurando a da mãe e a outra, seu ursinho favorito. É a primeira vez que vai entrar num avião: uma aventura. Espera a hora do embarque com o nariz colado ao vidro da divisória, os olhos bem abertos para admirar os enormes aparelhos brancos que deslizam pela pista de aterrissagem.

– Terei um quarto na casa de Berlim? – pergunta.

– Há lá dois quartos vazios, você poderá escolher o que mais lhe agradar. E depois iremos juntos escolher os móveis para decorá-lo. Vai gostar disso?

– Claro, mamãe! E onde dormirei esta noite, se não tenho cama?

– Esta noite dormirá comigo, meu bem.

Quando o avião decola, o pequeno agarra com força seu ursinho e olha pela janela a terra ir se afastando, até que a cidade e a linha da costa se transformem em um mundo de brinquedo, muito distante deles.

Alícia recorda o dia em que voou sozinha para Berlim, no início de agosto. Passou o tempo todo segurando, nervosa, as chaves do apartamento, incapaz de se concentrar no romance que levava consigo. É incrível que haja passado menos de um mês desde aquele dia tão cheio de solidão e de incógnitas. Agora, ao contrário, folheiam juntos um guia turístico no qual Jaime, com seu traço infantil irregular, vai marcando com uma caneta hidrográfica vermelha os lugares que quer conhecer: uma grande piscina na margem do rio Spree, um parque com um navio pirata, balanços e jatos de água, o famoso Tiergarten com suas centenas de animais exóticos.

Alícia ri dos comentários do filho, acaricia sua cabeça, beija seus cabelos infinitamente macios antes de aterrissarem. Pela primeira vez em muito tempo – talvez pela primeira vez desde que nasceu –, apenas desfruta de seu grande amor por ele e do prazer de tê-lo a seu lado, sem que a culpa ou as dúvidas estraguem o momento.

Quando chegam ao aeroporto de Schönefeld, liga para Ana Löwe.

– Eu não lhe prometi que voltaria logo? Pois aqui estou. E vim com meu filho, quero que o conheça.

– Ótimo. Que tal almoçarmos juntos depois de se instalarem?

– Está bem, nos dê duas horas.

Entram no saguão e sobem ao primeiro andar. Alícia tira da bolsa o chaveiro com a letra P e, com o filho ao lado, cruza de novo a soleira. Saiu daqui há poucos dias, com um punhado de emoções confusas, mas agora a situação é outra. Como um cozinheiro que acrescenta o ingrediente fundamental de sua receita ou o escritor que encontra o sentido da cena principal de sua história, sente que as peças antes desordenadas em seu coração e em sua cabeça encontraram por fim o lugar onde se encaixam.

Jaime dispara pelo corredor e percorre os aposentos com a emoção de quem toma posse de um território novo, um reino recém-conquistado. Ambos se detêm um momento na sala e contemplam a luz do sol nas folhas do castanheiro, do outro lado das sacadas.

– Vamos deixar as bagagens aqui, Jaime, para depois desfazê-las. Agora temos de ir à casa de minha amiga Ana.

A anciã os recebe carinhosamente. Preparou um rosbife esquisito, com batatas assadas.

– Era a receita preferida de John, meu marido.

Comem com gosto, enquanto Alícia conta como o porteiro encontrou casualmente a carta no poço do elevador.

– Quer lê-la, Ana?

– Sim, se não se importa...

A anciã passeia os olhos por um segundo sobre a única linha escrita no papel. Sorri.

– Que mulher perspicaz! Não conheço você o bastante para entender exatamente a quê ela se referia, mas é um conselho que todos deveríamos seguir em algum momento de nossa vida.

– Sem dúvida... Você poderia ficar um pouquinho com Jaime amanhã? Há uma pessoa que preciso ver sozinha – retruca Alícia. – Quero atender ao pedido de minha avó... – acrescenta com um piscar de olhos.

– Claro! Acho que posso imaginar... Traga o garoto quando quiser, estarei aqui o dia todo.

Horas depois, já em casa e com o filho vendo desenhos animados no iPad, Alícia digita o número de Iván e contém a respiração até ele atender. Sua voz trai uma certa desconfiança, mas as palavras que ela escolhe o convencem de que alguma coisa mudou.

Na realidade, tudo mudou.

7

Como são difíceis as coisas quando as tornamos difíceis e como são fáceis quando as tornamos fáceis! Chegando ao apartamento de Iván, encontra-o esperando na porta. Mora num apartamento alugado, um tanto impessoal, mas que nem por isso deixa de ser acolhedor graças às pilhas de livros e a um par de lâmpadas de leitura. Na mesa, uma garrafa de vinho já aberta.

Passam ali a tarde inteira, conversando e reconciliando-se, primeiro vestidos, depois nus. Poucas coisas unem mais que o sexo e a sinceridade – e esses são os ingredientes de sua catarse.

– Conte-me tudo – pede Iván.

– Não sei por onde começar.

– Que tal do início?

Ela então lhe conta uma história cheia de momentos doces e amargos, de medos e equívocos. E sente um enorme alívio, como se acabasse de tirar, de uma só vez, o peso de uma pedra enorme que ela mesma havia colocado sobre si.

Alícia consulta o relógio e acha que está na hora de voltar para Jaime. Sua vizinha Ana é muito idosa e faz tempo que está com o menino.

– Vou com você – propõe Iván.

Descem juntos as escadas, saem do prédio e põem-se a andar no mesmo ritmo, com uma harmonia espontânea. A noite está fresca. Iván envolve Alícia com os braços.

Ela enfia a mão no bolso e acaricia, com as pontas dos dedos, um papel dobrado em quatro. É a mensagem de sua avó, onde estão escritas as palavras mágicas:

"Perdoe-se, *Schatz*."

Difícil, mas simples. Muito próprio de Paulina.

É a hora especial em que as ruas começam a ficar vazias. Há uma estranha beleza no eco de seus passos, na obscuridade que cresce à medida que as luzes por trás das vidraças se apagam. Por um instante, a cidade lhes pertence.

E tudo se encaixa.

Agradecimentos

Quero agradecer a todos que me ajudaram a dar forma a este romance. É um prazer estar rodeada de pessoas tão inteligentes, perspicazes e amantes dos livros como vocês.

A minhas editoras da Planeta, Raquel Gisbert e Lola Gulias, por sua sensibilidade e entusiasmo. Obrigada por acreditarem desde o primeiro instante em Paulina e ajudar-me a melhorar sua história. É ótimo trabalhar com vocês.

A meu agente, Bernat Fiol, obrigada por ler meu manuscrito, por confiar em mim e por me convidar à melhor taça de *cava* de minha vida, no dia em que tudo isso começou a tomar forma.

A Lucia Luengo, pelas horas que dedicou para ler meu manuscrito e a me escutar, algo especialmente meritório para alguém que passa a vida atrás de uma montanha de manuscritos. Embora, ao ler estas palavras, diga que estou exagerando, você e eu sabemos quanto me ajudou.

A Ricardo Artola, por seu inestimável auxílio com a documentação histórica; a Mikel Santiago, por entender o esqueleto e o coração das histórias; a Antonio Gómez-Rufo, por me levantar o ânimo justamente quando eu precisava; a Pablo Álvarez, que me deu inúmeros conselhos excelentes; a Covadonga D'Lom e sua "mente maravilhosa". Também a Irati Herrero, Ainhoa Galán, Esther Aguado, Cristina de la Llana e Lola Romero: ter vocês como primeiras leitoras foi um notável privilégio.

A Oma, a avó mais divertida, carinhosa e cúmplice que alguém jamais teve. Sem sua lembrança eu nunca teria podido imaginar Paulina; e, embora ela já não esteja aqui há quatro anos, não se passa um único dia sem que eu sinta saudade.

A meu pai, que me ajudou com o livro assim como sempre me ajuda com tudo, que cuidou de meus filhos (dito assim parece fácil...) para que eu pudesse escrever e revisar o livro em sua casa de Málaga, e que me devolveu o manuscrito com vários comentários e notas inteligentes.

A meu marido, que aceitou que Paulina praticamente vivesse em nossa casa durante uma temporada e encontrou tempo para ler e reler as diferentes versões do romance. (Embora soe como um clichê, é maravilhoso ter ao nosso lado uma pessoa que sempre acredita no que fazemos.)

A meus filhos, simplesmente porque são a melhor coisa deste mundo.

E a você, leitor, por querer penetrar estas páginas e conhecer a história de Paulina e Alícia.

GRUPO EDITORIAL PENSAMENTO

O Grupo Editorial Pensamento é formado por quatro selos:
Pensamento, Cultrix, Seoman e Jangada.

Para saber mais sobre os títulos e autores do Grupo
visite o site: www.grupopensamento.com.br

Acompanhe também nossas redes sociais e fique por dentro dos próximos lançamentos, conteúdos exclusivos, eventos, promoções e sorteios.

/ editoracultrix
editorajangada
editoraseoman
grupoeditorialpensamento

Em caso de dúvidas, estamos prontos para ajudar:
atendimento@grupopensamento.com.br

Pensamento Cultrix SEOMAN JANGADA
GRUPO EDITORIAL PENSAMENTO